KB187841

변호사 嚴相益의 법정소설

여대생 살해사건

조갑제닷컴

글쓴이의 말

막연히 소설가가 되고 싶었었다. 영혼의 대장간에서 피와 땀으로 벼린 글들로 원고지 한 칸 한 칸을 채우는 장인을 꿈꾸었다. 중학교 시절 장용학의 소설 《원형의 전설》을 줄쳐 가며 읽었었다. 누렇게 찌든 오래 된 책장 사이에서 하얀 겨울이 펼쳐지면서 상큼한 바람이 흘러나오고 있는 걸 발견했다. 소설이란 자기 눈을 통해 세상을 재해석하고 소망하는 멋진 신세계를 창조하는 작업임을 깨달았다. 법원 창문을 통해 보이는 봄날 산등성이로 피어오르는 안개를 그대로 묘사하고 싶었다. 빛에 일렁이는 맑고 투명한 가을 계곡물을 글로 그리고 싶었다. 그러나 내겐 가난을 참고 그 길로 나갈 용기가 결여되어 있었다. 그 십자가가 싫고 무서웠기 때문이다.

인생을 살아가면서 우연히 만난 사람에 의해 삶의 좌표가 수정되는 수가 있다. 그 사람들이 인생의 스승일지도 모른다. 1988년 우연히 알게 된 〈월간조선〉의 조갑제 편집장은 내게 수필 한 편을 청탁했다. 난 이책 저책에서 좋은 인용문을 찾아 화려한 글을 만들어 갔다. 조갑제 편집장은 그 글을 보더니 말없이 잡지사 구석의 빈 공간으로 나를 데리고 갔다.

그리고는 귀한 지면에 왜 자신의 것이 아닌 남의 글을 인용하느냐고 한 마디 했다. 소중한 깨달음의 순간이었다. 조갑제 편집장은 글을 세상에 발표하려면 적어도 자기 키만큼은 습작을 해야 한다고 알려 주었다. 그는 역사의 현장 속에 들어가 직접 보고 듣고 느낀 것을 쓰는 대기자였다.

그 때부터 난 가장으로서 최소한의 생활비를 벌어들여야 하는 이외에는 글 쪽으로 궤도를 수정했다.

다음으로 만난 스승이 원로 소설가 정을병 선생이다. 신학대를 다니던 그는 문학을 그의 신으로 섬기기로 했다고 했다. 가난을 견디기 위해 평생 하루 한 끼만 먹겠다고 서원했다. 박정희 정권 시절 스스로 국토건설단에 들어가 취재했던 최초의 소설 《개새끼들》을 발표하고 간첩으로 몰려 징역을 살았다. 의사들의 비리를 소설화 했다가 구속영장이 발부될 뻔했다. 70대 중반에 이르는 지금까지 읽고 쓰는 일 이외에는 하지 않았다. 죽었다가 다시 태어난다고 해도 마찬가지일 것이라고 그는 장담했다.

세 번째 깨달음의 스승은 어느 죄수였다. 그는 내게 변호사윤리규정 제1조에 있는 사회정의를 위해 일한다는 게 뭔지에 대해 물었다. 그 죄수는 변호사가 해야할 일 중의 하나는 기자도 들어가지 못하고 소설가도 공감하기 힘든 법정과 교도소 안의 이야기들을 세상에 알려 주는 것이라고 했다. 죄수가 아무리 외쳐봤자 그건 도둑놈의 소리고 살인범의 소음이라는 것이다. 그러나 그걸 들은 변호사가 쓴 글은 질적 변화를 창조한다는 얘기였다.

어린 시절 마음속 깊이 박혔던 소망은 그렇게 뒤늦게 발아됐다. 지난 15년간을 시간이 허락하는 한 읽고 쓰고 생각했다. 남의 훌륭한 작품들을 보면서 한없이 절망했다. 몇몇 출판사에 원고를 보여 봤지만 거절당했다. 그러다 처음 글로 인연을 맺었던 조갑제 사장이 출판을 허락했다. 소설가 정을병 선생이 정식 소설가로 태어날 수 있도록 추천을 해 주었다. 감옥 안의 죄수들이 열심히 읽겠다고 용기를 북돋워 주었다. 그에 힘입어 첫 소설집을 낸다. 내가 직접 체험한 진실들을 소설로 가공해서 세상을 위해 발표한다.

2007년 1월

엄 상 익

추천사

소재의 특수성과 휴머니티가 넘치는 작품들

최근 나는 미국의 존 그리샴의 작품들을 읽었다. 《브로커》, 《유언장》, 《펠리칸 브리프》, 《거리의 변호사》, 《최후의 배심원》, 《파트너》 등이었다. 내가 그의 작품을 이렇게 열심히 읽은 이유는, 작가가 변호사 출신이어서 소재가 모두 재판과 관계가 있어서 다른 사람들이 쓴 소설보다는 매우 흥미로웠다는 점이다.

사실 재판은 우리의 관심을 끌기에 충분한 소재이다. 그러나 그 재판 과정은 복잡하고 전문적이어서 아무나 접근할 수가 없다. 충분한 소양과 경험이 없이는 다루기 어려운 소재인 것이다. 존 그리샴의 작품들이 베스트셀러의 반열에 들어선 것도 그리샴의 그런 직업이 큰 역할을 했다는 것은 두말할 나위가 없을 것이다.

그러나 그의 작품이 흠이 없는 것은 아니다. 묘사가 한쪽으로 지나치게 치우쳐 있다든가, 정서적인 감정이나 예술성이 희박하다는 것이 큰 결점으로 지적될 수가 있을 것이다. 어쨌든 미국이라는 나라는 땅도 넓고 많은 사람들이 살고 있어서 다방면의 전문가들이 작품을 쓰고 있기 때문에 작품의 다양성이 미국 문학의 강점으로 들어나 있다. 그러나 우리나라는 여러 가지 면에서 지극히 제한적이어서 색다르고 신선한 작품을 대하기가 몹시 어렵다. 존 그리샴과 같은 작가가 한 사람쯤 있으면 좋을 텐데 말이다.

그런데 최근 놀랍게도 나는 그런 훌륭한 작가 한 사람을 발견했다. 그가 바로 엄상익씨이다. 그는 성공한 변호사이고, 또 이미 50대에 들어선 사계의 중진이다. 그는 눈코뜰새없는 바쁜 일정 속에서도 소설을 쓰는 일을 계속해서 여러 편의 작품을 소장하고 있다.

그 중에서 그가 내게 보여 준 작품은, 〈화가와 도둑〉, 〈유리 인형〉, 〈女大生 살해사건〉, 〈세상은 진실을 싫어한다〉 등의 네 편이다. 그 중에 〈화가와 도둑〉 만이 좀 짧고 나머지는 모두 만만찮은 걸작 중편소설들이었다.

양만 그렇게 만만찮은 것이 아니라, 작품의 질 또한 만만치 않았다. 소설들은 모두 재판에 관계되는 내용이다. 〈화가와 도둑〉은 가난한 화가의 아들이 책을 사 보고 싶은 나머지, 우연히 손에 넣은 카드를 썼다가 잡혀 와서 재판을 받고 있는 화가의 아들 이야기이다. 〈유리 인형〉은, 한 엘리트가 재벌집으로 장가를 들어서 그 재벌의 후계자가 될 입장이었지만 주변사람들의 모략과 중상에 견디지 못하여 결국 자살로 인생을 끝맺는다는 이야기로 우리 사회에 흔히 있는 사건을 소설화하고 있다. 〈女大生 살해사건〉은 판사에게 딸을 시집보낸 어머니가 사위에게 결혼 전에 사귀던 여자가 있다는 것을 의심하고 결국 그 여자를 암살한다는 이야기이다.

작품들 하나하나가 강렬한 리얼리티와 흡인력을 가지고 있으며, 휴머니즘과 예술성을 가지고 있는 놀라운 장점을 보이고 있다. 물론 이 리얼리즘은 모두 작자인 변호사 자신이 맡았던 사건을 소설화한 것이기 때문에 누구도 흉내낼 수 없는 것이다. 휴머니즘은 작자 자신의 인간성과 인격이 반영된 것이고, 예술성은 작자의 타고난 문학적인 소양 때문에 생긴 것이라고 짐작된다.

어쨌든 엄상익씨는 소설 소재로서 값비싼 광맥을 가지고 있는 셈이고, 이것은 우리 문학의 다양성과 질을 높이는 데 크게 이바지할 것이다. 물론 이것은 문학으로만 끝날 이야기가 아니다. 그가 이러한 작품으로 계속 성공할 경우에는 우리나라의 소외 계층 인사들이 법률적으로 당하는 불이익을 해소하는 데도 큰 역할을 하리라고 생각한다.

　앞날을 축복한다.

2006년 3월　정 을 병

차례

글쓴이의 말 / 6

추천사   소재의 특수성과 휴머니티가 넘치는 작품들⋯ 정을병 / 8

첫 번째 이야기

女大生 살해사건 / 13

두 번째 이야기

유리 인형 / 175

세 번째 이야기

어느 유괴범의 고백 / 245

네 번째 이야기

화가와 도둑 / 269

女大生 살해사건

1

살인범이 소개해 찜찜해요

오전 11시경 나는 사무실에 앉아서 책을 보고 있었다. 홀로 하는 변호사 사무실의 가장 좋은 점은 조용한 공간 속에서 자기만의 세계를 가질 수 있다는 것이다. 번잡한 로펌처럼 회의와 법률 서류의 톱니바퀴 속에서 매여 있지 않아도 됐다. 그래서 나는 5년간 파트너를 하던 법률회사를 나와 개인 사무실을 차렸다. 자본주의 사회에서는 조직을 만들면 그 목표는 돈이 됐다. 도덕성이나 정의는 그 다음일 수밖에 없었다. 기업체의 사장들을 의무적으로 만나 로비를 하는 일이 싫었다.

"저, 변호사님, 누가 찾아 오셨는데요."

여직원이 문을 반쯤 열고 말했다. 그 어깨 너머로 30대 후반쯤 되어 보이는 여자가 보였다. 양 볼이 튀어나오고 그 위에 작은 눈이 반짝거렸다. 세상살이에 찌든 고생기가 느껴지는 중년 여자였다.

"사건을 의뢰하러 온 게 아니라 잠시 상담만 하러 왔습니다. 되나요?"

그녀는 내 눈치를 살피면서 물었다. 차라리 솔직하다는 느낌이 들었다.

"들어오세요. 저를 어떻게 알고 찾아오셨죠?"

내가 물었다. 법원 앞의 이 변호사 저 변호사 사무실을 들르면서 지식만 거저 얻어가려는 사람들이 많았다. 그 사람들을 다 받아 주려면 하루 종일 상담만 해도 모자랐다. 믿을 만한 소개인이 없으면 이제 나는 상담을 하지 않았다. 인터넷을 대신해서 지식 검색 기계가 되기에는 남은 시간이 소중한 나이가 되어 버렸다.

"저도 이런 말 하는 게 좀 그런데, 사실 감옥 안에 있는 다른 살인범들이 가 보라고 소개를 해서 왔어요."

그녀의 주변에 살인범이 있는 것 같았다. 지난 20년 동안 남들이 꺼리는 살인 사건을 많이도 맡았다. 그 여자는 미심쩍은 표정으로 말을 계속했다.

"살인범이 소개한 게 찜찜하지만 그냥 한번 와 본 겁니다. 미안합니다."

그녀는 나를 신뢰하지 않는 것 같았다. 나에게 사건을 의뢰할 생각이 없다는 게 표정에 그대로 나타났다.

"알겠습니다. 이왕 오셨으니 상담은 정확히 해 드리겠습니다. 유리하든 불리하든 제3의 입장에서 판단한 걸 정직하게 말씀드리죠. 아마 먼 훗날 실질적인 도움이 될 겁니다."

사건도 일단 정확한 진단이 중요했다. 옆에서 훈수를 두는 사람이 더 잘 보는 법이다. 자기 문제는 스스로 진실을 보기 힘들다.

그 여자는 경계를 풀지 않으면서 소파 끝에 엉덩이를 걸치듯 조심스럽게 앉았다. 긴장한 그녀의 얼굴에서는 초조한 빛이 역력했다.

"저 혹시 지난 해 재벌장모가 판사사위하고 사귄다는 여대생을 청부살인한 사건 아세요? 여대생이 공기총에 맞아 죽었죠. 텔레비전하고 신문에 많이 났는데…… 그 범인 중의 한 사람이 제 남편입니다."

그녀는 부끄러운 얼굴로 간신히 입을 열었다. 그 말에 뉴스와 텔레비전 시사프로의 화면이 뇌리에 떠올랐다. 두 사내가 누런 점퍼를 푹 뒤집어쓴 채 기동형사대 봉고차에서 내려 경찰서 문을 향해 다급히 가고 있었다. 수많은 카메라 플래시 불빛이 번쩍이면서 그들의 구부린 등 위에 화살처럼 박히고 있었다.

재벌 회장부인으로부터 살인청부를 받은 범인들이었다. 여대생을 납치하여 산에서 잔인하게 살해한 후 해외로 도주했었다. 재벌과 판사, 치정과 청부살인이란 우리 사회 상부 층의 정신적 빈혈 증세를 그대로 반영한 사건이었다.

시사프로에서 담당 피디가 재벌부인에게 전화로 묻는 장면이 있었다. 회장부인은 침착한 어조로 오히려 담당 피디를 이렇게 타일렀다.

"말도 안 되죠. 제가 어떻게 살인을 교사할 수 있겠어요. 저도 아이를 키우는 입장입니다."

지나치게 꾸미는 듯한 그 어조 속에서 난 음험한 모략의 냄새를 맡았었다.

살인을 교사한 사람들은 항상 완전범죄를 노렸다. 시키지 않았다고 하면 되는 것이다. 정치적 암살범의 배후가 명확히 밝혀지는 법이 없었다. 재벌회장, 조폭의 보스, 이단 교주들이 광신적인 부하를 통해 살인을 한 경우 법망에 걸려드는 경우가 거의 드물었다.

돈은 범인의 입뿐 아니라 관계되는 누구의 신경체계도 마비시키는 위력이 있었다. 살인의 수요가 점점 늘어났다. 그에 맞추어 킬러들도 신종 직업으로 암시장에서 각광을 받고 있다. 러시아 마피아, 필리핀 조폭들이 들어와 싼값에 살인을 청부받는다. 살인 의뢰자들도 점점 교활해지고 있다. 범인들이 잡혀서 징역을 사는 경우 매달 월급같이 감옥 사는 대가를 몇백만원씩 치른다. 넉넉한 보수를 받는 범인이 입을 열 리가 없다. 사건은 영원히 미궁에 빠지고 배후에 있는 진짜 악마는 영원히 보호받는다.

앞에서 침묵하던 그 여자가 힘들게 입을 열었다.

"저도 아들 둘을 키우는 엄마입니다. 그 죽은 여대생을 생각하면 너무 마음이 아파요. 남편이지만 극형을 받아도 어쩔 수 없다고 생각했어요. 남편이 조금만 더 절제를 했으면 이런 일은 일어나지 않았을 텐데…… 하여튼 모든 게 남편의 잘못입니다."

나는 그녀의 솔직한 말을 들으면서 감동을 받았다. 모두들 자기만 생각하는 각박한 현실에서 쉽지 않은 얘기였다. 나는 호기심이 피어올랐다.

"어떤 걸 알고 싶어서 제 사무실로 오신 겁니까?"

내가 부드럽게 물었다. 그녀는 뭔가 확인하고 싶은 것 같았다.

"남편에게 살인을 부탁한 회장사모님이 1심에서 변호사를 붙여 줬어요. 그런데 그 변호사가 남편을 위하는 게 아닌 것 같아요. 재판정에서 보니까 회장사모님이 시킨 게 아니라 남편이 스스로 범행을 한 것같이 조작하는 느낌이 들었어요."

여자는 본능적으로 위험을 감지한 것 같았다.

"그렇게 되면 살인을 지시한 회장 사모님은 어떻게 되고 우리 남편은 형이 어떻게 떨어질까요?"

근심하는 여자의 본능은 답까지 느끼고 있을 것 같았다.

"회장부인은 증거가 없다고 무죄가 되고 남편은 속죄양이 되어 사형이 선고될지도 모르죠."

청부살인이었다. 프로의 냄새가 나는 킬러가 선량한 여대생을 납치해서 살해했다. 정상 참작의 여지가 없었다. 무죄로 풀려나갈 회장부인은 심부름 시킨 그녀의 남편이 사형당해야 영원히 발을 뻗고 편안히 잘 수 있을지도 모른다.

"그러면 어떻게 해야 될까요?"

여자는 겁을 더럭 먹는 표정이 되어 물었다.

"진실을 털어 놓고 각자 죄 진 만큼 대가를 치르는 게 어떨까요? 정직하면 그 보답은 받을 수 있지 않을까요?"

내가 그렇게 권했다. 그게 내가 생각하는 법의 정의였다.

"진실을 얘기하면 사형은 면할까요?"

여자는 저울질 하는 표정이었다.

"참회하고 진실하면 판사 마음에 감동이 일지 않을까요?"

그보다 더 좋은 정상 참작 사유는 없었다.

2

계약인데 죽여야죠

구치소에서 만난 40대 초반의 김용국은 아무리 봐도 살인범 같지가 않았다. 둥근 플라스틱 테 안경 뒤에서 겁먹은 채 반짝이는 작은 눈을 보면 맘씨 좋은 초등학교 선생님 같은 인상마저 들었다. 그가 바로 뉴스 화면에서 점퍼를 푹 뒤집어쓰고 얼굴을 가렸던 살인의 주인공이었다. 그가 아이처럼 울먹이는 표정을 지으면서 다짜고짜 내게 푸념부터 했다.

"앞으로 그 많은 세월을 어떻게 이 감옥에서 삽니까?"

그는 1심에서 이미 징역 22년을 선고받고 항소했다.

"그러게, 왜 사람을 죽입니까?"

내가 안타까운 표정으로 말해 주었다. 그는 죄는 잊어버리고 벌만 생각하는 어린애였다.

"나쁜 짓거리지만 돈 받고 계약을 했으니까 이행해야 하는 거 아닌가요?"

그가 무심코 내뱉었다. 난 깜짝 놀랐다. 그의 잠재의식에는 살인보다도 계약이 더 중요한 것이다. 그가 계속 불평했다.

"난 괜히 중간에서 껴 버렸어요. 사모님 심부름으로 우선 5천만원을 살인청부업자에게 줬는데 일이 잘 안 됐어요. 사람 죽이는 게 어디 그렇게 영화같이 쉽나요? 그런데 사모님은 계약 날짜까지 안 죽였다고 화내면서 절 잡아먹으려고 하는 거예요. 내가 중간에서 돈을 떼먹은 줄 알고 펄펄 뛰었죠. 너 같은 놈은 믿지 못하겠다고 하면서 살인계약금을 도로 내놓으라는 거예요. 그래서 내가 살인청부업자에게 돈을 돌려달라고 했죠. 그랬더니 그 킬러가 뭐라고 했는지 아세요? 그 동안 살인 준비하는 비용으로 다 써 버렸대요.

청산가리 같은 독약도 사고 총도 사고 죽이려고 하는 여대생 감시 하는 데 그 돈 다 썼다는 거예요. 원래 살인착수금은 돌려 주지 않는 법이래요. 그렇지만 돈이 하나님인 사모님은 그런 얘기 들을 여자가 아니죠. 나보고 대신 돈을 갚으라고 하면서 돈을 도로 안 내놓으면 우리 아이들 학교까지 찾아가서 해코지 하겠다고 악을 썼어요. 돈 있는 사람들은 더 무섭다니까요. 돈이면 무슨 짓이라도 하니까요. 그러니 저로서는 어떻게 하겠어요. 빨리 그 여대생을 죽이는 수밖에 없었죠."

나는 그가 좀 모자란 것 같은 느낌을 받았다.

"어떻게 해서 회장부인의 살인 심부름을 하게 됐는지 말해 볼래요?"

내가 수첩을 펴고 기록할 준비를 하면서 말했다.

"사실 회장사모님은 제 친고모예요. 남편인 회장님은 화장품회사, 식품회사, 사료회사, 호텔, 카바레를 가지고 있고 제주도는 물론이고 전국에 땅도 엄청 많아요. 재계에서 신흥재벌인 우리 고모님 내외를 모르는 사람이 없어요."

그는 친고모인데도 회장사모님이라고 부르는 게 훈련이 되어 있었다. 이미 정신적으로 철저한 머슴이 되어 버린 것이다. 그가 계속 말했다.

"저도 나름대로 메리야스장사를 잘 했는데 그놈의 IMF 때 다 박살났죠. 저뿐만 아니라 보증 선 우리 아버지 집도 내가 날렸어요. 지하셋방을 얻어 살면서 집 사람은 녹즙배달을 하고 전 가방공장을 나가다가 회장사모님 운전기사가 됐죠. 그런데 고모사모님이 자꾸 곤란한 일만 시켜요.

판사사위를 봤는데 저보고 맨날 사위를 미행하라는 거예요. 아침에 판사사위 뒤를 따라 출근하고 법원 로비에서 하루 종일 지키다가 퇴근할 때는 다시 판사사위 뒤를 졸졸 따라 집으로 돌아오는 게 제 일이었어요. 매일 지켜봐야 아무 일도 없어요. 점심 때 판사들끼리 구내식당에 가서 밥 먹고 그러는 것밖에 없더라구요. 저는 하루 종일 법원에서 죽치는 게 일이구요.

가서 사모님에게 사실대로 얘기하면 화를 벌컥 내는 거예요. 분명히 뭔가 있는데 네놈이 게을러서 발견하지를 못한다는 거죠. 있기는 개뿔이 있어요? 하여튼 고모인 사모님은 한번 누구를 의심하면 그걸 푸는 법이 없어요.

우리 아버지가 그러는데 어려서부터 원래 그렇대요. 사모님은 병적으로 판사 사위를 의심하더라구요. 제가 봤는데 한번은 딸 내외 방에 도청장치까지 하고 감시했어요. 사위하고 딸이 대낮에 그거 하는 소리를 들으면서 뭐라고 한 줄 알아요? 사위 저놈이 내 딸 힘을 다 빼놓고 밤에 어디 몰래 가서 바람피우려고 그런다는 거예요. 매사 생각하는 게 그런 식이예요."

그는 고개를 절래절래 흔들었다.

"도대체 왜 그렇게 사위를 의심했어요?"

내가 지나치다는 생각을 하면서 물었다.

"그럴 만한 이유도 있죠. 판사사위를 7억 주고 사왔으니까요. 사모님은 마담뚜의 수첩에 적힌 명단 중에서 김태환 판사를 찍었어요. 판사 아버지가 몸값으로 7억원을 요구했죠. 마담뚜는 건너가는 돈의 10 퍼센트를 받는 게 관례래요. 그리고 거기다 양가에서 3천만원씩 별도로 더 줘야 한대요.

사모님은 사돈댁에 계산대로 7억원을 줬어요. 그리고 마담뚜에게 1억원을 줬죠. 그런데 사위가 된 김 판사가 자기 엄마한테 소개료 3천만원을 주지 말라고 그랬어요. 법으로 치면 안 줘도 된다는 거였죠. 판사니까 법 모르는 게 없잖아요? 그런데 그게 화근이었다고 말들을 해요.

마담뚜들은 김 판사보다 판례 실력은 작지만 판 깨는 실력은 대단하다는 소문이었어요. 어느 날부터 회장부인에게 괴 전화가 걸려왔죠. 30대 젊은 여자의 목소린데 김 판사가 과거 어떤 여자하고 살았다는 거죠. 사모님이 눈이 뒤집혔죠."

"그래서 어떻게 됐어요?"

"사위의 불륜 현장을 잡기 위해 대대적인 미행 작전에 돌입했죠. 사모님은 사위 방에 도청기를 장치했어요. 그리고 밤이면 딸 내외가 자는 방 입구에 머리카락을 붙여 놓고 사위가 어디 몰래 가는지도 체크했죠. 나중에는 딸이 사는 아파트 앞 현관에서 밤을 새다가 눈이 퉁퉁 붓기도 했어요.

사모님은 경찰관, 심부름센터 직원들 20여 명을 동원해 사위 꼬리잡기 작전에 돌입했어요. 경찰관이나 심부름센터 직원에게 불륜 현장 사진만 가져오면 큰돈을 주겠다고 현상금을 걸었어요. 사모님은 워낙 철저하고 치밀한 분이에요. 형사나 심부름센터 직원들이 목욕탕이나 전자오락실에서 적당히 시간만 때울까봐 승복 차림으로 현장을 급습하기도 했죠."

사람을 몰아치는 데는 이골이 난 여자 같았다.

"저만 들은 게 아니라 미행하던 사람들이 다 같이 들은 얘긴데요, 사모님이 그 때 독 품은 얼굴로 뭐라고 했는지 아세요? 개뿔도 없는 집안 새끼를 사위 삼았는데 배은망덕한 새끼라고 욕했어요. 사모님은 김 판사 집에 준 돈 중에서 3억5천만원을 도로 찾아왔어요. 물건에 하자가 있다는 거죠. 하여튼 돈에는 지독해요, 지독해."

"도대체 왜 그렇게 사위를 의심했죠?"

난 이해할 수 없었다. 거의 병적이었다.

"남편인 회장님이 원래 바람을 피워서 따로 자식이 있거든요. 사모님은 그 피해 의식이 컸어요. 한번은 사모님이 젊었을 때 남편이 어떤 여자하고 차 안에 있는 현장을 봤어요. 사모님은 자기가 운전하던 차를 몰아 가미가제 특공대같이 그 여자와 남편이 함께 타고 있는 그 차에 가서 충돌한 적도 있대요. 정말 독하죠. 딸만은 자기 같은 불행을 안겨 주지 말자는 거죠."

대충 핵심을 알 것 같았다. 난 얘기의 방향을 돌렸다.

"만약 체포될 경우 어떻게 하자는 계획이었어요?"

"베트남에 도망 가 있을 때 사모님이 전화로 자기는 살인청부와는 전혀 관계가 없다고 얘기하라고 해서 그대로 말해 준 적이 있어요. 그게 녹음 됐구요. 잡혔을 때 어떻게 말하라는 걸 미리 공책에 써 줘서 열심히 외웠죠. 검거된 첫날 경찰에서 연습한 대로 진술했죠. 내용이 뭐냐면 살인 부분만 제3의 인물인 정 사장이라는 사람에게 다시 부탁해서 실행했다는 거였어요. 그런데 형사들이 계속 세부적인 여러 가지 사항을 물어보는데 제가 미처 다 꾸며대지를 못하겠더라고요."

가공의 한 인물을 만들어 꾸며대기란 생각처럼 쉽지 않았다.

"그래서 말이죠, 두 번째 조서를 받을 때부터는 아예 사실대로 진술했어요. 형사가 그러는데 모두 사형에 처해질 건데 진실을 말하면 정상 참작의 여지는 있다고 그랬어요. 사실 저는 중간에서 돈 전달하고 푸대 속에 넣은 여대생 운반한 죄밖에 없거든요."

그의 어리석음 때문에 공범들이 속깨나 썩었을 것 같았다.

검찰에서 제가 조사를 받을 때 사모님이 찾아 왔는데 나 보고 손바닥을 뒤집는 제스처를 하시더라구요. 나와 킬러가 총대를 메라는 거죠. 저만 말을 맞춰 주면 완벽하다고 그랬어요. 사모님은 제 변호사까지 사 줬는데 그 변호사도 저를 찾아 와서 그렇게 하라고 했어요. 그렇게 해 주면 합의를 해서 형(刑)도 깎아 준다고 그랬어요."

그는 면회 왔던 아내의 말을 듣고 내게 모든 걸 술술 부는 것 같았다. 나는 그의 말을 한번쯤 의심해 볼 필요가 있었다.

"정말 회장부인이 살인청부의 심부름을 시켰습니까? 아니면 물귀신 작전으로 물고 늘어지는 거 아닙니까?"

내가 물었다. 그렇게 말할 경우 회장부인의 변호사들은 그 방향으로 가면서 무죄를 주장할 것이다.

"정말 사모님 심부름한 거밖에 없다니까요. 내가 모르는 여대생을 죽일 이유가 어디 있겠어요? 그것만 봐도 아실 수 있잖아요?"

그가 답답하다는 얼굴로 나를 보았다.

"지금 회장부인 쪽 태도는 어떻습니까?"

"대형 로펌 유명한 변호사들을 동원해서 자기는 미행만 시켰지 절대로 살인은 교사하지 않았다는 쪽으로 가고 있어요. 그쪽 변호사님이 오셔서 나한테 그렇게 말하라고 했어요. 작전을 잘 짜야 한다는 거예요. 내가 뒤집어쓰고 사모님을 빨리 빼내야 나도 살 수 있다는 거죠."

"그러면 그렇게 하지, 왜 나를 불러 사실을 털어놓죠?"

"회장부인이나 그쪽에서 사 준 변호사를 안 믿기 때문에 이렇게 인권변호사님에게 따로 물어보는 거죠. 이제는 사모님을 절대 안 믿죠."

그들의 관계는 뭔가 뒤틀려 있었다.

"그러면 앞으로 어떻게 할 계획인데요?"

"그냥 사실대로 다 말할 거예요. 진짜 다 털어 놓으면 그래도 좀 봐 주겠죠. 그 가운데 역할을 좀 맡아 주세요."

그는 회장부인이 판사를 시켜서 자신에게 사형 선고를 내릴까 봐 무서워하는 것 같았다.

3
일 막

11월 25일. 서울고등법원 303호 법정은 벌써 초겨울의 냉기가 감돌고 있었다. 회장부인과 김용국, 그리고 킬러가 재판장 맞은편 나무의자에 나란히 앉아 있었다. 계란형의 얼굴에 짙고 검은 눈을 가진 회장부인은 60 가까운 나이인데도 아직도 아름다움이 남아 있는 것 같았다.

구속이 된 상태인데도 그녀는 베이지색 실크 재킷을 입고 나는 여기 올 사람이 아니라는 표정으로 고개를 빳빳이 들고 있었다. 얼핏 광기가 번득이는 눈만 아니라면 교양 있는 사모님이 틀림없었다. 방청석에는 응원 나온 듯한 그룹 임원들이 꽉 차 있었다. 변호사석도 화려한 경력을 가진 거물급 변호사들이 포진하고 서류를 뒤적이는 중이었다. 회장부인이 변호사석을 향해 힘들고 억울하다는 표정을 지었다. 담당변호사들은 마치 아기를 달래기라도 하듯 조금만 참으라는 눈빛을 보내며 위로해 주었다.

회장부인 옆에서 곱슬머리 김용국은 안경 너머로 눈을 질끈 감고 있었다. 더 이상 회장부인 명령을 듣지 않겠다는 표시 같았다. 그 옆에 여대생을 죽인 킬러가 있었다. 바짝 깎은 짧은 머리에 근육질의 체격이었다. 30대 후반쯤인 강인한 사내 같았다. 이따금 남 모르게 그가 눈을 희번덕일 때면 섬뜩한 푸른 광채가 흘러나왔다. 재판 중인데도 법정 안은 진공 속 같았다. 돋보기를 코에 걸친 재판장이 기록을 들추다가 고개를 돌려 킬러를 내려다보면서 한마디 했다.

"여기 부검 기록을 보니까 총알이 네 발이나 같은 곳을 관통했네?"

프로급 살인자가 아니냐는 암시였다. 재판장이 계속했다.

"총구를 여대생 머리통에 들이대고 계속 갈겨 확인사살을 한 것 같은데 어때?

그렇게 죽였나?"

돋보기 위로 쏘아보는 재판장의 눈이 차가왔다. 그 눈길에 킬러가 당황하면서 손을 내저었다.

"아, 아닙니다. 일 미터 이상 물러서서 고개를 돌리고 쐈습니다."

전문 살인범이 아니고 아마추어라는 뜻이다.

"안 보고 쐈는데도 그렇게 총을 잘 쏘나?"

재판장이 다시 물었다. 그 어조에는 조용한 분노와 빈정거림이 묻어 있었다.

"처음에 그 여대생 얼굴을 보고 한번은 총구를 겨냥했었습니다. 그렇지만 두 발째부터는 보지 않고 쐈습니다."

총알들은 모두 뇌에 박혀 있었다. 치명상이었다. 킬러의 뒤쪽으로 우람한 교도관들이 인간방패를 만들고 있었다. 누가 범인들의 뒤에 다가가서 칼이라도 박을 걸 대비해서 그런 것 같았다. 그 뒤 방청석 구석에 각진 턱을 한 남자가 보였다. 회장부인을 응원 나온 그룹 임원들과는 전혀 다른 분위가 풍겼다. 백짓장같이 하얀 얼굴은 지치고 한이 서린 듯한 표정이었다. 재판장이 계속 킬러에게 묻고 있었다.

"죽은 여대생의 팔뼈가 세 동강이 나 있던데 왜 그랬지? 죽이기 전에 고문을 많이 했구만."

재판장이 확신에 가까운 추정을 하고 있었다.

"잘 모르겠습니다."

킬러가 고개를 흔들며 안간힘을 쓰고 있었다.

"둘러메고 산으로 올라가다가 집어 던졌나? 그래서 팔뼈가 부러졌나?"

재판장이 집요하게 추궁했다.

"아닙니다. 죽이기 전 땅에 내려놓을 때조차 떠 안 듯이 내려놨습니다요."

킬러가 안절부절 못하고 있었다.

"안 듯이 조심스럽게 내려놨다? 죽일 여자를 잘도 대접해 줬구만."

재판장이 혀를 차면서 말했다.

"그 때 움직였어? 이미 죽어 있었어?"

재판장이 감정을 나타내지 않고 계속 물었다.

"그 여대생을 푸대 속에 넣어 산으로 메고 올라가는데 힘이 들어 잠시 내려 놓고 쉬었습니다. 그 때 발이 꼼지락거리는 걸 봤습니다요."

"살려달라고 애원하지 않았나?"

"입에 청테이프를 붙여 놔서 말을 하지 못했습니다."

"죽여 주는 데 얼마를 받기로 했지?"

"저는 2억원을 달라고 하고 사모님은 1억5천을 주겠다고 했습니다. 그래서 그 중간 금액인 1억7천5백만 원에 낙찰이 됐습니다요."

"살인을 청부받은 게 그거 하난가?"

"아닙니다. 그 전에 두 건을 더 청부받았었는데 실패해서 사례비를 못 받았습니다."

"잠깐만요, 재판장님."

그 때 회장부인의 변호인단 중 대표급 변호사가 자리에서 일어나면서 재판장을 올려다보았다.

"뭡니까?"

재판장이 그 변호사를 보면서 물었다.

"먼저 이쪽에서 모두 진술을 해야겠습니다."

대표변호사가 요구했다. 모두 진술은 피고인들이 자기 방어의 핵심 요지를 진술하는 법적 권리였다. 그런데 그게 묘했다. 나는 변호사를 오래 해 오면서 전직 대통령이나 재벌 회장 외에는 그 권리를 인정하는 재판부를 별로 보지 못했다. 내가 신청했다가 거부당한 적조차 있었다. 그건 특권이었다.

"하시죠."

재판장이 마지못해 허락했다. 회색 은발이 고운 그 변호사가 미리 준비한 듯 손에 든 원고를 낭독하기 시작했다.

"이 사건에서 명백한 건 여대생이 살해됐다는 사실뿐입니다. 회장부인은 살인교사를 한 적이 전혀 없습니다. 사회적 지위가 있고 또 잃을 것이 많은 대기업 회장의 부인이 그런 상식에 어긋나는 일을 부탁할 리가 없습니다."

그 변호사는 의도적으로 잠시 숨을 가다듬었다.

"회장부인이 했다는 살인교사의 증거는 실제로 살인을 한 두 사람의 증언밖에는 없습니다. 그 두 사람은 회장부인이 살인을 지시했다고 하면서 물귀신처럼 이 사건에 끌어들이고 있습니다. 그 이유는 간단합니다. 물고 늘어지면 재력이 있는 회장부인이 죽은 여대생의 가족과 합의를 해 줄 것이고 그렇게 되면 형이 감경될 것이기 때문입니다. 솔직히 회장부인이 죽은 여대생의 미행을 부탁한 건 사실입니다. 그러나 살인범인 두 사람은 문제를 쉽게 해결하기 위해 독자적으로 납치를 결정했습니다. 납치 후 가혹 행위가 있었을 것입니다. 몇 조각 난 팔뼈가 그 정황을 입증하기에 충분합니다. 그러다 두 사람은 이러지도 저러지도 못하는 상황에서 여대생을 죽이고 해외로 도피한 것입니다. 그리고 체포가 되자 회장부인을 끌어들인 것입니다."

회장부인의 얼굴이 환하게 빛이 났다. 변호사들로부터 힘을 얻은 자신만만한 표정이었다.

4

밀리는 검사

담당검사는 하얗고 긴 얼굴에 유난히 코가 길었다. 고집스러워 보이는 긴 코는 거의 입술까지 내려오는 느낌이었다. 깡마른 체구에 작은 눈이 만만치 않아 보였다. 검사는 앞에 앉아 있는 회장부인을 정면으로 쏘아보고 있었다. 회장부인 역시 조금도 기죽지 않은 채 파란 눈길로 검사를 마주보고 있었다. 두 사람 사이의 허공에 기운과 기운이 맞부딪치고 독과 독이 교차하는 느낌이었다.

법정에서도 회장부인은 특별했다. 죄수복 대신 예외적으로 입은 사복, 특별히 주문한 목보호대, 구원하기 위해 특별히 조직된 거물급 변호인단은 자신감을 주기에 충분했다.

그룹 임원들로 꽉 찬 방청석의 뒷줄에 총 지휘탑인 회장이 앉아 있었다. 거무튀튀한 얼굴에 둥근 천정을 올려놓은 것 같은 대머리였다. 그는 수단과 방법을 가리지 않는 무서운 사람이라는 소문이 돌았다. 험난했던 시절 그는 부두를 장악하고 조폭세계마저 평정한 적이 있다고 했다. 그는 정박하는 배에 물품들을 독점해서 납품했다고 한다. 그에게 도전했던 인물은 어느 날 소리 없이 살해되어 길바닥 맨홀뚜껑 속에 들어가 박히기도 했다는 얘기도 들렸다. 회장은 그러나 이제 재계 서열 몇째를 자랑하는 그룹의 총수였다. 거물급 정치인과 친분을 만들고 명문가를 만든 새로운 귀족이었다. 1년 전쯤 그는 주가(株價) 조작으로 잠시 구속됐었다. 그러나 일선 검사들이 아무리 노려도 그는 불사조였다.

그는 속을 숨긴 채 검사를 노려보고 있었다. 코가 긴 검사가 자리에서 일어나 회장부인을 보면서 묻기 시작했다.

"피고인 김귀숙씨는 그동안 수사기관에서 여러 진술을 하셨는데 그 내용이 맞습니까?"

김귀숙은 회장부인의 본명이었다.

"아니오, 틀려요. 이 법원에서 앞으로 진술할 게 사실입니다."

"왜 틀리는 말들을 하셨죠?"

검사의 눈초리가 회장부인의 가슴을 꿰뚫을 듯 파고들었다.

"지금 방청석 뒤에 앉아 있는 죽은 여대생의 아버지가 어떻게나 언론몰이를 하는지 방송에서는 벌써 내가 살인을 사주한 걸로 기정사실화 하고 있었어요. 또 경찰이나 검찰은 그 내용대로만 나를 몰아쳤고요."

누가 연습을 시켰는지 그녀의 입에서 법률 용어가 자연스럽게 흘러나왔다.

"그럼 법원에서 사실을 얘기하려는 이유는 뭐죠? 계속 묵비권을 행사하시지."

검사가 비꼬았다.

"검찰과는 달리 재판부에서는 진실을 알아 주실 것 같아 말씀드리려는 겁니다."

회장부인은 검사에게 '판사는 너희들 검사와는 달라' 하는 표정을 지었다. 사위가 지금도 현직 판사이고 장모의 감옥 심부름을 한다고 했다.

"여대생이 죽은 걸 확인하고 나서 살인청부의 잔금을 주셨던데?"

검사가 본론을 꺼냈다.

"그건 검사님 억측이시죠."

회장부인이 비웃음을 흘리며 맞받아쳤다.

"하여튼 사건 후 돈이 살인범 김용국에게 건네 갔던데, 그건 맞죠?"

검사가 한발 물러서면서 부정하기 힘든 사실을 확인했다.

"정확한 기억은 못하겠는데 3천만원 정도 준 건 사실입니다. 제가 미행심부름을 시킨 조카 김용국이 오히려 저에게 협박을 하는 거예요. 다른 아이들을 시켜 미행을 했는데 중간에서 사고를 냈다는 거예요. 제가 막 화를 냈죠. 미행만 시켰는데 어째서 그런 일이 일어날 수 있느냐고 욕을 해 줬어요. 그랬더니 나보고 자꾸 그런 식으로 하시면 살인을 교사한 것으로 말아 버릴 테니까 알아서 하라는 거예요. 그 말을 들으니까 겁도 나고 경황이 없는 중에 3천만원을 빼앗긴 겁니다."

회장부인의 얼굴에 공포스런 표정이 떠오르면서 어조도 떨리는 것 같았다. 나는 그 옆의 김용국을 바라보았다. 김용국이 눈을 질끈 감은 채 그 말을 듣고 있었다. 검사가 계속했다.

"옆에 있는 김용국 말은 회장부인께서 살인을 직접 지시하셨다는데? 어때요?"

검사가 김용국을 슬쩍 쳐다보며 물었다.

"그게 제가 지시할 수 있는 일일까요? 이건 김용국이 다 꾸민 일입니다."

회장부인은 분한 듯 옆의 김용국을 표독스럽게 노려보았다.

"김귀숙 피고인은 김용국을 베트남에 도망시키고 다시 그곳으로 전화를 한 적이 있죠? 왜 그랬죠? 통화 내용 기억합니까?"

"제가 용국이를 꾸짖으면서 진상을 물었습니다. 당시만 해도 어떻게 된 건지 내용을 통 몰랐으니까요. 제가 그 때 용국이가 사람 죽인 걸 비로소 알고 꾸짖었습니다. 그래서 어떻게 했길래 이렇게 우리 가문을 엉망으로 만드느냐고 말이죠. 미행을 시킨 저도 도의적 책임은 있었던 거죠."

회장부인은 정말 가문을 걱정하는 근엄한 표정이었다.

김귀숙 피고인은 여대생이 피살된 직후 김용국을 몰래 만나 9천만원을 현찰로 준 적이 있던데 어때요? 김용국의 말은 그게 살인 잔대금이라고 하던데."

검사가 물었다. 김용국이 뒤늦게 번복한 진술을 토대로 검사는 회장부인과 싸우고 있었다.

"집을 사는데 도와달라고 해서 돈을 준 사실이 있어요. 그래도 용국이는 제 친정조카예요. 친척이 어려울 때 서로 도와야 하는 거 아니겠어요?"

회장부인이 천연스런 표정으로 검사를 보면서 말했다. 검사가 흥분해서 어조를 높여 소리쳤다.

"검찰에서는 그런 돈을 준 적이 없다고 부인했잖아요? 그런데 이제는 줬다고 그럽니까?"

"그 때는 온통 매스컴에서 내가 돈을 주고 살인을 교사했다고 해서 사실대로 말하면 뒤집어쓸 것 같아서 그랬어요."

회장부인이 묘한 미소를 지으며 능수능란하게 대답했다. 그녀가 덧붙였다.

"1심에서도 판사님들이 그런 선입견으로 판단해서 제가 유죄 판결을 받은 거예요."

1심에서 그녀는 징역 5년을 선고받았다. 김용국과 킬러는 징역 22년을 선고받았다.

"그러면 사건 후 9천만원 준 사실은 이제야 처음 인정하는 셈이네?"

검사가 말꼬리를 잡았다. 순간 그녀는 움찔하면서 자기 변호사들을 쳐다보았다. 눈빛으로 그걸 인정해도 되느냐고 묻고 있었다. 그녀의 변호사가 고개를 끄덕하며 사인을 보냈다. 검사가 계속 물었다.

"피고인 김귀숙은 여대생을 살해한 킬러 마기룡을 알고 있었죠?"

마기룡이란 이름의 살인자가 바위같이 가만히 듣고 있었다.

"언론에서 떠들어서 알았어요. 그 전에는 몰랐죠."

회장부인은 생뚱한 표정이었다.

"김용국에게 공항에서 준 돈이 현찰이던데 그렇게 현찰로 준 이유가 뭐죠?"

"사업을 하는 사람의 아내로서 항상 현찰을 많이 준비해 둡니다. 남들도 다 그래요. 검사님도 그 정도는 아시잖아요? 특히 친정에 주는 돈은 그렇죠."

회장부인이 싱긋 웃으며 대답했다. 검사가 밀리고 있었다.

"남편이 바람을 피우는 바람에 집안에 불화가 많았죠? 그래서 딸만은 자신과 같은 운명을 만들지 말아야 하겠다는 집착이 강했다는데 어떻습니까?"

검사의 질문이 사정 조로 바뀌고 있었다. 너무 강적을 만난 것이다.

"대한민국에서 사업을 하는 사람들은 대부분 다른 여자들과 관계를 가집니다. 그게 현실입니다. 사업가의 아내로서 남편의 외도에 눈을 감을 줄도 알아야 한다고 생각합니다. 제 남편은 그런 것들을 다른 걸로 보상해 주곤 하셨어요. 그게 살인의 동기라는 건 말도 안 돼요. 꾸며낸 얘기라고요. 제 남편은 상장회사들이 모인 그룹의 회장이세요, 사위가 판사고 딸도 명문대를 나왔어요. 아들은 박사 과정을 밟고 있고요. 내가 뭐가 모자라서 살인을 교사하겠어요? 검사님도 한번 생각해 보시라고요."

검사가 더 묻지 못하고 주춤하는 모습이었다.

"그럼 그렇게 오래 미행을 계속시킨 이유가 뭐죠?"

검사가 말려드는 것 같았다.

"미행이라는 걸 막상 시켜 보니까 정말 어렵습디다. 한 팀에게 맡기고 현장을 가 보면 없어요. 근처 목욕탕에서 시간이나 때우고 돈을 달라는 짓거리들을 해요. 다른 팀으로 바꾸고 가 보면 당구장에서들 살고 있어요. 열심히 미행하면 두세 번 만에 뭔가 나올 텐데 전부 그 짓들을 하는 거예요. 그러면서도 미행자들은 항상 여운을 남기는 거예요. 뭔가 있긴 있는데 놓쳤다는 거죠. 그러니까 나도 그만둘 수 없죠. 그런 말들에 현혹되어서 계속했어요."

회장부인은 완벽했다. 김용국은 옆에서 전전긍긍하면서 어쩔 줄 모르는 모습이었다. 둘 중의 한 사람은 완벽에 가까운 거짓말을 하는 것이다.

공판이 끝나고 법정 앞 복도는 회장 측 친척과 그룹 임원들로 웅성거렸다. 모두 자신감에 찬 표정이었다. 그들은 재판을 한 판의 스포츠 게임으로 보는 것 같았다. 그 중 섬처럼 외롭게 떠도는 두 사람의 모습이 보였다. 한 사람은 김용국의 처였다. 친척들 모두 그녀를 철저히 외면하고 소외시켰다. 또 한 사람은 저만치 떨어져서 창 밖으로 허무의 눈길을 보내는 남자였다. 부스스한 머리에 지친 얼굴이었다. 입고 있는 바지가 후줄근했다. 꽉 다문 입과 각진 턱은 무언가 할 말이 많아 보였다. 그 남자는 재판 내내 방청석 끝에서 침묵하며 지켜보았었다.

"저 분이 죽은 여대생의 아버지예요."

김용국의 처가 다가와 내게 속삭였다. 나는 조심스럽게 그에게 다가갔다. 살인범을 담당한 변호사에게 중요한 일 중의 하나는 피해자에 대한 태도였다. 살인범을 대리해서 사죄를 하고 그들의 마음을 얼마간이라도 풀어 줘야 했다. 그러나 대부분의 변호사들은 결정권을 쥔 재판장만 중요하게 생각하는 경우가 많았다. 또 합의금이라는 명목으로 목숨 값을 흥정을 하는 수도 흔했다.

현실은 아예 범죄 사실을 부인하고 교묘하게 증거를 없애 완전범죄를 추구하는 경향이 대부분이었다.

회장 측은 범죄를 부인하는 쪽으로 전략을 꾸민 것 같았다. 중간 고리인 김용국의 입만 막으면 검찰도 법원도 어쩔 수 없는 것이다. 막강한 회장 측 변호사들은 이미 그걸 꿰뚫고 있었다. 힘들게 피해자에게 사과하고 배상할 필요가 없었다. 그건 살인을 인정하는 행동으로 인식하고 있었다.

"저 실례합니다만 피해자인 여대생의 아버님이시죠?"

내가 조용히 그 남자에게 인사했다. 그가 고개를 돌리고 망연한 눈길로 나를 쳐다보았다. 미움조차 삭은 눈빛이었다.

"전 김용국의 새 담당변호사입니다. 직업이 직업이라 살인범이라도 변호를 하게 됐습니다. 그렇지만 먼저 김용국을 대신해서 사과드리고 싶습니다. 저도 비슷한 또래의 딸을 가진 아버지입니다. 아픔이 어떠실지 알고 있습니다."

순간 그의 한 맺힌 얼굴에서 금세 눈물이라도 쏟아져 나올 것 같았다. 그가 담담하게 입을 열었다.

"저도 나름대로 명문 고등학교를 나오고 일성그룹에서 18년을 일해 왔던 사람입니다. 저는 고시에 합격해서 큰 로펌 변호사가 되면 정의를 위해 일하는 줄 알았습니다. 그런데 오늘 회장부인 변호사들을 보면 정말 저래도 되나 한스럽습니다. 사실 자체를 왜곡시키지 않습니까? 전 끝까지 싸울 겁니다."

그의 뺨이 씰룩거렸다. 회장부인은 법정에서 오히려 그가 언론플레이를 해서 엮였다고 덮어씌웠다. 그가 쉰 목소리로 계속했다.

"저는 무신론자입니다. 그렇지만 우리 딸의 죽음을 보고 세상에는 귀신이 있구나 생각했어요. 딸의 시신이 발견됐다는 소식을 듣고 우리 부부가 달려갔어요. 제가 보는 순간 죽은 딸아이가 갑자기 한쪽 눈을 뜨는 거예요. 한이 맺혀서 아빠, 엄마가 갈 때까지 영혼이 거기 있었나 봐요. 제가 손으로 그 눈을 감겨 줬어요. 그랬더니 이번에는 다른 쪽 눈꺼풀이 올라가는 거예요. 엄마가 그 눈마저 감겨 줬더니 입이 씰룩거렸습니다. 저는 딸아이의 원한을 느꼈어요. 정말 시간을 쪼개 쓰면서 바쁘게 살던 아이였습니다. 짧은 인생을 살고 가려고 그렇게 새벽 시간까지 아꼈던 것 같아요. 차디찬 산 속에서 죽어가면서 그 순간 마음이 어땠겠어요?"

이제 그는 눈물마저 메말라 나오지 않는 것 같았다.

"제가 차라도 한잔 대접하고 싶습니다."

내가 그에게 사무실로 가자고 권했다. 그의 시각에서 본 이 사건의 내막을 자세히 듣고 싶었다.

5

죽은 여대생 아버지의 고백

살해된 여대생의 아버지 정의택씨는 쉰아홉 살이었다. 부산고등학교와 서울대학교를 졸업하고 최고 재벌그룹에 들어가 18년을 근무하다가 개인 사업을 차려서 나왔다. 그는 그룹 내에서 종합상사의 부장을 맡아 무역업무도 많이 했다. 또 임원으로 있으면서 광고회사를 맡아 홍보 쪽 일을 도맡아 처리하기도 했다. 50이 넘자 독립하기로 결심했다. 정년을 기다리면서 무기력하게 회사에 있는 것보다 뭔가 새로운 제2의 출발을 하고 싶었던 것이다.

그는 강남구청 근처에 컨설팅 사무실을 열었다. 무역이나 광고를 하려는 사업가들을 지도하고 안내해 주는 일이었다.

컨설팅 사업은 잘 되지도 못 되지도 않고 고만고만했다. 사무실을 유지하고 가족이 생활을 할 만은 했다. 그는 무리하거나 욕심을 내는 성격이 아니었다. 대학 졸업반의 아들과 딸 혜경이가 있었다. 아이들은 둘 다 성실하고 자기 일을 열심히 하는 성격이었다.

아내에게는 여동생이 있었다. 아내 자매는 어떤 일도 서로 흉금 없이 터놓고 의논을 할 정도로 우애가 깊었다. 동서 되는 김 서방도 그의 고등학교 후배였다. 처제와 김 서방 사이에는 아들 둘이 있었다. 맏아들은 의사고 둘째 태환이는 판사였다. 부모끼리 친하다 보니 이종형제들 사이도 무척 좋았다.

판사인 태환이가 고시공부를 할 때였다. 동서 김 서방은 마산에서 작은 병원을 경영하고 있었다. 그 때 태환이가 서울 이모 집에 묵으면서 고시공부를 하고 싶다고 했다. 정의택씨 부부는 흔쾌하게 승낙했다. 이럴 때 조카들에게도 정을 쏟아 두면 좋을 것 같았다. 이모가 되는 그의 처는 조카 태환이에게 지극 정성이었다. 아들이나 딸 혜경에게는 안 먹여도 사골을 사다가 푹 고아서 조카 태환이만 먹이기도 했다.

이모부가 되는 정의택씨도 태환이에게 용돈이라도 주고 싶었다. 그러나 그는 경솔하게 돈을 주지는 않았다. 혹시 태환이의 자존심을 건드릴까 봐 조심했다. 그는 태환이에게 혜경이의 수학 공부를 도와 주라고 부탁했다. 당시 혜경이는 고등학생이었다. 그래야만 태환이가 용돈을 부담 없이 받을 것 같았다. 거저 주는 돈보다 공부를 가르치고 그 대가를 당당하게 받게 하고 싶었다.

머리가 비상한 태환이는 빨리 사법시험에 합격했다. 성적도 좋았다. 온 집안이 축하했다. 태환이가 사법연수생 시절 마담뚜들이 덤비기 시작했다.

판사가 될 태환이는 대한민국 일등 신랑감이었다. 인물도 훤칠하고 집안도 좋은 셈이었다. 마담뚜들은 별별 좋은 조건을 다 제시했다. 아파트를 사 주고 외제차를 선물하겠다고도 했다. 어떤 때는 그냥 한번 선만 보자고 애걸을 했다. 판사 임관이 되면 최고명품이었다. 그 다음이 검사고 그 다음이 변호사였다. 판사도 서울판사냐 지방판사냐에 따라 값이 다르게 매겨진다고 했다.

정의택씨는 그런 얘기들이 영 듣기 거북했다. 그건 결혼이 아니고 인간매매였다. 정의택씨는 아내를 통해 태환이 아버지가 선을 본 재벌집에 10억원을 요구했다는 말을 들었다. 그 말을 들은 상대편 재벌집 대답도 별났다. 태환이 사법연수원 성적이 좋지 않으니까 5억원 정도까지는 줄 수 있다고 했다. 밀고 당기는 흥정을 하다가 결국 7억원에 낙찰이 됐다는 것이다. 정의택씨는 그런 짓을 하는 태환이 아버지가 영 못마땅했다.

동서는 태환이뿐만 아니라 맏아들 결혼 때도 그랬다. 맏아들도 사귀던 여자를 떼어놓고 다른 곳에 아들을 결혼시키려고 했다. 정의택씨는 동서 김 서방이 의사면서도 왜 그렇게 돈을 밝히는지 이해하기 힘들었다.

몇 번 다른 사람들과 어울려 내기골프를 친 적이 있었다. 동서 김 서방은 자기가 한번 잃은 돈은 절대로 잊어버리지 않았다. 지독한 사람이었다.

동서 김 서방의 맏아들은 그래도 뚝심이 있었다. 아버지의 그런 성격에 굴복하지 않았다. 맏아들은 자기가 사랑하는 여자하고 결혼을 해 버렸다. 반면 둘째 아들인 태환이는 부모 말에 절대 복종하는 타입이었다. 공부는 잘하는데 어려서부터 보면 자기 주관이 없는 아이 같았다.

여자 문제도 그랬다. 태환이는 대학 때부터 사귀던 여자가 있었다. 회장 집과 결혼 말이 오갈 때 돈을 주고 사귀던 여자를 떼어 버리기로 부모와 태환이는 결정한 것 같았다. 여자가 한을 품으면 오뉴월에도 서리가 낀다는 말을 듣고 자라온 정의택씨였다.

결혼이 성사되면서 태환이 사법연수원 졸업식장에서 양가(兩家) 부모가 만나 함께 식사를 했다. 그 다음날 태환이 엄마가 와서 언니인 아내에게 그 날 있었던 일을 얘기했다.

양가는 워커힐 호텔 이탈리아 식당의 특실에 모여 서로 인사를 했다. 부드러운 실내음악이 흐르고 있었고 검은 양복을 입은 매끈한 웨이터들이 조심해서 음식을 나르고 있었다. 회장부부가 말없이 앉아 있었다. 시어머니가 될 태환이 엄마는 아무래도 딸을 가진 부모가 조심하느라고 그런가 보다 생각했다. 태환이 엄마는 요리가 나오기 전에 먼저 몇 마디 농담을 했다. 서로 마음의 문을 열고 분위기를 부드럽게 하기 위해서였다. 회장부인이 못 들은 체 외면했다.

교양 없는 여자라고 무시하는 표정 같았다. 그걸 느낀 태환 엄마는 마음에 상처를 입었다.

신라호텔 다이너스티 홀에서 결혼식은 성대하게 열렸다. 현직 총리가 주례를 서고 국립합창단이 나와 결혼행진곡과 축가를 연주했다. 영빈관 잔디 위에서 피로연이 있었다. 정계, 재계, 문화계 인사들이 즐비하게 모여들었다. 결혼식에 참석한 정의택씨는 왜 그런지 가슴속에 찬 바람이 부는 썰렁한 느낌이었다. 회장의 형제나 가족들의 얼굴은 백납처럼 굳어 있었다. 서로 원망하고 미움을 가진 얼굴들이었다. 정의택씨는 우연히 고등학교 동창 모임에서 들은 얘기가 떠올랐다.

동창 중에 사업을 하는 친구가 있었다. 그는 회장이 사채와 유흥업으로 시작해서 악랄한 방법으로 회사들을 인수한 업계의 기피 인물이라고 했다.

하객들이 하나 둘 자리를 뜨고 양가 친척들만 남았다. 정의택씨가 화장실에서 오래 참았던 소변을 보고 있을 때였다. 사돈이 된 회장이 들어왔다. 순간 그는 긴장했다. 피차 어려운 사이였기 때문이었다. 회장은 아랑곳하지 않고 그가 서 있는 옆 변기로 다가와 지퍼를 내렸다. 회장이 갑자기 한 팔을 그의 어깨에 걸치면서 친숙한 듯 내뱉었다.

"정 사장! 오늘 보니까 얘기가 통할 사람 같아. 더러 만나서 공을 칩시다. 나도 배운 거 없이 고생해서 성공한 사람이요. 그런데 말이지 성공해 보니까 돈으로 안 되는 게 없는 세상입디다."

정의택씨는 순간 당혹스러웠다. 회장의 그런 태도를 격의 없는 소탈한 품성으로 받아들여야 할지 장사꾼의 거들먹거리는 무례로 봐야 할지 혼란스러웠다. 어차피 조심하고 자주 보지는 말아야 할 사돈 관계였다.

"아, 예 그러시죠."

정의택씨는 적당히 비위를 맞추고 자리를 피했다.

시간이 흘렀다. 판사 태환이의 결혼 생활이 이따금씩 아내를 통해 정의택씨의 귀에 들어왔다. 장모인 회장부인은 판사사위를 끔찍하게 사랑하는 것 같았다. 퇴근 시간 무렵이면 벌써 사위가 지나는 남산터널 부근부터 사위의 위치를 확인한다는 것이다. 처음에는 좋게 들었지만 시간이 지나면서 좀 지나치다는 생각이 들었다. 그건 사랑이 아니라 집착이고 감시였다. 태환이는 결혼 전에 여자친구들이 여러 명 있었다. 그러다 갑자기 결혼식을 올린 것이다. 그걸 모르는 여자친구들이 더러 태환이에게 전화를 걸었다. 그걸 알게 된 회장부인은 신경을 곤두세우고 한 명 한 명 다 확인한다고 했다.

딸인 혜경이도 고시 준비를 하겠다고 했다. 당연히 사촌오빠인 태환이에게 공부에 대해 물으려고 전화를 했었다. 한번은 태환이가 장모인 회장부인과 함께 차를 타고 가는데 여자친구에게서 전화가 왔다. 귀를 곤두세우고 송화기에서 나오는 목소리를 듣던 회장부인은 사위에게 누구냐고 다그쳤다. 당황한 조카 태환이는 사촌동생 혜경이라고 둘러댔다. 친척동생이니까 회장부인이 의심하지 않을 것이라는 계산이었다.

그게 혜경의 죽음을 부르는 불행의 원인이 될 줄은 꿈에도 몰랐다. 그해 가을 무렵부터였다. 정의택씨 집에는 더러 이상한 전화가 걸려왔다. 늙은 여자 목소린데 딸 혜경을 찾았다. 누구냐고 물으면 친구라고 둘러대고는 서둘러 전화를 끊었다. 예민한 편인 정의택씨는 그 목소리가 어디선가 한번 들어본 희미한 기억이 있었다. 그러나 누군지 도저히 떠올릴 수 없었다. 전화국에 발신자 확인을 신청했지만 밝혀지지 않았다. 그 무렵부터 혜경이에게 이상한 남자들이 따라붙었다.

도대체 딸이 남에게 미행당할 이유가 없었다. 딸 혜경이는 동네 독서실에 다니면서 공부를 하고 있었다. 딸의 하루 스케줄은 단순하고 톱니바퀴처럼 정확했다. 남들하고의 불편한 관계가 있을 리가 없었다. 이따금씩 사귀는 남자친구를 만나는 정도였다. 딸은 시간을 아끼느라고 대학도서관에도 나가지 않고 동네에서 맴돌았다.

추석 무렵이었다. 회장부인이 정의택씨의 집으로 국수상자를 보냈다. 사돈집이라고 선물을 보낸 것 같았다. 때마침 처제인 태환이 엄마가 집에 와 있었다.

"사돈 선물을 그냥 넙죽 받아먹을 수 있나? 감사 인사를 해야지."

정의택씨가 전화번호를 찾으면서 송수화기를 들었다.

"회장 댁에 전화하지 마세요, 형부."

옆에 있던 태환이 엄마가 펄쩍 뛰었다.

"왜?"

그는 도무지 이해가 가지 않았다. 부잣집에 판사조카가 팔려 가면 연락조차 해서는 안 되는 것 같았다. 처제인 태환이 엄마가 눈치를 보면서 조심스럽게 덧붙였다.

"그리고 말이죠 형부, 앞으로 혜경이도 우리 김 판사한테 전화를 하지 않았으면 좋겠어요."

처제인 태환이 엄마는 아들을 우리 김 판사라고 불렀다.

순간 그는 자존심이 상했다. 도대체 혜경이가 얼마나 많이 전화를 했길래……. 그는 저녁에 독서실에서 돌아온 딸 혜경이에게 김 판사에게 몇 번이나 전화를 했느냐고 물었다. 딸은 고시공부에 대해서 물으려고 한 번, 그리고 안부인사 한 번 그렇게 합쳐서 딱 두 번 전화한 적밖에 없다고 했다. 전화를 하지 말라는 얘기를 들을 이유가 없었다. 회장부인은 사위의 모든 인연들을 끊으려는 것 같았다. 그러던 어느 날이었다. 조카인 김 판사가 이모인 그의 처에게 전화를 했다.

"이모하고 혜경이가 일본여행을 갔다 왔어요? 또 혜경이를 미국유학 보내려고 그런다면서요?"

정의택씨 부부는 깜짝 놀랐다. 조카인 김 판사가 그 사실을 알 리가 없기 때문이다.

"네가 그걸 어떻게 아니?"

"장모가 얘기해 줬어요."

"회장부인이? 아니 그 분이 어떻게 우리 집 사정을 알지?"

정의택씨의 아내가 놀라서 되물었다. 그 때 옆에 있던 정의택씨의 머릿속에서 기억의 전구가 반짝 들어왔다. 괴전화의 늙은 여자 목소리는 바로 회장부인이 틀림없었다. 결혼 후 피로연에서 잠깐 들었던 목소리가 분명했다. 비로소 딸 혜경이가 미행당하는 일들과 회장집에는 전화조차 하지 말라는 의미들이 서로 연관성을 가지면서 이해가 됐다. 아내도 혜경이도 눈치 챈 것 같았다.

"네 장모는 왜 남의 딸 뒤를 캐고 미행하는지 모르겠다. 가서 따져야겠어."

아내가 화가 나서 소리쳤다. 정의택씨의 온 가족이 옆에서 듣고 있었다.

"이모, 만약 항의할 경우 저한테 먼저 말해 주세요."

김 판사는 밑도 끝도 없이 사정 조로 얘기하고 전화를 끊었다. 정의택씨 가족들은 속이 부글부글 끓었다.

"회장집에 가서 따져야겠어요."

얼굴이 새파랗게 질린 딸 혜경이가 자리를 박차고 일어섰다. 그냥 참고 넘어갈 일이 아니었다. 가족들이 모여 의논을 했다. 하루 이틀의 괴전화도 아니고 단순한 미행도 아니었다. 오해를 풀어야 그칠 행동들이었다.

청담동에 있는 회장부인이 사는 복층 빌라는 완벽한 보안시설을 갖추고 있었다. 주차장 입구에 경비원과 CCTV가 있었다. 문은 항상 잠겨 있었다. 액세스 카드가 있어야 들어갈 수 있었다. 경비원이 모니터를 통해 주인의 허락을 받아야만 방문도 허락됐다. 정의택씨가 경비원에게 신분을 밝혔다. 경비원이 모니터 아래의 단추를 눌렀다. 삐 하고 소리가 나면서 빌라에서 받는 소리가 들렸다.

"누구시죠?"

처조카 김 판사의 목소리였다.

"이모님 가족이라고 오셨는데요."

경비원이 스피커에 대고 말했다.

"……."

아무런 대답이 없었다. 빌라의 문은 정의택씨 가족을 거부하듯 계속 굳게 닫혀 있었다. 10분이 흘렀다. 아무런 응답이 없었다. 정의택씨는 속에서 화가 치솟았다. 아무리 잘사는 집이라도 이러면 안 되는 것이다. 그는 경비원에게 다시 연락을 해 달라고 부탁했다.

잠시 후 문이 열리고 정의택씨와 가족들은 회장부인의 빌라로 들어갔다. 백평이 넘는 빌라의 내부는 화려하게 치장되어 있었다. 위층에 갓 결혼한 김 판사 부부가 살고 아래층에는 회장부인이 살고 있었다. 정의택씨 가족은 가정부의 안내를 받아 소파에 앉아 기다렸다. 잠시 후 2층에서 회장부인이 내려오는 모습이 보였다. 회장부인은 사위 김 판사의 멱살을 잡고 내려오고 있었다. 분노로 흉하게 일그러진 얼굴이었다. 사위는 하얗게 질려 있었다. 회장부인은 정의택씨를 보자마자 소리쳤다.

"딸 단속이나 잘해요. 이놈 저놈하고 붙어먹고……."

회장부인은 이미 최소한의 예의조차 없었다.

"아니 어떻게 그런 말씀을?"

정의택씨는 부글거리는 속을 다잡으면서 말했다.

"딸이 어디 시집가서 잘 사나 보자구요."

회장부인은 저주를 퍼붓고 있었다.

"보자보자 하니까 도대체 무슨 말을 그렇게 하시는 거죠?"

정의택씨의 목소리도 높아졌다.

"아무리 도도해도 어떻게 그런 말을 해요?"

옆에 있던 정의택씨의 아내가 소리쳤다. 회장부인이 맞받았다.

"붙어먹은 게 사실이 아니면 내 새끼가 차에 갈려도 된다니까."

정상을 벗어난 행동이었다. 회장부인의 머릿속에는 그 어떤 얘기도 들어갈 틈이 없었다. 유일하게 그 오해를 풀 사람은 김 판사밖에 없었다. 정의택씨가 그 자리에 있던 처조카 김 판사에게 말했다.

"네가 장모 앞에서 사실이면 사실이다, 아니면 아니다 라고 분명히 해라."

김 판사는 얼굴이 백짓장같이 되어 벽에 붙어 선 채 아무 말도 없었다.

"네 말은 콩으로 메주를 쑨다고 해도 안 믿지."

회장부인은 비웃는 표정으로 사위의 배를 손가락으로 쿡 찔렀다. 판사사위는 소파에 앉지도 못하고 벽에 붙어 선 채 핏기 없는 밀납 인형처럼 하얗게 굳어 있었다.

조카 태환이는 정말 사람이 아닌 것 같았다. 향기가 없는 조화(造花)라는 생각이 들었다. 회장부인도 대화가 통할 사람이 아니라는 걸 확인했다. 서로 다른 세계에 사는 이방인이었다. 정의택씨는 가족들을 이끌고 그 집을 나왔다. 주차장으로 내려왔을 때였다. 조카 태환이가 뒤에서 침울한 표정으로 따라 나왔다. 그런 환경 속에 있는 조카 태환이가 측은한 생각이 들었다. 판사라는 직위에 있으면서 그렇게 살 이유가 조금도 없었다. 정의택씨는 조카 태환이를 달래서 일을 조용히 마무리해야겠다는 생각이 들었다.

"김 판사, 네가 장모의 오해를 잘 풀어서 이 일을 매듭지어야 한다."

회장부인은 남의 말을 들을 여자가 아니었다.

"이모부, 장모는 아무리 말을 해도 믿지 않는 사람이에요."

김 판사가 절망한 표정으로 고개를 흔들었다.

그로부터 2주일이 흘렀다. 오전 11시경 정의택씨에게 전화가 왔다.

"회장사모님 조카 되는 사람인데요, 정 선생님을 만나 뵈었으면 합니다."

전화 저쪽의 남자는 정중한 어조였다. 30대 후반쯤 되는 남자의 목소리 같았다. 정의택씨는 회장부인 쪽에서 보내는 화해의 메시지로 받아들였다. 사돈간이고 오해에 대해 그럴 수밖에 없을 것으로 생각했다.

"그러시죠."

정의택씨는 강남의 뉴월드호텔 1층 커피숍으로 나갔다. 유럽의 고풍스런 가구를 흉내낸 의자와 탁자들이 배치되어 있었고 드문드문 사람들이 앉아 있었다. 벽의 불란서 풍 시계가 12시를 알리고 있었다. 구석의 창가에 있던 한 남자가 손을 들어 그에게 신호를 보냈다. 그는 깜짝 놀랐다. 짧은 스포츠머리에 무스를 바른 인상이 좋지 않은 청년이었다. 흰 티셔츠 위로 까만 양복을 입고 있었다. 건달 냄새가 물씬 났다.

"저는 회장사모님 조카 되는데요, 왜 그날 허락도 없이 회장님 댁에 침입했죠? 주거침입죄 아닌가요?"

그 사내는 바로 시비 조로 나왔다.

"아니 다짜고짜 밑도 끝도 없이 주거침입이 무슨 말입니까? 내 조카를 보러갔는데도 죄가 됩니까? 문을 열어 준 게 회장부인인데 그렇습니까?"

회장부인이 겁을 주기 위해서 깡패를 보낸 것 같았다. 정의택씨는 그 유치한 행동에 속에서 주먹 같은 것이 치솟아 올라왔다. 그러나 앞의 깡패하고 싸울 수는 없었다. 달래야 했다.

"잘 모르시는 모양인데요."

정의택씨는 간단히 내용을 설명했다. 다 듣고 난 건달은 말문이 막히는지 이렇게 덧붙였다.

"여태까지 회장사모님을 이긴 사람이 한 명도 없어요. 한번 이거다 하면 끝까지 우기죠. 그리고 삐지면 침대까지 밥을 가져다 바쳐야 하는 여왕이에요. 회장사모님은 사돈의 과거까지 다 꼬챙이에 꿰듯 파악하고 있죠. 조심하십쇼."

호텔을 나오면서 정의택씨는 회장부인과 더이상 대화가 불가능하다고 단정했다. 회장부인의 생각을 바꿀 방법이 없었다. 딸 혜경에 대한 괴청년들의 미행은 더욱 집요해졌다. 이제는 아예 노골적으로 따라붙어 같이 걸어다닐 정도였다.

그들은 미행이나 감시가 노출되는 걸 전혀 두려워하지 않았다.

"아빠, 도저히 참지 못하겠어요. 법으로 해요."

어느 날 저녁, 딸 혜경이가 선언했다. 정의택씨는 형사 고소와 함께 법원에 접근금지가처분신청을 했다. 경찰의 소환 전화를 받고 법원문서가 도착하자 회장부인은 코웃음을 쳤다. 회장과 판사사위가 있는데 절대 질 리가 없다고 확신하는 듯했다. 아니 이참에 새로 본 판사사위의 위력을 시험해 보자는 것 같기도 했다. 그러나 법원은 회장부인의 기대와는 달리 정의택씨의 손을 들어 주었다. 회장부인에게 유죄를 인정했고, 여대생 혜경이에게 사람들을 시켜 더이상 접근하지 말라고 명령을 내렸다. 자존심을 다친 회장부인은 분노했다.

"그깟 놈들 검판사보다 높은 데가 어디야? 헌법재판소 있지 거기다 해."

회장부인은 판사사위에게 헌법소원을 하라고 지시했다.

6

살인의 동기

대한민국 최대의 로펌 변호사들이 다 동원된 재판정이었다. 거물급 변호사의 동원이란 결국 치열한 로비전을 의미했다. 검사장 출신들은 담당검사에게 간접적으로 압력을 가했다. 법원장 출신 변호사들 역시 담당재판장 방을 드나들었다.

평생 동료나 상관으로 모시던 분의 부탁을 거절하기 힘든 게 인정이기도 했다. 회장부인 측의 입장에서는 태도가 돌변한 김용국이 목에 걸린 가시였다. 김용국만 침묵하면 회장부인은 간단히 무죄로 풀려날 수도 있었다. 증거가 없는 것이다. 다른 준비는 다 되어 있었다. 재판은 연극이다. 연기하는 판사나 검사는 절대로 속을 드러내는 법이 없었다. 선고하는 날 아버지가 물어도 비밀을 지켰다. 재판은 계속되고 있었다.

"자, 이제 재판장이 몇 가지 물어봅시다."

재판장이 무표정한 얼굴로 회장부인을 내려다보았다.

"판사사위와 동거하던 여자가 있다는 이상한 제보가 온 게 언제죠?"

"그러니까 결혼식 날을 받아놓고 사위가 사법연수원을 수료하기 직전이에요."

"그러면 결혼 전부터 다른 여자의 존재를 알았었네?"

재판장이 콧잔등에서 밑으로 흐르는 돋보기를 올려 쓰면서 물었다. 그런데 왜 결혼을 시켰느냐는 표정이었다.

"그런 셈이죠."

회장부인이 고개를 끄덕였다. 재판장은 고개를 갸웃하면서 뭔가 한참을 생각했다. 그렇다면 갑자기 살인을 청부하게 된 동기가 여자 때문은 아니기 때문이다. 한참 만에 재판장이 이렇게 말했다.

"처음에는 단순한 의심을 하고 미행 정도만 하다가 오히려 고소를 당하고 접근금지가처분까지 당하고 나니까 그 여대생 가족하고 대판 원수가 된 거 아니오? 재판장인 내 생각에는 그 때부터 일이 본 궤도를 벗어난 거지. 여대생 부녀를 누군가 지옥으로 데려가지 않나 할 정도로 증오했겠지. 그 태도가 조카 김용국에게도 전해졌겠지. 은연중에 회장부인인 고모를 신주단지같이 모시는 김용국이었으니까 말이야. 그렇지 않아요?"

재판장이 침착한 어조로 속삭이듯 회장부인에게 확인했다.

"재판장님 그런 말씀 마세요. 고모를 신주단지같이 모셨으면 의리를 지키지,

내가 살인청부를 지시했다고 이렇게 법원에서 물고 들어갈 리가 있어요?"

회장부인이 옆에 있는 김용국을 가리키면서 코웃음을 쳤다.

"그거야 김용국의 인생관이 처음과는 다르게 바뀌었을 수도 있지."

재판장이 화두같이 한 마디를 던졌다.

7

회장부인의 방향 전환

재판장 앞에 높이 쌓여 있는 수사 기록 속에는 새롭게 작성된 김용국의 양심선언들이 들어 있었다. 살인청부 과정을 폭로한 조서들이었다. 그 내용들은 대충 재판장의 생각과도 일치했다.

이제까지 져 본 적이 없는 회장부인의 자존심이 피를 흘리기 시작했다. 소송이 그녀에게 불리하게 진행됐기 때문이다. 도대체 회장 남편과 판사사위가 불만이었다. 회장 남편이 움직이면 안 되는 일이 없었다. 이제는 판사사위까지 있는데도 진 것이다. 회장부인에게 그건 도저히 견딜 수 없는 수모였다. 어느 날 회장부인은 차를 타고 가다가 앞에서 운전을 하던 조카 김용국에게 말했다.

"차라리 그것들을 없애 버릴 사람을 찾을 수 없겠니?"

회장부인은 눈물까지 글썽였다.

"제 친구들 중에는 소리 없이 그런 일을 하는 애가 있어요."

김용국에게 어느새 고모의 눈물과 감정이 이입되고 있었다.

"어떤 사람인데?"

"사채 판에서 뛰는 건달인데 마무리가 아주 깨끗해요, 입도 무겁고. 믿을 만한 친구죠."

김용국은 고등학교 동창 마기룡을 떠올리면서 대답했다.

"주위에 회장님이 쓰던 건달이야 많지. 그렇지만 모두 못 믿을 놈들 아니냐. 나하고 아무런 관계가 없는 사람을 구해야 돼. 그래야 나중에 손을 깨끗이 끊을 수 있지 않겠니?"

"그렇다니까요, 그 친구는 뭘 시켜도 해 낼 인물이에요. 그리고 나중에 물고 들어갈 성격도 아니구요, 고등학교 때부터 지금까지 지켜봐서 알아요. 알아볼까요?"

김용국이 확신에 찬 목소리로 말했다.

"그러렴, 일만 잘 되면 조카인 너를 내가 모른 척하겠니?"

눈물과 은근한 대가로 사람의 마음을 잡는 회장부인의 능력은 탁월했다. 회장부인에게 법이나 주먹은 모두 돈으로 사는 도구에 불과했다. 그녀는 목적달성을 위해서 방법을 가리지 않았다.

다음날 저녁 김용국은 목동아파트 2단지 앞에서 마기룡을 만나고 있었다. 사채업자의 주먹이 되어 일을 하던 마기룡은 그 무렵 생활고에 쫓기는 형편이었다. 전주(錢主)가 그로부터 돈을 회수해서 다른 건달들에게 일을 시켰기 때문이다. 주먹 출신들은 우글거리고 일자리는 부족했다. 돈만 준다면 살인을 하겠다는 주먹들도 많았다. 그들은 잡혀서 감옥에 들어가는 것도 불사했다. 계약을 하고 징역살이 동안 한 달에 오백만원에서 천만 원씩 송금하는 계약도 있었다.

"어르신한테 부탁받았는데 사람을 없애야 하는 일이 생겼어. 그런 사람을 소개해 줘. 완벽하게 그런 일을 할 방법이 없을까?"

김용국이 걱정되는 얼굴로 심각하게 말했다.

"그런 일은 아무나 시키면 안 되지. 성공해도 나중에 약점을 잡으니까. 어때? 내가 직접 작업을 해 줄까? 우리 사이면 뒤탈이 생길 염려는 없잖아?"

마기룡이 싱긋 웃으면서 말했다.

"나야 좋지. 그런데 어떤 방법으로 일할 건데?"

"특수 독약이 있어. 그걸 먹으면 일주일 안에 간이 상해서 죽어. 내가 그걸 구할 수 있거든. 약을 먹여도 며칠 지나서 죽으니까 완전 범죄지."

김용국이 그 말을 들으면서 표정이 밝아졌다.

"그러면 비용은 얼마나 들어?"

김용국이 물었다.

"2억원 정도."

"그렇게 많이?"

김용국이 놀라면서 물었다.

"나 혼자 일을 하니? 미행하는 아이들 있지, 나중에 납치할 때 건달 후배들 동원해야지, 여차하면 해외로 도피해야 하는데 그것까지 계산하면 오히려 싼 셈이지."

"내가 듣기로는 필리핀이나 중국 건달들한테 일을 맡기면 5천만원만 해도 충분하다고 들었는데,"

"그 친구들이 잡히면 입을 다물 것 같아?"

마기룡이 미소를 띠면서 말했다.

"그건 그렇지."

뒤가 깨끗한 게 중요했다.

김용국은 마기룡으로부터 들은 얘기를 그대로 회장부인에게 전했다. 내장이 조금씩 썩어 들어가는 독극물만 가지고 있다면 완전 범죄는 틀림없었다.

"그 사람한테 1억5천만원에 일을 하라고 해라."

회장부인이 결론을 지었다. 김용국이 그 자리에서 바로 마기룡에게 전화를 걸어 얘기했다.

"좋아. 그러면 중간선인 1억7천5백만원에 하고 우선 착수금 5천만원을 가지고 나와. 더이상 흥정은 없어."

마기룡의 대답이었다.

10월 중순의 오후 6시는 벌써 음산하게 어두워지고 있었다. 청담고등학교 후문 부근의 담 옆에 김용국의 그레이스 승합차가 바짝 붙어 있었다. 학생들이 하교한 교정은 적막했다. 후문 부근은 지나가는 행인도 거의 보이지 않는 외진 곳이었다.

스카프를 머리에 두르고 색안경을 쓴 여자가 담 옆에 서 있는 그레이스 쪽으로 접근하고 있었다. 손에는 비닐 쇼핑백을 들고 있었다. 여자는 주위를 흘끗 둘러보았다. 아무도 없었다. 이윽고 여자는 그레이스의 문을 열고 안으로 사라졌다. 김용국이 운전석에서 긴장한 얼굴로 주변을 살피고 있었다. 스카프와 짙은 선글라스로 변장한 회장부인이 낮은 목소리로 뒤에서 속삭였다.

"이건 착수금이고 나머지는 일 끝나면 주겠다고 그래라. 그리고 내 얘기는 절대 그 사람한테 하면 안 된다. 알았지?"

회장부인은 현찰 뭉치가 든 쇼핑백을 조수석에 놓았다. 회장 부부는 사업을 하면서 뇌물에 이골이 나 있었다. 절대로 증거가 남게 하는 법이 없었다.

"그리고 용국이 네가 그 청부를 맡은 친구 옆에 항상 따라 붙으면서 일 하는 걸 체크해서 나한테 보고해라."

회장부인의 명령이었다.

며칠 후 마기룡과 김용국은 정혜경이 묵고 있다는 대학 기숙사를 맴돌기 시작했다. 정혜경은 집에서 학교로 숙소를 옮겨 공부하고 있었다. 20대의 대학생이 아닌 그들은 여대 기숙사에 자연스럽게 접근하기가 쉽지 않았다. 비밀을 요하는 일이라 다른 여자나 젊은 남학생을 고용하기도 어려웠다. 배달원을 가장하고 그들은 정혜경의 아파트에도 가 봤다.

아파트 경비실이 바로 아래 있었고 CCTV의 카메라가 엘리베이터와 주차장 곳곳에 설치되어 있었다. 경비원들이 수시로 순찰을 돌고 주민들의 왕래도 많았다. 그동안 미행에 시달려 온 정혜경은 신경이 면도날같이 서 있는 것 같았다. 불시에 뒤를 돌아보고 방향을 바꾸는 습관을 가지고 있었다. 하루의 움직임도 단순했다. 학교와 독서실 그리고 집과 기숙사를 시계추같이 반복해서 오갔다. 정혜경은 아파트 바로 앞 도로에서 버스를 타거나 지하철을 이용해서 학교에 갔다. 움직일 때도 혼자인 경우가 거의 없었다. 친구나 다른 사람들과 동행했다. 접근이 불가능했다.

석 달이란 시간이 그냥 흘렀다. 김용국은 문득 실인청부를 맡은 마기룡이 프로가 아니라는 의심이 들었다.

"네가 가진 특수독극물을 한번 내 앞에서 테스트해 봐."

회장부인인 고모는 수시로 살인청부를 맡은 마기룡이 사기꾼인지 확인하라고 지시했다. 다음날 마기룡은 차의 트렁크에 쥐가 몇 마리 든 상자를 넣어왔다. 그 옆에는 슈퍼에서 산 빵이 봉지 속에 들어 있었다. 차 안에서 독극물의 실험이 시작됐다.

마기룡이 점퍼 주머니에서 황갈색의 작은 약병 하나를 꺼냈다. 아무런 표지가 없고 액체가 3분의 2쯤 들어 있는 유리병이었다. 마기룡은 빵 봉지를 뜯었다. 독극물 약병 뚜껑을 열고 몇 방울을 빵에 떨어뜨렸다. 이윽고 마기룡은 그 빵 조각을 쥐들 사이에 조심스럽게 놓았다. 쥐들이 빵 조각을 먹기 시작했다. 아무런 변화가 없는 것 같았다. 10분이 흘렀다. 쥐 한 마리가 갑자기 부르르 몸을 떨면서 움직임이 둔해졌다. 다른 쥐들의 움직임도 둔화됐다. 몸을 심하게 떨던 쥐가 늘어지더니 마침내 잠자듯 조용히 죽었다. 다른 쥐들도 마찬가지였다.

"이 약을 사람이 먹으면 1주일쯤 후에 몸이 아프고 병원에 가서 원인불명으로 죽게 돼 있어. 사건이 아니니까 시체 부검을 할 리가 없고 또 독극물 검사를 한다고 해도 이 약은 그 성분이 발견되지도 않아. 러시아 마피아가 부산 쪽으로 아주 조금씩 밀수하는 화학물질이야. 아무도 못 구하고 우리나라엔 없지."

설명하는 마기룡은 자신만만한 표정이었다.

"그러네……."

김용국이 신기하다는 듯 쥐들을 보면서 고개를 끄덕였다. 인간에 맞추어 독극물의 양을 조금 늘리면 얼마 후 기력이 떨어지다가 원인불명으로 죽을 것 같았다.

"며칠 후 고양이나 개를 구해서 다시 시험을 해 보자."

김용국이 말했다.

"지금 중요한 건 약효를 너한테 보이는 게 아니고 어떻게 정혜경이에게 이 약을 먹이느냐야."

마기룡이 말했다.

"그건 그렇지."

김용국이 동의했다.

"정혜경이 커피숍에라도 가면 화장실 간 사이 기회를 노려 이 약 몇 방울 찻잔에 떨어뜨리고 지나가면 되는데 도대체 그러지를 않는단 말이야. 다른 여대생처럼 혼자 도넛집이나 커피숍에서 책을 읽거나 하는 습관도 없고 말이지. 도대체 기회가 있어야 말이지."

마기룡이 한숨을 내쉬면서 말했다.

"아파트 근처의 차 안에 숨어 있다가 엽총으로 쏘고 도망가면 어떨까?"

김용국이 제안했다.

"그건 걸릴 우려가 많아서 최후에 써야 할 방법인데, 너 이 일 하나 하고 아주 인생 조질래?"

마기룡이 놀리는 표정으로 물었다.

"그건 아니지, 다 살기 위해 하는 짓인데."

김용국이 중얼거렸다. 결국 정혜경을 살해하는 건 사실상 실패였다.

보고하러 간 김용국에게 회장부인은 입에 거품까지 물면서 소리쳤다.

"딸년보다 애비놈이 더 악질이야. 그 애비놈부터 먼저 처치해 봐. 술을 좋아하니까 돈 벌 사업이 있다고 접근해서 처리하면 될 거야."

회장부인의 증오 대상이 혜경의 아버지 정의택으로 바뀌었다. 그의 승소가 죽음의 위기를 초래한 것이다.

8

정의택 살해 공작

마기룡은 이번에는 결코 실패할 수 없었다. 킬러로서의 신용 문제였다. 여대생 정혜경의 경우는 도대체 위장해서 접근하기가 힘들었다. 그러나 무역과 광고 분야의 컨설팅 사무실을 하는 정의택의 경우는 달랐다. 오퍼상을 가장해서 접근하면 될 것 같았다. 참치 사업을 할 예정이라면서 부산으로 가서 죽이면 될 것 같았다. 아니면 우동 프랜차이즈를 하겠다고 하고 일본에 같이 가 바닷물에 수장해 버리고 오면 그만이었다. 사채업자의 건달노릇을 하면서 오퍼상에 대해서는 대충 주워들은 소리들도 있었다. 잠시 연극하기에 모자라는 것 같지는 않았다. 특정한 품목을 정하지 않고 그때 그때 물품의 수요가 있다고 둘러대도 정의택에게 의심을 받을 것 같지 않았다.

마기룡은 먼저 가짜 명함을 찍었다. 정의택이 죽는다면 그 품에서 제일 먼저 나올 것은 그가 건네 준 명함일 것이다. 전혀 다른 이름과 주소를 쓰면 수사를 얼마든지 교란시킬 수 있었다. 마기룡은 강남구청역 근처의 마천빌딩 411호에 있는 정의택 사무실의 주변을 치밀하게 살폈다. 그 뒤쪽은 한산한 주택가였다. 널찍널찍하게 새로 지은 고급 주택가는 밤만 되면 적막했다. 띄엄띄엄 떨어진 가로등은 어슴푸레했다. 대로는 식당, 옷집, 약국들 같은 상점으로 이어져 있지만 이면도로는 대조적으로 인적이 드물었다.

골목골목까지 철저히 답사했다. 순찰도 거의 돌지 않았다. 정 안 되면 술 취한 정의택을 골목으로 끌고 가 칼을 몇 방 먹이고 강도로 위장해도 될 것 같았다. 아무런 인연이 없는 그를 경찰은 찾아 내지 못할 것이다.

그 무렵 정의택씨는 오랜 긴장이 풀리고 있었다. 회장부인이 혜경이에게 미행이나 감시를 하지 말라는 법원의 가처분 명령을 받아 냈다. 법원의 명령을 위반하면 회장부인은 구속될 수도 있었다. 이제 딸 혜경은 회장부인으로부터 해방이었다.

사실 그동안 딸 혜경은 밖에 나다닐 수가 없었다. 미행자들은 나중에는 아예 드러내 놓고 딸과 함께 다녔기 때문이다. 딸 혜경은 다시 새벽에 수영장 회원권도 끊고 남자친구도 만나기 시작했다. 정의택씨도 다시 사무실에 나가 컨설팅 일을 본격적으로 시작했다.

어느 날 오후 해가 설핏할 무렵 그의 사무실로 전화가 왔다.

"업계에서 정 사장님을 추천받았는데 전반적인 무역 컨설팅은 물론이고 홍보나 광고마케팅까지 자문을 받고 싶습니다."

바닥에 깔리는 듯한 낮은 목소리였다. 그는 정의택씨의 경력에 대해 이미 훤히 알고 있는 것 같았다.

"알겠습니다. 일단 만나죠."

옛날의 직장동료가 보내 주는 좋은 일거리 같았다. 그 저음의 남자가 말을 계속했다.

"딱딱한 사무실보다는 정 사장님께 술이라도 한 잔 대접하면서 귀한 조언을 듣고 싶습니다. 장소를 정해 주시면 제가 그리로 가 뵙겠습니다."

예의바르고 겸손한 말투였다. 좋은 고객 같았다.

다음날 저녁 강남구청역 근처 고기집에서 정의택씨는 다른 이름으로 위장한 마기룡과 만났다. 근육질의 건장한 체격을 가진 30대 후반의 청년이었다. 옆으로 길게 찢어진 눈이 날카롭게 자신을 훑어보는 것 같았다. 몸이 움찔하는 느낌이었다.

"안녕하십니까, 저는 조그맣게 오퍼상을 하고 있습니다."

그 청년은 지나칠 정도로 공손하게 허리를 굽히면서 명함을 건넸다. 명함에는 김기준이라고 이름이 인쇄되어 있었다. 식탁에 앉아 청년은 종업원을 불렀다.

"여기 갈비하고 술은 뭘로 할까? 뭐 있지?"

마기룡이 종업원에게 물었다. 정의택씨가 그걸 보면서 말렸다.

"무슨 이런 집에서 갈빕니까? 그냥 삼겹살하고 소주 한 잔 합시다."

"정 사장님, 그렇게 모셔도 될까요?"

마기룡은 어려운 듯한 표정으로 물었다.

"그럼요, 그게 서로 편하죠."

정의택씨가 말했다. 처음 보는 청년에게 신세를 지기 싫었다.

"농사짓던 아버지의 땅값이 크게 올라 50억 정도 유산을 받았습니다. 역삼동에서 선후배들과 사업을 했는데 2억 정도 손해 보고 지금은 다른 사업을 시작했습니다. 유럽에서 향수나 의류를 수입해서 판매하려고 하는데 자문을 구하고 싶어서 이렇게 뵙자고 했습니다."

마기룡이 미끼를 던졌다. 정의택씨는 그 말을 들으면서 '부잣집 아들인가 본데 자칫하면 사기당하겠구나' 하고 생각했다. 위장한 마기룡이 담담하게 얘기를 계속했다.

"저는 대학 동아리 선후배들과 제 자금을 밑천으로 공생공존하면 만족합니다. 큰 욕심 없습니다. 앞으로 형님같이 지도해 주셨으면 합니다."

정의택씨는 그 청년의 낭만적인 순진한 면이 마음에 들기 시작했다. 그러나 일단 그가 누구인지 확인하고 싶었다.

"실례지만 저를 추천한 사람이 누굽니까?"

"제 회사의 이사가 다른 사람한테서 정 사장님 얘기를 들었습니다. 물어가지고 다음 번 만나 뵐 때 알려드리겠습니다."

기름이 흘러나오는 검은 고기판 위에서 삼겹살이 연기를 내며 구워지고 있었다. 마기룡은 계속 정의택씨에게 소주를 권하고 있었다. 어느덧 식당 벽에 걸린 시계가 10시를 가리키고 있었다.

"이만 일어서야겠네요."

정의택씨가 일어날 자세를 취하며 말했다.

"정 사장님, 근처에 아주 화끈하게 입가심할 데가 있는데 어떻습니까? 간단히 한 잔 더 하고 가시죠."

마기룡이 유혹했다.

"초면에 무슨 2차를? 다음에 기회를 봐서 합시다."

정의택씨가 정중히 거절했다.

"그럼 다음에 하시죠."

마기룡이 아쉬운 표정을 지으면서 순순히 물러났다.

며칠 후 마기룡이 다시 정의택씨에게 전화했다.

"어제 8억원 정도 되는 영국제 옷이 든 컨테이너가 부산에 도착했습니다. 함께 가셔서 그 옷들을 직접 보시고 광고나 홍보 기획까지 세워 주셨으면 해서요."

제법 굵직한 미끼였다. 그 말을 그대로 믿은 정의택씨는 전혀 다른 생각을 하고 있었다. 청년이 사업적인 실수를 하고 있다고 생각한 것이다. 한국 수요자들의 취향도 생각하지 않고 영국 제품들을 무조건 들여온 것 같았다. 홍보도 시기적으로 맞지 않았다. 더구나 유통이 확보되지 않은 상태에서 광고란 아무 의미가 없었다. 정의택씨가 진심으로 충고했다.

"수업료라고 생각하시고 지금이라도 도매상이나 전문 유통업자에게 빨리 물건을 넘겨 처리하는 게 그래도 손해를 줄이는 좋은 방법입니다. 제가 부산으로 갈 필요는 없을 것 같아요."

정직하게 컨설팅을 해 주는 게 신용을 얻는 길이라고 정의택씨는 생각했다. 순간 전화 저쪽에 있는 킬러 마기룡의 얼굴에 낭패의 빛이 스치는 걸 그는 알 수 없었다.

9
실 패

마기룡은 전전긍긍하고 있었다. 사실 그는 살인 경험이 없었다. 오피스텔 월세 50만원도 밀릴 정도로 궁한 바람에 살인을 맡았다. 여대생을 없애달라고 심부름 온 용국이는 고등학교 때부터 좀 어리석었다. 상표를 뗀 쥐약병을 특수 독극물이라고 하면서 쥐를 죽이니까 진짜로 속았다.

그러나 회장부인은 달랐다. 그가 사채꾼들 앞잡이를 하면서 전주들을 보면 정말 의심 많고 독한 냉혈한들이었다. 회장부인 같은 사람들이 회사비자금을 뽑아 사채를 놓곤 했다. 돈을 착취하는 사람들은 남에게 돈을 뜯기는 법이 없었다. 여대생을 죽이는 데 시간이 지체되자 벌써 계약금을 도로 내놓으라고 김용국을 통해 닦달했다.

마기룡은 초조해졌다. 어쨌든 정의택을 죽여야 일이 끝날 것 같았다. 성공만 하면 추가로 1억원의 돈이 들어오는 것이다. 그런데 이상하게도 정의택은 미끼를 물지 않았다. 그가 본 인간들이란 몇 푼의 돈에도 눈들이 확 돌았다. 제일 다루기 힘든 인간들은 돈을 탐내지 않는 것들이었다. 그렇다고 정의택이 자신을 의심하는 눈치도 아니었다.

청년실업가 김기준으로 위장한 마기룡은 다시 며칠 후 강남구청 부근의 한 호프집에서 정의택을 만났다.

"전번에 제가 영국에서 수입한 의류는 말씀대로 2억 손해 보고 동대문시장 나까마에게 처분했습니다. 앞으로는 강남 중심가에 대형 매장을 인수해서 수입 물품을 판매하고 싶습니다."

다시 밑밥을 뿌리면서 마기룡은 정의택을 살폈다. 정의택은 솔깃하게 듣고 있었다. 약간은 끌리는 눈치 같기도 했다. 오늘밤이라도 정의택이 따라만 와 주면 일을 끝내고 싶었다.

"사업 얘기는 그만두고 오늘 밤은 화끈하게 형님을 한 번 모시겠습니다."

마기룡이 어느새 호칭을 바꾸면서 친근하게 말했다.

"그럽시다."

정의택이 미소를 지었다. 두 사람은 기분 좋게 맥주를 들이켰다.

"형님, 기분도 그런데 제 단골 룸살롱이 있습니다. 여자애들도 아주 잘 빠졌구요. 오늘 저녁 한번 제대로 모시겠습니다. 자리를 옮기시죠."

마기룡이 서둘렀다. 회장부인은 정의택이 술을 좋아한다고 했다. 정의택이 따라만 나서 주면 자신이 있었다. 부축을 하고 가다가 날카로운 칼날을 늑골 사이에 쑤셔 넣고 가면 되는 것이다. 그의 주머니에는 날카로운 긴 날을 가진 잭나이프가 들어 있었다. 마기룡이 계산을 끝낼 무렵 정의택이 말했다.

"룸살롱에 가는 건 다음에 합시다. 오늘은 컨디션이 좋지 않아."

정의택이 거절했다. 이어서 그가 생각난 듯 덧붙였다.

"참 지난 번에 나를 소개한 사람이 누구라고 했죠?"

"정 사장님을 소개한 저희 회사 담당 이사가 영국으로 출장을 갔다 아직 돌아오지 않았습니다. 돌아오면 물어서 알려드리겠습니다."

마기룡이 얼버무렸다. 두 사람은 음식점 앞에서 헤어졌다.

잠시 후, 마기룡은 골목에 있는 전화박스에서 누군가에게 전화를 하고 있었다. 10미터 뒤의 그늘 속에서 정의택씨가 우연히 마기룡을 보고 있었다. 참았던 오줌이 마려워 골목에 들어가 누고 오다가 본 것이다. 이상한 생각이 들었다. 핸드폰이 있는데 굳이 공중전화 박스에서 통화를 하는 것이다. 정의택씨는 아무래도 마기룡이 어리석은 사기꾼 같아 보였다. 그렇지만 자기는 사기꾼에게 뜯길 만한 돈이 없었다. 그냥 예의주시하면서 보다가 구슬려 보내야겠다고 마음먹었다.

마기룡은 정의택의 살해 장소를 바꾸기로 했다. 부산이나 일본 같은 곳으로 다시 유인해 보고 거절하면 호텔방에서 해치우기로 했다. 정의택은 이제 자신을 의심하는 것 같았다. 돈 냄새를 더 풍겨야 할 것 같았다. 마기룡은 아는 건달의 에쿠스 승용차를 빌렸다. 김용국에게 기사 겸 비서로 연기하도록 준비시켰다. 며칠 후 마기룡은 호텔방을 잡아놓고 정의택에게 다시 전화했다.

"형님, 상의드릴 일이 있으니까 강남의 우미로 호텔에서 잠시 뵙죠."

"알았어요."

정의택이 선선히 승낙했다. 호텔의 로비라운지는 화려했다. 붉은 대리석과 검은 대리석 바닥에 황동으로 만든 장식들이 조화를 이루고 있었고, 중세풍의 가죽소파들이 놓여 있었다. 마기룡이 커피숍에서 기다리다가 회전문 쪽으로 들어오는 정의택을 보고 걸어갔다.

"형님, 호텔방을 임시 사무실로 빌렸습니다. 거기서 얘기하시죠."

"그럽시다."

정의택은 별 생각 없이 마기룡을 따라왔다. 두 사람은 로비에서 엘리베이터를 타고 6층에서 내렸다. 동굴 같은 조용한 복도가 나왔다. 바닥에 깔린 두툼한 카펫은 어떤 소리도 흡수할 것 같았다. 마기룡은 빨리 처치하고 빠져나가야 할 것 같았다. 문제는 룸서비스나 청소부인데 조금만 조심하면 될 것 같았다. 이미 청소시간은 지났다. 마주친 호텔 직원도 없었다. 그들은 619호실이라고 놋쇠로 된 번호가 붙어 있는 방으로 들어갔다. 뒤에서 마기룡이 문을 닫으려고 할 때였다. 정의택이 손을 저으면서 말했다.

"잠깐! 답답하니까 방문은 그냥 열어 놓고 얘기합시다."

종합상사 직원으로 해외 곳곳을 다닌 정의택씨의 경험이었다. 개인 호텔방은 위험이 따르는 곳이기도 했다. 정의택씨는 문이 열린 복도 쪽을 보면서 의자에 앉았다. 마주앉은 마기룡이 말했다.

"참치 도매업자가 부산에서 함께 투자해서 사업을 하자고 제의하더라고요. 부산에 가 봤더니 규모도 크고 재미있어 보였습니다. 한번 바람도 쐬실 겸 부산에 가서 타당성 검토를 해 주시는 건 어떨까요?"

"참치는 세계적인 보호 자원이기 때문에 공급에 한계가 있어요. 지금 유행하는 참치집이 확대된다면 역시 공급에 문제점이 생기겠지요. 아니면 가격이 올라 대중성을 상실하구요. 하여튼 바람직한 아이템이 아니네요."

정의택씨가 진단을 해 주었다. 사업을 하는 사람이라면 당연히 알고 있는 사실이었다. 순간 그는 수상한 생각이 들었다. 오퍼상이라고 자기를 소개한 그 남자의 제안은 전부 바람 잡는 얘기들이었다. 사기를 치기 위해 자신에게 접근해도 너무 터무니없는 것 같았다. 앞에 있는 남자는 누구 소개로 자신을 알았는지 아직도 밝히지 않고 있다. 받은 명함에 적힌 김기준이라는 이름 외에는 그 청년에 대해 아는 게 없었다. 그의 차량 번호판조차도 본 적이 없었다. 그냥 속아 주는 체하고 이제 끝내자는 마음이었다.

그 때 40대 초쯤으로 보이는 남자가 방으로 들어왔다. 곱슬머리에 검은 뿔테 안경을 쓴 김용국이었다. 그가 비서처럼 마기룡에게 보고했다.

"오늘 약속한 김 사장님이 시간이 맞지 않아 다음날 뵙자고 하시는데요."

비서로 위장한 김용국은 공손하게 허리를 굽히고 슬쩍 정의택을 살폈다.

"알았어. 그렇게 하지. 나가 봐."

마기룡이 고개를 끄덕이며 허세를 부렸다. 김용국은 열린 방문과 정의택을 보면서 어떻게 할까 신경을 곤두세우고 있었다. 마기룡이 말을 계속했다.

"참, 일본의 우동 아이템을 가지고 국내에서 체인사업을 하는 건 어떻습니까? 1주일 정도 여정으로 같이 일본에 가서서 검토해 주셨으면 합니다. 그 비용은 충분히 드리겠습니다. 그리고 앞으론 제가 아이템을 결정할 게 아니라 형님이 투자를 결정하시면 저는 거기에도 참여하겠습니다. 그리고 형님에게 필요한 자금이 있으면 제가 그것도 지원하겠습니다."

"감사한 말씀이죠."

정의택씨가 쓸쓸한 표정으로 대답했다. 순간 까닭 없이 정의택씨의 뇌리에 한 영상이 떠올랐다. 회장부인의 냉소 짓는 얼굴이었다.

'혹시 그 여자가 보낸 놈들이 아닐까?'

정의택씨는 정신이 번쩍 들었다. 앞에 앉은 그 청년의 만만치 않은 눈빛과 그의 순진한 어조는 너무 대조적이었다.

'아니야. 소송에서 졌는데 더이상 회장부인이 나를 괴롭힐 이유가 없어.'

그는 스스로 생각을 지워 버리려고 애썼다.

"좀더 시간을 두고 천천히 생각해 봅시다. 그럼 오늘은 내가 바쁜 일이 있어서……."

정의택씨가 자리에서 일어서면서 말했다. 그 태도를 보면서 마기룡은 이미 그가 뭔가 낌새를 눈치 챘다고 단정했다. 실패라고 결론지었다.

10

청 산 가 리 가 든 포 도 주 스

두 번째 살인 계획마저 수포로 돌아가자 회장부인은 김용국과 마기룡의 피를 말리고 있었다. 회장부인은 실력도 없으면서 처음부터 사기쳤다고 몰아쳤다. 그리고는 돈을 돌려달라고 했다. 그렇지 않으면 부산 폭력조직인 칠성파를 시켜 마기룡을 바다 속에 수장해 버리겠다고 협박했다.

그건 단순한 협박이 아니었다. 폭력조직을 항상 고용하면서 사업을 해 온 회장부부는 눈도 깜짝하지 않고 일을 처리할 사람들이었다. 마기룡은 미칠 지경이었다. 살인이라는 게 정말 영화같이 쉬운 일이 아니었다. 보는 눈도 많고 막상 하려고 하면 기회도 없었다. 짐승도 도살장에 갈 때 본능적으로 느끼는데 사람이야 더 말할 나위가 없었다. 이미 살인의 착수금은 다 써 버렸다. 돌려 줄 돈도 없었다.

어느 새 마기룡은 회장부인의 개인적인 흉기로 전락되어 있었다. 이제는 누구를 뒤따르라고 하면 뒤따르고 폭행하라고 하면 폭행하고 죽이라면 죽여야 하는 노예 신세였다.

아무리 회장부인이라도 조폭에게 살인 부탁을 하기란 쉽지 않았다. 나중에 어떻게 부메랑이 되어 돌아올지 모르기 때문이었다. 따라서 마기룡 같은 뜨내기가 적합했다.

회장부인은 세 번째로 그룹의 김 감사를 죽이라고 지시했다. 물론 나중에 흔적을 남기지 않기 위해 김용국을 통해서였다. 김용국도 공식적으로는 회장부인의 정체를 대지 않았다. 그저 어르신이라고만 말했을 뿐이다. 김용국은 마기룡의 실적을 체크해서 어르신인 회장부인에게 보고하는 게 임무였다.

"지금 회장님이 주가 조작으로 검찰에 구속되셨는데 그룹의 김 감사가 회장이 없을 때 간부들과 짜고 회사를 통째로 들어먹으려고 한다는 거야. 어르신이 그걸 알고 펄펄 뛰는 거지."

회장부인이 김 감사를 제거하려는 이유였다.

"김 감사를 어떻게 제거하려고 해?"

김용국이 마기룡에게 물었다. 전문가의 의견을 묻는 얼굴이었다.

"한 열흘 동안 김 감사를 고정적으로 미행하면서 관찰해 보지. 틀림없이 아무도 없는 순간에 혼자 걸을 때가 있을 거야. 그 때 뒤에서 차로 갈아 버리고 목격자가 없으면 시신을 차에 싣고 가져다 버리면 되는 거지. 만약 본 사람이 있을 경우에는 뺑소니 교통사고를 당한 걸로 해 버리면 되지 뭐. 그러면 나중에 걸려도 살인죄는 되지 않으니까. 두 번째로는 김 감사 차를 미행하다가 일부러 접촉사고를 내는 거야. 그리고 합의하는 과정에서 청산가리를 탄 주스를 먹이는 방법을 쓰면 될 것 같은데."

마기룡이 의견을 제시했다.

"그럼 되겠네. 어르신께는 그렇게 보고할게."

김용국이 고개를 끄덕였다. 마기룡은 가명으로 SM5 렌터카를 빌렸다. 그리고 건달 후배들을 동원했다. 건달들에게는 돈 받을 게 있는 사람을 미행한다고 했다. 그러나 살인 대상인 김 감사는 의외로 운전 버릇이 거칠었다. 과속은 보통이고 미꾸라지같이 차량들 사이를 빠져 다녔다. 따라가다가 오히려 마기룡이나 건달이 사고를 당할 뻔하기도 했다.

한번은 마기룡이 김 감사를 끝까지 따라가다 보니까 바로 회장이 구속되어 있는 구치소 앞이었다. 마기룡은 김 감사를 보다 가까이서 관찰할 필요가 있었다. 주차장에서 김 감사가 면회하고 나올 때까지 기다렸다.

구치소 문을 걸어 나오는 김 감사는 회색 양복을 입은 중키의 사나이였다. 둥근 얼굴에 쌍꺼풀이 진 큰 눈을 가진 성실해 보이는 50대 중반의 남자였다. 마기룡이 주차해 둔 차에서 나가 김 감사에게 접근했다.

"저 어르신, 죄송하지만 길 좀 여쭙겠습니다."

마기룡이 고개를 숙여 인사하면서 공손하게 말했다. 김 감사가 마기룡을 쳐다보았다.

"여기 구치소에서 인덕동으로 가려면 어떻게 갑니까?"

"인덕동요? 거긴 구치소에서 나가 우회전을 해서 쭉 가다 보면 나오는데, 저 잠깐만요."

김 감사는 상의 주머니에서 수첩을 꺼내더니 마기룡이 보는 앞에서 친절하게 약도까지 그려 주었다.

"정말 감사합니다. 어르신."

마기룡이 인사했다.

이튿날 마기룡이 동원한 건달 후배한테서 연락이 왔다. 신호등에서 대기하고 있던 김 감사의 차를 뒤에서 들이받는 데 성공했다는 것이다. 건달 후배는 김 감사와 다음날 지정된 자동차 수리 센터에서 만나기로 약속했다고 했다. 사장님이 직접 그곳으로 가실 거라고 김 감사에게 말했다는 것이다. 반쯤은 성공했다. 마기룡은 슈퍼마켓에 가서 포도주스를 몇 병 샀다. 그리고는 주사기로 주스에 청산가리를 주입했다. 자동차 수리공장에서 김 감사를 만나 합의하는 체하고 안심시키며 그걸 먹게만 하면 성공하는 것이다.

다음날 오후 2시 마기룡은 외곽의 그린벨트 지역인 성인동에 있는 자동차 수리공장을 찾아갔다. 여기저기 포크레인이 파헤친 웅덩이가 있고 공장 주위에는 잡풀이 허리만큼 솟아 있었다. 드문드문 녹슨 양철벽의 공장만 있을 뿐 사람들은 거의 다니지 않았다. 자동차 수리공장 작업장에는 이미 김 감사가 와서 기다리고 있었다. 마기룡은 차에서 내려 김 감사에게 다가갔다.

"사장님, 우리 회사 직원이 실수로 사고를 낸 모양입니다. 정말 죄송합니다. 보상은 원하시는 대로 충분히 해 드리겠습니다."

마기룡이 지나칠 정도로 겸손하게 말했다.

"그냥 수리만 해 주시면 되죠 뭐. 저도 제 차를 쓰는 게 급해서 일부러 나왔습니다. 교통사고야 흔히 있을 수 있는 일 아닙니까?"

김 감사가 점잖게 대꾸했다.

"정말 감사합니다. 제가 뭐라고 감사해야 할지 몸 둘 바를 모르겠습니다."

마기룡이 다시 과장해서 인사했다. 그 때 김 감사가 고개를 갸웃하더니 입을 열었다.

"어디서 한 번 뵌 얼굴인데…… ."

김 감사가 생각하는 표정을 짓다가 다시 말했다.

"저 구치소 앞에서 제게 길을 물어보시던 분 아닙니까?"

김 감사는 그걸 기억하고 있었다.

"아, 그러네요. 그 때 정말 감사했습니다."

마기룡이 속으로 찔끔 하면서 대답했다. 김 감사의 기분이 괜찮은 것 같았다. 마기룡은 얼른 차로 가서 미리 준비한 독이 든 포도주스를 가지고 왔다. 수리 센터 직원들은 두 사람을 아는 사이로 생각할 것 같았다. 주스를 먹인 후 휘청거리면 병원 가는 척하면서 차로 끌고 가면 되는 것이다.

"어르신, 목이라도 축이시죠."

마기룡이 포도주스를 권했다. 김 감사가 포도주스를 보더니 손을 저었다.

"고맙지만 사양하겠어요. 내가 장이 좋지 않아 한약을 먹고 있기 때문에 차가운 주스는 먹지 않아요. 혼자 드시죠."

"그러세요?"

마기룡이 멋쩍은 표정이 되었다. 또 실패였다. 김 감사가 오히려 그에게 말했다.

"어서 드시죠, 목마르실 텐데요."

"아니오. 저도 나중에 마시겠습니다."

마기룡은 시큰둥한 어조로 대답했다. 또 실패였다.

"네놈이 처음부터 마음먹고 사기쳤지?"

회장부인은 도끼눈을 뜨고 김용국을 몰아세우고 있었다.

"어디서 실력도 없는 거지 같은 놈 세워 놓고는 가운데서 돈을 다 먹은 거 아니냐, 이 사기꾼놈아."

"저 그게 아닙니다, 고모님."

김용국이 당황하면서 변명하고 있었다.

"고모님은 무슨 말라빠질 고모님. 네가 조금이라도 날 생각하면 이렇게 사기칠 리가 있겠어?"

회장부인이 한번 사람을 몰아치기 시작하면 끝이 없었다.

"돈 도로 가져와."

"……."

김용국은 말이 없었다.

"아니면 앞으로 1주일 내로 정혜경이를 처리하고 그 결과를 내 놔. 그게 없으면 두 놈 다 어떻게 되는지 한번 기다려 봐. 난 한다고 하면 하는 사람인 걸 네가 알게 해 줄 테니까."

회장부인의 최후통첩이었다. 이번에 실패하면 이제는 마기룡은 조용히 없어질지도 몰랐다. 지저분한 건달 하나 죽어도 경찰이나 사회는 관심을 쏟지 않을 게 틀림없었다.

그날 밤 11시경 신설동 네거리에서 보문동으로 가는 방향에 자리잡은 허름한 총포사로 건장한 체격의 사나이가 들어섰다. 막 문을 닫으려고 하던 점원이 그를 보았다. 처음 보는 사람이었다.

"사냥용 엽총을 한 자루 사려고 하는데요."

사나이가 말했다. 마기룡이었다.

"엽총을 사시려면 경찰서에 가서 신고를 하시고 그 접수증을 가지고 오셔야 하는데요."

종업원이 절차를 알려 주었다.

"본인이 가지 않고 이 총포사에서 대행해 주실 수 없습니까?"

"물론 당연히 비용을 주시면 대행해 드릴 수 있습니다. 그렇지만 엽총은 수렵 기간이 아니면 경찰서에서 보관하게 되어 있는 데요."

점원이 설명했다.

"그래요?"

마기룡은 실망한 표정이 됐다. 그 때 점원은 마기룡에게서 옅게 풍기는 범죄의 냄새를 맡았다.

"왜 꼭 엽총을 구입하셔야 하죠? 요즈음 나오는 신형 공기총은 연발식이고 위력이 대단해요. 납 탄이 판자 세 겹을 뚫는다니까요. 그리고 총알을 겹쳐서 쏘면 사람뿐만 아니라 멧돼지도 잡을 수 있을 정도죠. 그리고 항상 집에 가지고 있어도 되구요."

"그렇습니까?"

마기룡이 반색했다. 그는 잠시 후 빌린 후배 건달의 주민등록증을 내보이면서 망원조준경, 백 발짜리 실탄 두 갑, 리볼버 연발탄창을 추가해서 공기총을 샀다. 차 안에 숨어 있다가 정혜경의 뒤통수에 납 탄을 박아 버리면 될 것 같았다. 공기총은 "퍽" 하는 정도의 소리만 났다.

마기룡은 다음날 아침 야산에 올라가 나무에 과녁을 만들어 놓고 십여 미터 떨어진 뒤에서 공기총의 방아쇠를 당겨 보았다. 납 탄에 두꺼운 나무껍질들이 벗겨져 튀겼다. 그 정도면 급소만 정확히 조준하면 치명적이었다. 군 시절 그는 일등사수였다. 그는 나뭇가지 위에 있는 까치를 조준해서 쐈다. 까치는 제대로 퍼덕거리지도 못하고 그대로 바닥에 떨어졌다.

몇 번의 실패를 거듭한 마기룡은 독이 올랐다. 대담해지고 겁도 없어졌다. 회장부인도 이제 단순한 살인 지시로 끝나지 않았다. 직접 정보를 파악하고 그에게 더욱 압박을 가해왔다. 마기룡은 자기도 나쁜 놈이지만 회장부인의 속에서는 얼음같이 차가운 검은 피가 흐를 것 같았다.

다음날 오후 8시. 어둠이 짙게 드리워진 정의택씨 아파트 앞에 몇 시간째 그랜저 한 대가 서 있었다. 차 안에는 김용국과 마기룡이 미동도 없이 앉아 있었다. 이제 두 사람의 눈빛은 필사적이었다. 그 때 김용국의 핸드폰이 부르르 진저리를 쳤다. 그가 폴더를 열었다.

"어디냐?"

회장부인의 목소리였다. 그들의 위치를 확인하는 냉랭한 목소리였다.

"아파트 주차장에서 감시하고 있습니다."

김용국이 긴장한 표정으로 대답했다.

"알았다."

어둠 속 어딘가에 숨어 그들을 보면서 핸드폰을 하는 것 같았다. 잠시 후 다시 부우 하고 핸드폰 진동음 소리가 들렸다. 김용국이 전화를 받았다.

"마기룡이를 잠깐 다른 데로 보내라."

회장부인이 짧게 지시했다. 마기룡에게 자신의 정체를 숨기려는 것이다.

"지금 근처에 온 모양인데 잠시 자리를 비켜 줘."

김용국이 운전석에 앉아 있는 마기룡에게 말했다. 마기룡이 차에서 내려 어둠 속으로 사라졌다. 잠시 후 회장부인이 소리 없이 차 뒷문을 열고 들어와 앉았다. 잡아먹을 듯 일그러진 표정으로 회장부인이 김용국을 쥐어짰다.

"왜 아직도 일을 제대로 처리하지 못하냐?"

"일부러 일을 안 하는 게 아니잖아요."

김용국도 화가 난 어조로 되받았다.

"처음에 큰 돈 가져갈 땐 여러 명을 동원하기 때문에 그렇다더니 왜 너희들 외에 다른 사람들은 보이지 않지?"

회장부인이 비웃으며 따졌다. 김용국은 할 말이 없었다. 마기룡이 처음에 그렇게 말했었다. 그는 문득 차 뒷좌석에 있던 총이 떠올랐다.

"총도 있어요. 보세요."

김용국은 조준경이 달린 총을 회장부인에게 가리켰다.

"아니야, 네놈들이 그 동안 나를 가지고 장난을 친 거야. 여러 사람 동원한다더니 항상 보면 한 명 아니면 두 명뿐이야. 이제 너희들 안 시키겠어. 너 다른 소리 말고 지금 마기룡한테 돈 다 돌려달라고 해."

회장부인이 잘라 말했다.

"알았어요."

김용국은 돈만 있으면 확 던져 주고 돌아가고 싶었다. 회장집은 관리비가 수백만원씩이나 하는 강남의 빌라에 살면서도 지하 단칸방에서 사는 그에게 항상 돈 없다고 죽는 소리를 하곤 했다. 더러 그 집 가정부 일을 해 본 아내는 인색한 회장집 근처에는 가지도 말라고 했었다. 회장부인이 슬쩍 덧붙였다.

"여기 경비원한테 들었는데 정혜경이가 새벽에 수영장을 간다고 하더라."

마지막 기회를 주는 정보였다. 새벽 시간은 완전 범죄를 할 수 있는 기막힌 기회였다.

11

납 치

　새벽 5시 20분. 아파트 주변은 아직 짙은 어둠에 묻혀 있었다. 경비실 앞 나트륨 등만이 붉은 빛을 뿌리며 어둠을 지키고 있었다. 정문 옆 도로변 그늘에 빠짝 붙여 세운 그레이스 승합차 안에 있는 김용국과 마기룡도 꼬박 밤을 새웠다. 그 지점은 정혜경의 방문이 직선으로 보이는 곳이었다. 김용국은 입 안이 텁텁하고 오줌보도 꽉 찬 것 같았다. 그 때였다. 갑자기 아파트 3층 정혜경의 방이 밝아졌다. 그녀가 일어난 것 같았다.

　"야, 불 켜졌다."

　김용국이 운전석에 앉아 있는 마기룡의 어깨를 치면서 작게 소리쳤다. 두 사람이 바짝 긴장한 채 정혜경의 방 창문을 응시했다. 10분 후 정혜경이 그들 앞 아파트 정문 입구로 나와 어둠 속을 걷기 시작했다. 깊이 잠들어 있는 아파트 단지의 새벽은 괴괴할 정도로 조용했다. 두 사람은 차에서 내려 소리 없이 미행했다.

　잠시 후 정혜경은 아파트에서 걸어서 10분 거리 정도에 떨어진 스포츠센터로 들어갔다. 회장부인이 준 정보대로 수영장을 다니는 것 같았다. 그들은 2시간 후 그 스포츠센터로 들어갔다. 카운터에 20대 여자 직원 한 명이 앉아 있었다.

　"새벽에 수영을 하려고 하는데 사람이 많습니까? 조용할 때 혼자 운동하고 출근하려고 하는데?"

　마기룡이 회원 가입을 하러 온 것처럼 꾸미면서 말했다.

　"새벽 시간에는 몇 분 안 계세요."

　안내 담당 여자 직원이 말했다. 그녀가 데스크 위에 있는 노트를 펼쳤다. 새벽반에 등록한 수영반 명단이 있었다. 그 끝에 정혜경이라는 이름이 볼펜글씨로 적혀 있었다.

"알겠어요, 고마워요 아가씨."

마기룡이 싱긋 웃으면서 스포츠센터를 나왔다.

다음날부터 두 사람은 정혜경의 움직임을 세밀하게 체크했다. 정혜경은 근처에 있는 한방병원에도 규칙적으로 다니고 있었다. 아파트 정문이나 병원 앞 모두 사람들이 많이 다니는 곳이 아니었다. 길거리에 승합차를 세워두고 있다가 납치하기에 적당했다. 인적이 드문 새벽 시간에 정혜경을 납치하려면 아파트 정문 앞에서 하는 게 더 좋을 것 같았다. 병원은 아침 9시가 넘어서 가기 때문에 목격자가 생길 우려가 많았다.

아파트 정문 앞도 문제는 있었다. 그 가까운 곳에 24시 편의점이 있었다. 점원이 새벽에도 불을 켜고 주위를 볼 위험성이 있었다. 편의점 직원이 한눈을 파는 순간에 납치해야 했다. 그들 두 명이 그렇게 하기는 무리였다. 마기룡은 후배 건달들을 동원하기로 했다. 후배 건달 한 명에게 납치 순간에 편의점에 들어가 물건을 사게 하고 그 사이에 다른 사람들이 정혜경을 차로 밀어 넣으면 될 것 같았다.

소리치면서 저항할지 모르는 정혜경을 마기룡 혼자서 차에 밀어 넣기는 불가능했다. 김용국은 핸들을 잡고 있다가 차를 몰아야 했다. 아파트 담 그늘에 숨어 있다가 정혜경을 차에 밀어 넣는 것까지만 건달들이 돕도록 하면 될 것 같았다.

김용국과 마기룡은 논현동 뒷골목의 시장 안 철물점에서 마대자루, 온몸을 묶을 강력테이프, 나일론 줄을 샀다. 마기룡은 정혜경을 납치한 후 데려가 살해할 장소를 물색했다.

청담동 정혜경의 아파트에서 나와 잠실 부근에서 88도로를 타고 빠지면 십여

분 내에 팔당대교 주변에 도착한다. 그 코스가 사람들의 눈길이 닿지 않는 곳이었다. 새벽의 그 시간이면 검문하는 곳도 없고 순찰차도 없었다. 팔당대교의 검단산 부근은 산이 깊고 으슥한 골짜기도 많았다.

마기룡은 새벽 5시경 예행연습을 해 봤다. 정혜경이 아파트를 나와 정문 쪽을 스친 직후가 가장 알맞은 때였다. 청소부나 야쿠르트 배달 아줌마와 마주칠 염려도 없었다. 그들은 실제로 6시 무렵에야 아파트로 들어갔다. 정문은 경비실에서 보이지 않는 의외의 사각 지대였다.

그는 청담동에서 차를 타고 잠실 네거리를 거쳐 88도로를 타고 천천히 달려 봤다. 15분 정도 가니까 미사리 부근의 토목 공사장에 도착했다. 산기슭을 포크레인이 깎고 있었다. 덤프트럭들이 드나들었지만 다른 차량의 진입을 막는 바리케이트는 쳐 있지 않았다. 새벽 그 시간이면 공사장에 개미새끼 한 마리 없었다.

공사장 뒤쪽으로 작은 계곡을 끼고 비스듬히 산으로 올라갈 수 있는 오솔길이 있었다. 새벽 그 시각이면 절대 사람의 눈에 띄지 않을 장소였다. 모든 준비가 거의 완료되어 가고 있었다. 어둠침침한 숲 속은 잡풀들이 무성했다. 어떤 소리가 나도 그 앞으로 유유히 흐르는 강물은 무심할 것 같았다.

12

불 안

정의택씨는 까닭 없이 불안했다. 모든 게 끝났다. 법원에서 접근금지가처분결정을 받아 더이상 회장부인은 혜경이를 미행시킬 수 없었다. 안전하다고 생각했지만 그래도 마음속은 계속 동요하고 있었다. 아무래도 신경과민 같았다. 법원에서 승소하기까지 회장부인에게 가족 모두가 너무 고생했기 때문이다.

그러나 그가 느끼는 불안이 아주 근거가 없는 건 아니었다. 며칠 전 딸 혜경에게 괴전화가 다시 걸려 왔었다. 딸은 공포에 질렸다. 그는 딸의 피해 의식 때문이라고 생각했다. 소송에서 다 이겼는데 회장부인이 더 어떻게 할 방법은 없을 것 같았다. 재계에서 유명한 회장부인이 더이상 막가는 행동은 할 수 없을 것 같았다. 그런데도 혜경이는 귀신이 씌웠는지 혼자 경찰서에 가서 그 괴전화를 조사해 달라고 하고 신변 보호 요청까지 했다. 식구들 모두 신경과민으로 정신병원에 가야 할 것 같았다.

정의택씨도 자꾸 수상한 것만 보였다. 이틀 전 퇴근 무렵이었다. 우연히 아파트 정문 앞에 서 있는 그레이스 승합차가 신경을 자극했다. 그 차에서 자신의 아파트가 그대로 보였다. 온통 검게 썬팅을 한 차였다. 범죄 냄새가 물씬 났다. 고개를 갸웃하던 그는 그 근처에 있는 다단계 판매 사무실에 온 차라고 결론지었다.

그래도 마음속은 개운하지 않았다. 원인 모르게 가슴속에 검은 안개가 끼는 느낌이었다. 그리고 그 탁한 안개 뒤에 회장부인의 핏발 선 악마 같은 실루엣이 어른거리는 것 같았다.

정의택씨는 남 모르게 사설 경호 업체에 대해 알아봤다. 일주일에 300만원을 달라고 했다. 한 달이면 1200만원. 부자가 아니면 도저히 감당할 수 없는 거액이었다. 경찰은 사고가 터져야 개입한다고 했다. 죽은 다음에 경찰이 와야 아무 소용이 없는 것이다. 결국 돈 없는 개인은 안전이 보장되지 않았다.

딸 혜경이는 불안감을 애써 털어 버리고 다시 고시 공부에 전념하기 시작했다. 회장부인에게 더이상 신경을 쓰지 않으려고 노력하는 것 같았다. 혜경이는 새벽 시간에 가는 수영장 회원권을 끊었다. 정의택씨는 그게 마음에 걸렸다. 어느 날 저녁 그는 딸 혜경에게 타일렀다.

"새벽이 밤중보다도 더 위험할 수 있으니까 웬만하면 다니지 말거라."

옆에서 듣던 혜경의 엄마도 참견을 했다. 불안한 예감은 마찬가지인 것 같았다.

"그래, 혜경아. 아침 8시로 시간을 바꾸면 엄마도 같이 수영장에 가자."

"엄마 아빠, 그렇게 하면 오전 공부 시간을 그대로 낭비하게 돼요."

치밀한 혜경의 대답이었다. 순간도 아끼는 악착스런 딸이었다. 그런 성격 때문에 혜경의 남자친구가 지어 준 핸드폰의 ID는 '하동댁'이었다. 야무진 아줌마 같다는 놀림이었다. 그런데 그 무렵 혜경은 ID를 갑자기 '초생달'로 바꾸었다. 쓸쓸하고 서글픈 이름이었다.

정의택씨는 오전 공부 시간을 망치지 않겠다는 딸의 고집을 꺾을 수 없었다. 아버지가 걱정하는 모습을 보고 혜경은 할 수 없이 이틀 동안 수영장에 가지 않았다. 그날 밤이었다. 정의택씨가 신용카드를 초과해서 쓴 큰아들을 나무라고 있을 때 혜경이 들어왔다.

"아빠, 요새 대학생들 다 그래요."

혜경은 오빠를 두둔하고 나섰다. 딸 혜경은 식구들을 화합시키는 꽃이자 온기였다. 정의택씨의 마음이 풀렸다. 혜경은 안방으로 가서 엄마의 아픈 다리를 주무르며 그날 있었던 일들을 얘기했다. 모녀지간은 비밀이 없었다. 혜경은 매일 밤 냉장고에서 마실 것들을 가져다 식구들에게 나누어 주는 버릇이 있었다. 혜경은 아빠 방에 야쿠르트를 가지고 들어 왔다.

"알았다. 거기 놔두고 가거라."

정의택씨가 책을 보면서 말했다. 그게 딸과의 마지막 대화였다.

13

살 해

새벽 4시. 마기룡과 김용국 그리고 동원된 건달들을 태운 그레이스 승합차가 아파트 앞 대로변에 웅크리고 있었다. 어둠 속으로 부슬비가 내리고 있었다. 이틀 동안 정혜경의 방은 새벽에 불이 켜지지 않았다. 수영장에도 가지 않았다. 마기룡은 초조했다. 수영장에 가서 분명 회원으로 가입한 걸 확인했는데도 정혜경은 새벽에 나오지 않았다.

사흘째 밤을 꼬박 새우고 있었다. 오늘 새벽에도 정혜경이 나오지 않으면 모두 철수하기로 마음먹었다. 면도날같이 신경을 곤두세우고 매일 밤을 새워야 하는 건 너무 힘들었다. 그 때였다. 사흘 만에 정혜경의 방에 불이 반짝 하고 들어왔다.

"야, 불 켜졌다. 모두 정신차려."

마기룡이 다급하게 소리쳤다. 의자에서 웅크리고 졸던 건달들이 후다닥 잠들을 깼다.

그 시각 정의택씨는 잠결에 찰칵 하고 아파트 문 닫기는 금속성 소리를 들었다. 혜경이 나가는 것 같았다. 수영장에 가는 게 틀림없었다.

'왜 내 말을 안 듣고 녀석이 새벽에 또 나가지?'

정의택씨는 은근히 짜증이 났다. 잠시 후 다시 찰칵 하고 아파트 문 열리는 소리가 났다. 이어서 문 옆 신발장이 열리는 소리가 났다. 거기다 우산을 놔두곤 했다. 밖에 비가 와 우산을 가지러 다시 온 것 같았다.

"새벽에 이게 무슨 고생이야."

선잠이 깬 아내가 옆에서 중얼거렸다.

마기룡이 세 명의 건달을 데리고 그레이스 승합차의 문을 열고 튀어 나갔다.

"너희 둘은 아파트 정문 기둥 뒤에 숨어 있어. 그리고 창식이는 나하고 차 뒤에 숨었다가 여자애가 문을 나서서 차 옆을 지나는 순간 앞뒤 양쪽에서 덮쳐서 차 안으로 넣는 거야."

이미 마기룡은 그런 납치는 여러 번 해 본 경험이 있었다. 사채꾼들이 채무자를 납치해서 산 위로 데려가 협박하는 게 흔했다. 아파트 앞 24시 편의점이 신경에 걸렸는데 다행히 점원이 자리에 앉아서 졸고 있었다. 일부러 찾아가서 점원의 기억에 남길 필요가 없었다. 건달 두 명이 아파트 문 기둥 그늘 뒤에 재빨리 숨었다. 마기룡과 건달 한 명이 차 뒤에서 긴장한 채 정문 쪽을 보고 있었다.

차 안에서 김용국은 문 손잡이를 잡고 있었다. 납치 순간 번개같이 문을 열어 정혜경을 차 안으로 끌어들여야 했다. 순간 그의 눈에 야쿠르트 배달 아줌마가 인도에서 수레를 끌고 아파트 문 쪽으로 다가오는 게 보였다. 김용국은 급하게 핸드폰으로 마기룡을 불렀다.

"조심해. 뒤에서 누가 온다. 여의치 않으면 하지 말자."

그 말에 마기룡이 뒤를 돌아보면서 대답했다.

"나도 봤다. 알았다."

그러나 물러날 기색이 없는 마기룡의 어조였다. 이판사판이었다. 어둠 속에서 비는 계속 추적추적 내렸다. 야쿠르트 배달하는 여자가 아파트 안으로 사라졌다. 잠시 후 우산을 쓰고 아파트 문 쪽으로 걸어 나오는 여자의 모습이 희미하게 보였다. 어깨에는 가방을 걸치고 있었다. 정혜경이 틀림없었다.

정혜경이 문을 나서자 몇 발자국 뒤에서 기둥 뒤에 숨어 있던 건달들이 나타났다. 마기룡이 얼른 인도로 올라가 정혜경 쪽으로 행인처럼 걸었다. 정혜경은 아무것도 모르는 것 같았다. 오히려 그들이 세워둔 그레이스 옆 쪽으로 다가오고 있었다. 전혀 경계하지 않았다. 절호의 찬스였다. 순간 네 명의 남자가 비호같이 달려들어 정혜경을 번쩍 들었다. 차 안에 있던 김용국이 번개같이 차문을 열면서 정혜경을 잡아끌었다. 마치 모래 속에 위장하고 있던 넙치가 지나가는 작은 물고기를 순식간에 삼키는 것 같았다.

정혜경이 "흑" 하고 놀라면서도 소리치지는 않았다. 오히려 비명을 자제하는 눈치였다. 김용국은 재빨리 운전석으로 넘어가 엑셀레이터를 밟았다. 라이트가 켜지고 차가 급발진을 했다.

그레이스 승합차는 잠실네거리 쪽을 향해 무서운 속도로 달렸다.

마기룡이 정혜경을 차 바닥에 엎어놓은 채 머리채를 틀어쥐고 움직이지 못하게 하고 있었다.

"아저씨, 10억 줄 테니까, 나 그냥 놔 줘요."

정혜경이 다급하게 소리쳤다.

"돈은 요구하는 대로 드릴게요, 우리 아버지 부자예요."

정혜경이 애원했다. 그녀는 대충의 상황을 눈치 챈 것 같았다. 마기룡은 무릎으로 정혜경의 등을 누르고 팔을 뒤로 꺾은 채 청테이프로 입을 막고 있었다. 돈이 문제가 아니었다. 회장부인의 피 말리는 괴롭힘이 더 힘이 들었다. 빨리 일을 처리하고 벗어나고 싶었다. 입이 막힌 정혜경이 조용해졌다. 마기룡은 나일론 줄로 팔목을 묶기 시작했다. 동원한 건달들은 현장에서 택시를 타고 다들 돌아갔을 것이다. 그레이스는 코엑스 사거리를 지나다가 정지 신호에 걸렸다. 김용국이 백밀러를 통해 뒤를 봤다. 마기룡이 정혜경에게 포대자루를 뒤집어씌우는 중이었다. 어느 새 정혜경의 온몸에는 노란 테이프가 감겨져 있었다. 신호를 기다리는 동안 김용국은 피가 마를 것 같았다. 불안하고 초조했다.

이른 새벽 88도로는 한적했다. 미사리 까페 길을 지나 검단산 입구 공사장 안쪽에 도착하는 데 15분도 안 걸렸다. 왼쪽으로 북한강 줄기가 어둠 속에서 푸른 달빛을 받아 번들거렸다. 산을 파헤친 흙바닥 여기저기에 판넬 뭉치가 장승같이 서 있었다. 마기룡이 차에서 내려 푸대를 씌운 정혜경을 끌어 내 어깨에 멨다.

"야, 총 가지고 따라 와."

마기룡이 김용국에게 소리쳤다. 잠시 후 그들은 말라붙은 잡목이 우거진 계곡을 따라 올라가기 시작했다. 바람이 파도소리를 내면서 나뭇가지를 스쳐갔다. 혹시 있을지도 모르는 새벽 등산객의 눈에 띄지 않으려면 서둘러야 했다. 마기룡이 뒤뚱거리며 100미터쯤 가다가 정혜경을 바닥에 팽개쳤다.

"더 못 가겠어."

마기룡의 코와 입에서 흰 김이 뿜어져 나왔다.

"교대하자."

마기룡이 김용국에게 말했다. 거뭇한 나뭇가지 사이로 새벽 달이 그들을 내려다보고 있었다. 달빛을 받은 마기룡의 이마가 땀으로 번질거렸다. 포대 속의 정혜경은 미동조차 없었다.

"난 다리가 후들거려서 못하겠어."

김용국이 겁먹은 목소리로 대답했다.

"에이, 할 수 없지."

마기룡은 다시 정혜경을 어깨에 멨다. 다시 50미터쯤 산등성이를 따라 올라갔다. 마기룡은 완전히 지친 듯 다리가 휘청거렸다. 그가 다시 정혜경을 바닥에 내려놓았다.

"차 안에서 너무 힘을 뺐는지 도저히 더 못 올라가겠어. 총 줘."

그냥 거기서 해치울 모양이었다. 김용국이 들고 있던 총을 건네 주었다.

마기룡은 "철컥" 하고 노리쇠를 후퇴 전진시켰다. 자루 속의 정혜경의 얼굴이 하늘 쪽을 향하고 있었다. 마기룡은 총구를 정혜경의 귀 뒷부분 쪽에 갖다 댔다. "퍽" 하고 총알이 나가는 둔탁음이 울렸다. 포대가 순간 펄쩍 뛰어올랐다. 마기룡은 다시 방아쇠를 당겼다. 탄창에 든 6발을 그렇게 한발 한발 정확히 머리에 대고 확인 사살을 했다. 잠시 후 그들은 주위의 낙엽을 긁어 정혜경이 든 포대를 덮었다.

한 시간 후 그들이 탄 그레이스 승합차는 인천 쪽을 향해 도시 외곽도로를 달리고 있었다. 마기룡은 차 안에 두었던 정혜경의 가방과 외투, 그리고 우산을 검은 비닐 쓰레기 봉지에 담았다. 잠시 후 그들은 길거리에 보이는 세차장으로 들어갔다. 거기서 차 안의 썬팅을 벗기고 내부 세차를 부탁했다. 그들은 근처의 된장찌개 집에 들어가 아침을 먹었다. 마기룡은 가지고 있던 쓰레기봉투를 식사 후 음식점 근처의 골목 안에 놓인 다른 봉투 사이에 슬쩍 끼워 놓았다. 아무런 증거도 남은 게 없었다. 공기총은 친구에게 선물로 주기로 했다.

어느 새 시계가 오전 9시를 가리키고 있었다. 김용국이 공중전화로 회장부인에게 보고했다.

"물건을 팔았습니다."

살인에 성공했다는 그들 사이의 암호였다.

"알았다. 다시 통화하자."

회장부인이 대답했다. 경계심이 대단한 여자였다. 30분 후 회장부인으로부터 다시 전화가 왔다.

"경비원에게 물어보니까 정혜경이를 봤다고 하던데?"

회장부인은 의심하는 어조였다. 그렇게 넘겨짚는 게 그녀의 버릇이었다.

"정말 죽였다니까요. 나 참."

김용국이 버럭 화를 내면서 내뱉었다.

"하여튼 내가 더 확인해 본 후에 믿겠다."

회장부인은 아직도 믿지 않고 있었다.

14

실종수사

낮 12시. 정의택씨는 오늘 따라 거래처와 점심 약속이 없었다. 대개 점심은 중요한 업무였다. 예전의 직장 동료나 일에 관계된 사람들과 식사를 하면서 일을 처리했다. 그런데 이렇게 갑자기 진공같이 약속이 없는 순간이 더러 있었다. 그는 집에서 혼자 있을 아내를 생각했다. 아내는 혼자 대충 점심을 때우곤 했다. 혜경이가 고시 공부하는 독서실은 그의 사무실과 집 사이에 있었다. 혜경은 시간을 아낀다고 집 근처의 독서실을 잡고 점심은 간단히 샌드위치나 김밥으로 때우곤 했다. 정의택씨가 집으로 전화를 걸었다. 아내가 전화를 받았다.

"여보, 점심 밖에서 같이 먹읍시다."

"알았어요. 그럼 혜경이도 불러서 같이 먹어야겠네."

잠시 후, 아내가 정의택씨에게 전화했다.

"이상하네. 혜경이가 연락이 안 되네."

혜경이의 일정은 늘 시계바늘처럼 규칙적이었다.

"오늘 데이트 약속 있잖아? 바로 거기로 가나 보지."

정의택씨는 남자친구와 오후 1시30분에 만나기로 했다는 딸의 말을 떠올리며 대답했다. 딸은 사생활도 아빠, 엄마에게 숨기는 게 없었다. 아내를 사무실 근처에 있는 일식집으로 오게 했다. 아내나 혜경은 초밥을 좋아했다.

"혜경이가 요즈음 사귀는 남자애가 어때?"

정의택씨가 아내에게 물었다.

"남자가 숭굴숭굴하고 괜찮은 것 같아요. 혜경이가 가지고 있는 법서에 있는 한자에 하나하나 토를 달아 주기도 하고, 밤늦은 시각이면 집까지 바래다 준 날도 많아요. 요즈음 애들같이 이기적이지 않아, 사람 냄새가 나는 애야."

딸아이의 남자친구가 엄마의 마음에 든 것 같았다.

"그래, 사회 생활에서는 사람 냄새가 나야 하는 거야. 회장부인이나 당신 조카 김 판사 그 자식 말이야, 그게 어디 사람들이야?"

장모한테 말 한 마디 하지 못하고 얼굴이 하얗게 된 채 쥐어 박히는 김 판사의 모습이 선명하게 떠올랐다. 도대체 자기 주관이 없는 애였다. 조카 김 판사는 회장집 사위가 된 후 처를 데리고 이모부인 그의 집으로 인사를 온 적이 있었다. 그런데 조카 부부는 사과 한 알 들지 않고 달랑 맨손으로 왔다. 공부는 선수지만 사회 생활은 빵점이었다. 그런 놈이 어떻게 판결을 할지 의문이었다. 데리고 앉아 하나하나 사회 살아가는 법을 먼저 가르치고 싶었다.

음식점 종업원이 초밥과 매운탕을 가져왔다. 투명하게 비치는 하얗고 부드러운 생선살 속에 연두색의 겨자가 보였다. 매운탕이 그릇 속에서 부글부글 끓고 있었다. 매콤한 냄새가 풍겨 올라왔다.

"그래도 지금 혜경이가 사귀는 남자애는 결혼을 하면 장인을 아버지같이 모시고 같이 테니스도 치고 산에도 갔으면 좋겠다고 그러더래."

아내가 말했다.

"그래?"

정의택씨는 그 말을 들으면서 흐뭇한 느낌이었다. 음식을 치우고 종업원이 튀

김과 수박 한 조각을 후식으로 가지고 와서 상 위에 놓았다. 어느 새 음식점 벽에 걸린 시계가 2시를 가리키고 있었다. 그 때 아내의 핸드폰 음악이 울렸다.

"아, 그래요? 혜경이가 안 나왔다고? 핸드폰도 전원이 끊어져 있다구요?"

아내가 의아한 표정을 지으면서 대답하고 있었다.

"알았어요. 나도 한번 알아보죠. 애가 그런 경우가 없는데 어디 갔을까?"

핸드폰 폴더를 닫는 아내의 얼굴이 어두워졌다.

"무슨 일인데?"

정의택씨가 물었다. 불안이 엄습했다.

"남자친구 앤데 혜경이를 만나기로 했는데 30분이 지나도 안 오고 핸드폰도 꺼져 있다는 거야."

그럴 딸이 아니었다. 정의택씨는 갑자기 가슴이 쿵쾅거렸다.

"아니야, 이건 뭔가 이상해. 애를 찾아 봅시다."

정의택씨 부부가 자리에서 벌떡 일어났다.

15분 후 정의택씨는 혜경이 다니는 독서실 총무를 만나고 있었다. 그는 20대 후반의 청년이었다.

"정혜경씨는 이 독서실에 아침에 제일 먼저 나오는 사람이라 아예 제가 독서실 문 열쇠까지 맡겼는데, 오늘 아침 제가 나와 보니까 독서실 문이 그 때까지 잠겨 있더라구요. 제가 다른 열쇠로 문을 열었어요. 이런 일이 없었는데 이상하네요. 아직까지 독서실에 오지 않은 건 틀림없어요."

혜경의 독서실 책상 앞 책꽂이에는 혜경이가 요즈음 보던 두툼한 채권법이 꽂혀 있었다.

정의택씨는 마음이 다급해졌다. 그는 다시 아파트 근처의 스포츠센터로 달려갔다. 그는 수영장 입구의 안내 담당 직원에게 물었다. 직원은 새벽반에서 혜경을 보지 못한 것 같다면서 회원 이름들이 적힌 공책을 들췄다. 거기 혜경의 사인이 보이지 않았다. 새벽 5시에 일어나 혜경은 분명히 수영장을 향했다. 그런데 오지 않은 것이다.

'이건 뺑소니 사고를 당한 게 틀림없어.'

혜경은 스포츠센터를 가기 위해서 아파트 정문 앞을 나왔을 것이다. 그곳은 대로였다. 그렇다면 새벽길 뺑소니 교통사고 이외에는 생각할 수가 없었다. 운전자가 혜경이를 차에 싣고 도망가 어디다 버렸을지도 몰랐다.

정의택씨는 경찰서로 달려갔다. 수사과는 철 책상들이 팀별로 놓여 있었고 내근을 하는 몇 명의 형사들만 보였다. 정의택씨는 그 중 40대쯤으로 보이는 형사에게 다가가 말했다.

"제 딸이 오늘 아침 뺑소니 사고를 당한 것 같아요, 없어졌어요."

"뺑소니 교통사고를 당한 걸 보셨어요?"

"아니오, 보지는 못했어요, 그렇지만 틀림없을 겁니다."

"그렇게 불확실한 짐작만 가지고는 저희가 업무를 처리할 수 없죠."

형사는 픽 웃으며 시큰둥한 반응을 보였다. 정의택씨는 아무래도 회장부인이 마음에 걸렸다.

"아니 뺑소니가 아니라 납치일지도 모릅니다. 우리 혜경이가 납치됐기 쉬워요. 얼마 전에도 여기 경찰서에 와서 신변보호요청을 했을 건데요."

형사는 그의 말을 전혀 믿지 않는 표정이었다. 바쁜데 귀찮다는 기색이 역력했다. 정의택씨가 말을 계속했다.

"아파트 앞에서 교통사고가 났으면 운전자가 혜경이를 싣고 도주할 길은 올림픽대로를 따라 미사리 부근으로 가는 길뿐입니다. 우리 아이에게 이런 상황이 벌어질 수 없어요. 바로 수사를 좀 해 주세요. 미사리 부근 산을 뒤지면 아직 살아 있을지도 몰라요."

그가 형사에게 사정했다.

"아무리 그래도 그건 짐작이시구요. 범죄가 틀림없다는 어떤 정확한 근거가 없으면 저희는 수사를 할 수가 없습니다. 일단 오셨으니까 실종 신고를 하시고 가시죠. 그러다 보면 이삼일 후에 따님이 돌아올지도 모르는 거 아닙니까?"

형사는 무단가출을 의심하는 것 같았다. 그건 절대 아니었다. 형사들은 꿈쩍도 하지 않았다. 그 날 밤 혜경은 돌아오지 않았다. 밤을 꼬박 새운 정의택씨는 다음날 새벽 혜경이가 새벽에 지나쳤을 길을 담당한 청소부를 만나 물어보았다. 아파트 정문 앞 24시 편의점 직원에게도 묻고 스포츠센터 앞에서 밤새 포장마차를 하는 사람에게 가서도 물어보았다. 모두 그 시각에 젊은 여자를 보지 못했다는 대답이었다.

미사리 쪽 산만 빨리 뒤져도 딸은 살아나올 수 있을 것 같았다. 그건 아버지의 직감이었다. 그는 서울경찰청 수사과장으로 있는 고등학교 후배에게 수사하게 해 달라고 부탁을 했다. 그래도 소용이 없었다. 단순 실종 신고는 수사할 사항이 아니라는 게 관할 경찰서의 의견이라는 것이다.

온 가족이 직접 나설 수밖에 없었다. 정의택씨는 부산에 사는 처남까지 불러 올리고 일가친척을 동원해 혜경이를 찾기 시작했다. 혜경의 학교, 친구들을 나누어 연락해 봤다. 다음날 저녁 처남이 지나가는 말로 한 마디 했다.

"아파트 관리사무소 CCTV에 혹시 뭐가 녹화돼 있지 않을까요?"

뉴스를 보면 범인들이 거기에 걸려드는 수가 있었다. 아파트의 CCTV는 필름을 아끼느라고 평소에 꺼놓을 때가 많았다. 천만다행으로 혜경이가 실종된 그 날 새벽의 녹화테이프가 있었다. 정의택씨는 그걸 빌려다가 틀었다. 모니터에 치직거리며 흑백의 장면이 떠올랐다. 아파트 정문 입구가 비스듬히 보였다. 주위는 어둠뿐 아무것도 보이지 않았다. 아파트 동 사이의 가로등이 어슴푸레 빛을 바닥에 뿌리고 있었다.

화면은 계속 같은 장면을 정물같이 보여 주고 있었다. 정의택씨는 꼼짝도 하지 않고 모니터에 시선을 집중하고 있었다. 마치 흑백의 엑스레이 사진을 집중하면서 보는 의사 같았다. 화면 속의 풍경들은 미동도 하지 않고 고정되어 있었다. 오가는 사람도 전혀 없었다.

그 때였다. 화면 구석에 뭔가 시커먼 게 잠시 눈에 띄었다. 우산이었다. 그 밑으로 딸 혜경의 허리가 살짝 보였다. 순간 그 뒤로 따라붙는 두 명의 남자의 모습이 보였다. 잠시 후 헤드라이트 불빛이 하얗게 켜지면서 급발진하는 차가 보였다. 납치가 틀림없었다. 분명 회장부인의 짓이었다.

잠시 후, 정의택씨는 접근금지가처분 기록들과 CCTV 필름을 경찰서에 가서 보이며 수사해 달라고 울부짖었다.

15

회장부인의 미소

그 무렵 회장부인은 기분이 한껏 고조되어 있었다. 청담동 쪽에 사 둔 땅들이 하루가 무섭게 가격이 치솟고 있었다. 제주도 중문단지의 바닷가 땅들도 마찬가지였다. 남편에 대한 검찰의 수사도 무혐의로 끝이 났다. 일선 검찰청의 조무래기 검사들이 아무리 날뛰어 봐야 거물인 남편을 어쩔 수 없었다.

남편은 총리와도 막역한 사이였다. 10억원쯤 내면 총리실에서 초청이 왔다. 함께 식사하자는 것이다. 20억원쯤 기부하면 더러 장관이나 정치인들과 함께 하는 총리의 골프 자리에 참석할 수 있었다. 그 자리에서 자연스럽게 주고받는 한 마디는 엄청난 힘을 발휘했다.

법무장관에게 일선 검사의 행태를 한 마디만 하면 그 검사를 이동시키는 건 힘든 일이 아니었다. 그건 수사의 종료였다. 수사라는 것도 별 게 아니었다. 증거만 없으면 어떤 놈도 함부로 덤비지 못했다. 은행 계좌 추적만 막으면 됐다. 전문 회계법인이 그런 일들을 완벽하게 처리해 줬다. 그 때 사위 김 판사가 거실로 내려왔다.

"장모님, 말씀드릴 게 있는데요."

"그래 거기 앉아, 우리 김 판사. 장인 사건 처리하느라고 애 많이 썼지?"

회장부인은 만족한 표정으로 미소 지었다. 회장이 검찰의 수사를 받을 때 사위 김 판사가 열일 제쳐두고 뛰었던 것이다. 편하게 살아가려면 집안에 판사하고 의사는 있어야 했다.

"그래, 무슨 일이야?"

회장부인이 물었다.

"혜경이가 실종이 됐대요. 그리고 수사가 시작됐는데 아무래도 경찰이 장모님을 의심한다고 하더라구요. 저희 이모부하고 소송 때문에 그런 것 같아요. 조심하셔야 합니다."

사위 김 판사가 걱정스런 어조로 장모에게 말했다. 사위 김 판사의 말을 듣는 회장부인의 얼굴에 안도의 표정이 비쳤다. 회장부인은 동시에 김용국과 마기룡이 혹시 혜경이를 어디 숨겨 놓고 거짓말 할지도 모른다는 의심이 들었다. 잔금을 주면서 철저히 마무리를 지어야 할 것 같았다.

3일 후, 울산 고속버스터미널 부근의 조용한 중국음식점. 허름한 아줌마 차림으로 변장한 채 고속버스를 타고 혼자 내려온 회장부인 앞에 앉은 김용국에게 주의를 주고 있었다.

"혹시라도 아직 죽이지 않고 그년을 데리고 있다면 꼭 죽여야 한다. 그년은 요부고 영악하니까 살려뒀다가는 너와 마기룡이 다 그 잔꾀에 넘어가 당하게 된단 말이다. 팔아먹기 위해 데리고 있거나 장난치면 절대 안 돼."

"염려 마세요. 벌써 일을 다 끝냈다니까요."

김용국이 웃으면서 자신 있게 말했다.

"정말 쥐도 새도 모르게 끝낸 게 틀림없냐?"

"그렇게 의심이 나시면 저하고 한번 가서 직접 확인하실래요?"

김용국의 말에는 당장이라도 회장부인을 끌고 갈 자신감이 서려 있었다.

"아니 내가 갈 필요는 없다. 조카인 네가 있는데 왜 그러겠냐?"

그렇게 말하면서 회장부인은 가지고 온 쇼핑백을 김용국에게 건네 주었다. 살인의 잔대금이었다. 김용국이 쇼핑백 안을 들여다 보았다. 천만원 뭉치가 세 개 있었다.

"아니 나머지 잔금을 다 주셔야지 왜 이거밖에 안 주십니까?"

김용국의 얼굴에 불쾌한 표정이 스쳤다.

"당장 현찰을 많이 뺄 수가 없어서 그래. 기다려."

며칠 후 회장부인은 김포공항 로비라운지에서 김용국을 다시 만나고 있었다. 이번에도 자가용이 아니라 택시를 타고 나왔다. 옆에는 현찰이 들어 있는 쇼핑백이 놓여 있었다.

"정말 죽인 게 맞냐?"

회장부인이 다시 확인했다.

"맞다니까요."

김용국이 짜증스런 표정이었다.

"그러면 시체가 빨리 발견되는 게 좋으냐, 아니면 그냥 이대로 놔두는 게 좋으냐?"

의미 있는 질문이었다. 적당한 시기에 시체가 발견이 되게 해서 빨리 수사를 종결시킬 필요가 있었다. 영구 미제사건으로 남기면 항상 의심의 눈길이 따라다 닐 게 틀림없었다.

"잘 모르겠어요."

김용국이 퉁명스럽게 되받았다. 관심 없다는 표정이었다.

3월16일 오전 8시30분경. 검단산을 올라가던 등산객에 의해 정혜경의 시체 가 발견됐다. 여대생 살인사건이 오후부터 대대적으로 뉴스를 타기 시작했다.

16

절 규

2004년 1월 26일 오후 2시. 서울고등법원 303호 법정 밖은 영하 10도를 밑도 는 한파가 몰아치고 있었다. 살해된 여대생의 아버지 정의택씨가 초췌한 얼굴로 증언석에 앉았다. 딸 혜경이가 살해된 지 벌써 2년이 되어 가고 있었다.

그 앞 피고인석에 회장부인이 고개를 빳빳이 들고 정의택씨를 무섭게 응시하 고 있었다. 끝까지 싸워 보자는 표정이었다. 그 옆에 김용국과 마기룡이 고개를 숙인 채 민감하게 주위를 살폈다. 재판장이 그윽한 동정의 눈길을 정의택씨에게 던지면서 위로의 말을 했다.

"딸을 불시에 잃으시고 얼마나 마음이 아프시겠습니까? 힘드시더라도 진실을 밝히는데 도움을 주셨으면 합니다."

정의택씨가 증인으로 나온 것이다.

"알겠습니다."

정의택씨는 지치고 쉰 목소리였다. 이어서 검사가 일어나 먼저 묻기 시작했다.

"회장부인이 전문 뚜마담을 통해 판사사위를 맞아들이고 그 부모에게 7억원을 줬다면서요?"

"네, 맞습니다. 그러다가 사위가 바람이 났다고 하자 회장부인인 저 여자는 3억원을 돌려달라고 난리를 쳐서 도로 빼앗아 가지고 갔습니다. 판사사위가 제 조카가 되지만 정말 더러운 매매혼에 팔려갔습니다."

법대 위 젊은 배석판사들의 얼굴에 모멸감이 스쳐갔다. 김 판사와 비슷한 또래였다. 검사가 계속했다.

"계좌 추적을 해 보니까 돌려받은 그 3억원으로 미행과 살인청부자금으로 사용한 것 같던데."

"잠깐만요."

그 순간 회장부인이 손을 번쩍 들고 소리치면서 끼어들었다.

"뭐죠?"

재판장의 표정에 얼핏 불쾌한 감정이 스쳐지나갔다. 회장부인은 재판의 순서도 무시하고 불리한 말이 나오면 튀어나와 말을 자르곤 했다. 회장부인이 기가 막히다는 표정으로 손으로 정의택을 가리키며 말했다.

"저 사람 말 다 거짓말이에요. 어이가 없어서 말이지. 제 딸이 혼처가 세 군데나 나왔어요. 그 중에 지금 사위가 가장 적극적으로 대쉬한 거예요. 그래서 결혼을 시켰는데 제가 어떻게 돈을 줬다고 합니까? 그리고 인간이라면 어떻게 한 번 준 돈을 찾아올 수 있겠어요? 상식적으로 안 그렇습니까?"

회장부인이 재판장에게 따지듯 내뱉었다. 증언석의 정의택씨가 맞받아쳤다.

"그러면 돈을 받은 판사 부모를 불러서 물으면 되겠네요?"

그 때 회장부인의 담당변호사가 일어나면서 거들었다.

"이보세요. 증인은 어떤 근거로 그렇게 매매혼이라고 단정을 하시는 거죠? 회장부인이 돈을 준 적이 없다고 하잖아요?"

정의택씨는 숨을 몰아쉬면서 흥분을 가라앉히려고 애쓰는 모습이었다. 잠시 후 그가 한 마디 한 마디 끊어서 분명히 말했다.

"저는 김 판사 부모로부터 분명히 직접 들었습니다. 더러운 돈으로 판사사위를 끌어들이는 게 매매혼이 아니고 뭡니까? 안 그렇습니까?"

"그게 어째서 매매혼입니까?"

회장부인의 변호사가 지지 않고 맞받아쳤다.

"내 관점에서는 더러운 매매혼입니다. 변호사님 생각은 다를지 몰라도 말이죠. 어떤 현상을 보더라도 관점에 따라 평가는 자유롭게 할 수 있죠. 그걸 자기 잣대와 다르다고 비판하지 마세요."

정의택씨는 변호사를 훈계하고 있었다. 그의 말이 맞았다. 반면 회장부인의 담당변호사는 색맹이었다. 색맹이라기보다는 돈에 최면이 걸려 있는지도 몰랐다. 돈에 취하면 살인도 하고 수사도 중단되고 법원이 오판도 하는 세상이었다. 내남없이 돈 받은 변호사는 억울한 누명을 쓴 고상한 회장부인으로 바뀌어 보일 수도 있었다.

회장부인의 변호사단 중 공격수 변호사가 일어나 정의택씨에게 본격적으로 덤벼들었다. 변호사의 손에는 정의택씨에 관한 기사가 들려 있었다.

"증인은 진실을 밝혀 죽은 딸의 영혼을 위로한다고 하셨죠?"

정의택씨가 기자들에게 한 말이었다.

"그렇습니다."

"돈보다 진실이 더 중요하다고 하셨죠?"

회장부인의 변호사는 벼르는 듯한 표정이었다.

"분명히 그렇습니다."

정의택씨가 각오한 표정으로 대답했다.

"그런 분이 어떻게 해서 이 사건의 1심 판결이 나기도 전에 회장부인을 상대로 24억원의 손해배상청구 소송을 제기하고 전재산을 압류했죠?"

변호사는 비웃는 표정을 지었다. 정의택씨의 목적이 별 수 없이 돈이 아니냐는 얼굴이었다.

"죽은 딸이 발견됐을 당시 범인들은 체포되지 않았습니다. 검사는 그런 상태에서는 회장부인을 살인죄로 걸기 힘들다고 했습니다. 전 독자적으로 살인을 원인으로 한 손해배상 소송을 제기했습니다. 검사가 움직이지 않는다면 민사로라도 진실 규명을 하고 싶었습니다."

일리 있는 말이었다. 확연한 증거가 없으면 경찰이나 검찰은 움직이지 않았다. 더구나 상대는 막강한 재벌이었다.

"단순히 그런 목적인데 그렇게 거액을 청구하신 건가요?"

회장부인 변호사는 계속 몰아쳤다.

"제가 상담한 변호사는 회장부인 같은 그런 여자는 미국같이 징벌적 손해배상을 청구해서 천억이나 2천억이라도 받아 내야 한다고 했습니다. 돈이면 다 된다고 생각하는 인간들에게서 그걸 다 빼앗아야 한다는 얘기였습니다."

정의택씨의 눈에 분노의 불길이 타오르고 있었다.

"증인은 회장부인에게는 그렇게 민사배상을 청구했으면서도 김용국이나 마기룡은 그냥 놔두셨던데 왜죠?"

회장부인 변호사가 빈정거렸다.

"저 두 사람은 회장부인의 돈으로 망가진 불쌍한 살인 도구들입니다. 내가 그런 인간들에게 돈을 청구하기 싫습니다."

정의택씨는 지혜가 있는 사람이었다. 그는 정의에 둔감한 권력과 거대한 금력 앞에서 악전고투를 하고 있었다. 혼탁한 세상인데도 회장부인이 법정까지 오게 된 것은 또 다른 기적이었다. 검찰에서 무혐의가 됐어야 했다. 어딘가 부패한 톱니바퀴 중간에 썩지 않은 존재가 있었던 것 같았다. 그 때 검사가 일어나 소리쳤다.

"증인, 한 가지 다시 참고삼아 묻겠습니다."

수사 검사였던 그는 지방으로 발령이 났는데도 이 사건 재판에는 꼭 나와 직접 관여했다. 그의 집요한 수사 의지로 회장부인이 법의 심판대에 선 것 같았다. 그와는 몇 번 법정에서 만난 안면이 있었다. 그가 정의택씨를 보면서 물었다.

"회장부인인 김귀숙씨는 정의택씨가 언론플레이를 하는 바람에 억울하게 범인이 됐다고 이 재판정에서 지난 번에 말했는데 그런 적이 있어요?"

회장부인의 변명을 뒤집으려는 의도 같았다.

"사건이 터지고 수많은 기자들이 접근하고 인터뷰하자고 했습니다. 제 딸이 살해된 게 뭐가 그렇게 명예로운 일이겠습니까? 대부분 거절했습니다. 한번은 동아일보 기사 중에 '여대생이 알고 지내는 남자의 장모 구속'이라는 제목을 봤습니다. 피가 끓어올라 제가 그 기자에게 항의했습니다. 이종사촌 오빠를 알고 지내는 남자로 표현하느냐고 말이죠. 그런 식이면 당신 외삼촌은 알고 지내는 여자의 동생이냐고 물었죠. 다음부터 그런 원색적인 제목은 없어졌습니다. 애비로서는 정말 언론과는 얘기도 하기 싫고 힘들었습니다."

다음은 김용국의 변호사인 내 차례였다. 나는 정의택씨로부터 미리 들은 얘기들을 전부 글로 썼다. 그리고 그 원고를 미리 재판장과 그에게 한 부씩 주었다. 회장부인의 방해를 막고 많은 내용을 폭로하기 위한 방법이었다.

"제가 재판 전에 이 글을 한 부 드렸는데 읽으셨습니까?"

"읽었습니다."

"잘못 쓰거나 진실에 어긋난 게 있습니까?"

"아닙니다. 인정합니다."

검찰 측 증인인 그는 사실 김용국의 변호사인 나와는 대립되는 관계였다. 그러나 변호사는 진실을 밝히는 데는 협조자여야 했다. 돈을 받고 거짓말을 하는 게 변호가 아니었다.

"딸의 시신을 처음 봤을 때 감정을 얘기해 주시죠."

내가 유도했다. 논리적으로 또 공작적으로 움직이는 회장부인 측에 대해 법원의 정서를 자극시킬 필요가 있었다.

"우리 혜경이가 죽은 지 열흘이 됐는데도 내가 갔을 때 눈을 한 쪽 번쩍 떴어요. 그리고는 입을 씰룩거렸습니다. 저는 귀신 같은 건 믿지 않는 사람인데도 한 맺힌 딸의 영혼이 가지 못하고 나를 기다렸다는 느낌이 들었습니다."

그는 순간 자기 감정에 겨워 "허억" 하고 마른 울음을 터뜨렸다. 재판장과 배석 판사들의 표정에서 감정이 흔들리기 시작하는 걸 느꼈다. 그가 말을 계속했다.

"죽은 딸의 하얀 얼굴을 보고 처음에는 총에 맞은 줄 몰랐습니다. 양 미간에 구멍이 보여서 굵은 송곳에 찔린 줄 알았어요. 이미 경찰이 얼굴의 피를 닦아 놓은 것 같았어요."

정의택씨의 볼에 굵은 눈물이 흘러내리고 있었다.

"정말 당해 보지 않으면 모릅니다. 형사들에게 딸을 죽인 범인을 잡아달라고 빌었어요. 죽은 애 아버지가 사 주는 밥과 술을 느긋하게 받아 먹으면서도 민적 거리는 서울의 뻔뻔스런 형사들을 보는 마음을 판사님들이 짐작이나 하시겠습니까? 차마 제가 세부적인 사항은 다 말씀 못 드리겠습니다만 인터폴에 협조하는 것까지 저 아니면 못했을 겁니다."

그가 울분에 차서 내뱉었다.

"이 넥타이를 보세요."

그가 매고 있던 넥타이를 손으로 잡고 내보였다. 포도주색 넥타이였다.

"이건 죽은 딸 혜경이가 선물한 겁니다. 저 악마 같은 더러운 여자가 끝까지 빠져나가려고 한다면 목숨을 걸고 따라가서 우리 혜경이 복수를 할 겁니다. 그래서 저는 재판이 열릴 때마다 이 넥타이를 매고 나옵니다."

그가 한 맺힌 얼굴로 고개를 돌려 회장부인을 노려보았다. 기세등등하던 회장부인이 처음으로 움찔했다. 나는 다음 질문으로 들어갔다.

"증인 역시 살해되실 뻔했죠?"

그 말에 정의택씨가 갑자기 고개를 휙 돌리며 소리쳤다.

"야! 이놈!"

순간 마기룡의 목이 자라같이 쑥 들어갔다.

"네가 날 죽이려고 할 때도 내가 험하게 대하지는 않았는데 어떻게 내 딸을……."

정의택씨가 말을 마치지 못하고 울부짖었다. 그가 울음을 멈춘 후 재판장을 보면서 이렇게 절규했다.

"재판장님, 저는 할 수만 있다면 제 목숨을 바쳐서 저 사람들의 생명을 빼앗고 싶습니다."

판사들이 진지하게 듣고 있었다. 나는 그 순간 회장부인에게로 무심코 시선이 갔다. 아까와는 달리 어느 새 회장부인은 검은 웃음을 흘리고 있었다.

"잠깐만요."

회장부인이 소리치면서 끼어들었다.

"저 사람은 말이죠. 소설을 쓰고 있어요. 다 거짓말입니다."

나는 악마를 보는 느낌이 들었다.

"조용해요!"

점잖은 재판장이 처음으로 못마땅한 표정을 지으면서 제지했다. 정의택씨가 마지막으로 덧붙였다.

"지난 설날에 모란공원에 가 뼈로 차갑게 남아 있는 딸을 보고 왔습니다. 한창 즐거워야 할 청춘에 우리애가 왜 그렇게 되어 있어야 합니까? 아는 사람이 얘기해 주는데요. 이런 모든 원인을 제공한 저 회장부인의 사위이자 제 조카인 김 판사란 놈은 이런 상황이 벌어졌는데도 자기는 법적 책임이 없다면서 남의 일같이 생각하는 겁니다. 그렇게 이기적인 놈이라 대학 때부터 이종사촌인 우리 혜경이가 그놈을 좋아하지 않았어요. 대한민국은 지금 이 시간에도 그런 놈을 판사로 쓰고 있습니까?"

나중에 들은 얘긴데, 그 김 판사는 잠시 지방에 있는 법원으로 가서 숨죽여 숨어 있다고 했다.

17

고참 법조인 모임

나는 매달 참석하는 법조인 모임에 나갔다. 교대 근처의 소박한 한식집에서 한 달에 한 번씩 모이는 고등학교 선배들의 법조인 모임이었다. 대부분 30년 가까이 판사나 검사 생활을 한 선배들이었다. 법조계 돌아가는 정보를 얻기도 하고 또 어려운 것들을 털어놓고 의논을 하는 사적 모임이었다. 나는 특별히 가입한 그 모임의 가장 막내였다.

"제가 요새 여대생을 청부살해한 판사장모 회장부인 사건을 맡고 있습니다. 젊은 판사가 그렇게 돈에 팔려가도 됩니까? 선배님들도 평생 판사를 하시니까 말씀해 보시죠."

내가 선배들에게 화두를 던졌다.

"글쎄 말이야, 판사 부모가 7억을 몸값으로 받았다면 우리도 소급해서 모두 돈을 받아야겠네. 법원장을 하고 사법연수원장도 하니까 각자 한 70억씩 받아야 하지 않나?"

사법연수원장인 신 선배가 싱긋 웃으면서 농담을 던졌다. 옆에 있던 다른 선배가 농담을 덧붙였다.

"아니죠, 신 선배는 거기서 더 받으셔야죠. 고등고시 수석합격 하셨잖아요."

모두들 와아 하고 웃었다. 여종업원이 음식을 가지고 들어왔다. 죽, 꼬막무침, 동치미에 빈대떡이었다. 참석했던 검사장 출신의 박 선배가 사법연수원장인 신 선배에게 물었다.

"참, 요새 사법연수원생들이 전문 중매쟁이에게 팔려가는 수가 많다는데 실정이 정말 그래요?"

모두의 시선이 사법연수원장에게 쏠렸다.

"연수원에서 주는 박봉으로 살아가야 하기 때문에 연수생 대부분이 카드 빚들이 삼사천만원씩 돼요. 그렇지만 국가 입장에서 보면 천 명에게 한 달에 사무관급 본봉의 월급을 주니까 엄청난 예산이죠. 내가 실제로 보니까 카드 빚을 진 연수생들의 마음에는 그 빚만 누가 대신 갚아 줬으면 하는 간절한 게 있지. 그걸 너무 나쁘게 생각하지 마세요."

연수생들을 잘 아는 신 선배가 변명을 해 줬다. 옆에 있던 손 선배가 끼어들었다. 그는 고등법원장과 행정부 차관을 지냈다. 정치 감각이 있는 사람이었다.

"그 사건 말이지. 1심에서는 잘못 선고한 것 같아. 일단 사형을 선고하고 항소심에서 무기징역 정도로 내렸어야 하는데, 1심 재판장이 너무 인심을 써 버렸어. 항소심 재판장이 입장이 아마 곤란할 거야."

수많은 재판을 한 경험에서 오는 소리였다.

"맞아요. 판사들끼리도 1심, 2심 조율이 맞아야 하는데."

참석한 원로판사들의 의견이 대동소이했다.

"그 사위가 됐다는 판사가 사표 쓰고 나갔지?"

좌장격인 손 선배가 내게 물었다.

"아직 나가지 않고 버틴답니다."

"하기야 자기가 법적 책임이 있는 건 아니니까 법관징계위원회에서 내보낼 수는 없겠지. 그렇지만 사법부를 위해서는 본인이 도의적 책임을 지고 나가 줘야 하는 거 아닌가? 그 판사가 쓰는 판결문이 어떻게 신뢰를 받겠어?"

모두들 고개를 끄덕였다.

"정말 판사들을 인성(人性)을 보고 뽑아야 할 텐데, 연수원에서 성적만 가지고 뽑으니까 큰일입니다. 얼마 전에 모자라는 부장판사 녀석 한 명을 봤는데 얘기 들어 보실래요?"

옆에 있던 박 변호사가 말했다. 그는 부인이 가외동에서 화랑을 하고 있었다.

"왜 무슨 일이 있었어?"

참석했던 사람들이 물었다.

"제 집사람이 화랑을 하는데 임시로 여직원 한 명을 뽑았어요. 남편이 부장판사라고 하더래요. 그런데 이 여직원이 직장에서도 부장판사 사모님 대접을 받으려는 건지 건방지더래요. 왜 손님이 오면 커피도 타 내고 저녁이면 화랑 청소도해야 하는 거 아닙니까? 그런데 그 부장판사 부인은 화랑에 큐레이터로 취직을 하면 예쁜 옷 입고 커피 마시면서 고상한 손님만 접대하는 걸로 알았던 모양이에요. 큐레이터가 남에게는 그런 모양으로 비치지만 밤이면 변소 청소하고 그림

포장하고 험한 일 다 해야 하거든요.

한 달 정도 하다가 어느 날 그 부장판사 사모님이 말도 없이 슬며시 안 나오더래요. 다음다음날 남편인 부장판사가 화랑 주인인 제 집사람한테 전화를 했대요. 대번에 하는 말이 '나 부장판삽니다. 우리 집사람 아시죠? 설마 당신이 자원봉사로 쓰신 건 아니겠죠? 내가 계좌번호를 알려 드릴 테니까 당장 돈을 보내요.' 하고 전화를 끊더래요. 정말 미친놈 아닌가 싶었대요. 제 집사람이 한 마디 하려다가 참았대요. 그리고 바로 돈을 부쳐 줬는데 어떻게 그런 놈들이 법원의 간부를 하는지 몰라요."

"그거 정말 모자라는 놈이네."

모두들 듣고 혀를 찼다.

"그런 부장판사도 있고 불알장사 하는 젊은 판사놈들도 많다니까요."

옆에 있던 60대 초반의 이 변호사가 끼어들었다. 그는 잠시 판사 생활을 하다가 변호사 개업을 한 지가 제법 오래 됐다.

"왜 이 변호사는 무슨 일이 있었어?"

손 선배가 물었다.

"내 막내딸이 얼마 전 총각판사하고 사귀는 것 같더라구요. 같이 데이트도 하고 즐겁게 지내는 것 같길래 마음속으로 괜찮구나 생각했죠. 딸한테 자기가 서울법대 3학년 때 사법고시를 수석으로 합격하고 연수원도 수석을 해서 바로 서울법원에 남았다고 자랑을 하더래요. 그런데 이놈이 딸한테 주로 묻는 게 네 아버지 사건 많니? 대법관 누구하고 아시니? 그게 주 관심사더라는 거예요. 이것저것 재면서 결혼 문제가 나오면 미꾸라지같이 피하구요. 그래서 그런 놈하고는 아예 관두라고 했죠. 그렇게 반들거리는 젊은 판사놈들이 많아요. 임관되기 직전 어떤 놈은 아예 자기는 여자를 3개월 이상 안 넘긴다는 카사노바 같은 녀석도 있구요. 그런 놈들은 법원행정처에서 걸러서 판사가 되지 못하게 해야 할 텐데……."

"글쎄 말이야."

참석한 법조 원로들이 모두 고개를 끄덕였다.

"그러나 저러나 사업가들이 판사를 사위로 들여도 효과가 별로 없을 텐데 말이야. 요즘 판사라고 해서 사건을 어떻게 청탁할 수 있는 건 아니지."

손 선배가 젓가락으로 낙지볶음을 집으면서 말했다. 옆에 있던 박 선배가 그 말을 받아 입을 열었다.

"그게 꼭 그렇게 계산하실 건 아니예요. 기업의 경우 변호사들한테 주는 법률비용을 몇 년 계산하면 차라리 그 돈으로 판사사위를 보는 것도 괜찮죠."

"판사나 의사를 소개하는 전문 중매꾼들이 있다면서?"

손 선배가 사법연수원장인 신 선배에게 물었다.

"내가 들은 얘기로는 연수원생 명단을 구해서는 계속 전화를 해 대는 중매꾼들이 있는 모양입디다. 그런 사람들에게 사법연수생들이 넘어가 팔려가는 거죠."

"안 팔리는 연수생들도 있다면서?"

지금은 대학교수로 변신해 강의를 하는 김 선배가 물었다. 그는 명판관으로도 유명했다.

"글쎄, 며칠 전에도 강북에서 한 젊은 변호사가 사무실에서 떨어져 자살을 했다고 그러대. 자꾸만 적자는 보고 앞은 막연하고 그래서 죽은 거지. 또 젊은 배석판사가 차에 양복 윗도리를 둔 채 실종된 경우도 있어요."

그 말을 들으면서 나는 전문 중매꾼을 만나 봐야겠다는 생각이 들었다.

18

중매꾼들 세계

하이야트호텔 그랜드볼룸은 화려하게 차려 입은 남녀 하객들로 웅성거렸다. 검은 색 대리석으로 된 홀 내부의 여기저기는 풍부한 백장미로 장식되어 있었다. 입구에는 초청되는 손님의 사회적 위치에 따라 좌석표가 배정되어 있었다. 나는 다산그룹 오너 일가의 딸 결혼식에 참석했었다. 고등학교 동창이 그 그룹의 부회장이었다. 사위는 검사라고 했다. 아버지 역시 검사장 출신이었다. 나는 아내, 그리고 딸과 함께 그 결혼식에 참석했었다. 딸과 아내는 재벌의 결혼식을 보고 싶어했다. 조금 늦게 도착한 우리 가족이 총총걸음으로 식장으로 들어가고 있을 때였다.

"하객으로 초청받으신 분이죠?"

어떤 중년의 여인이 다가와 정중하게 고개를 숙였다.

"그렇습니다만."

내가 얼떨결에 대답했다. 중년의 여자는 순간 내 양복 깃에 달린 배지를 흘끗 보는 것 같았다. 무궁화로 된 변호사 금배지였다. 그래서 모르는 사람들은 국회의원으로 종종 착각들을 했다. 그 여자는 내 옆에 서 있는 딸을 예리하게 보면서 물었다.

"따님이 아직 미혼이시죠?"

"그렇습니다."

내가 무심히 대답했다.

"전 이런 일을 합니다. 좋은 신랑감이 필요하면 연락 주세요."

여자가 명함을 한 장 내밀었다. 거기에는 핸드폰 번호와 이름이 인쇄되어 있었다. 전문 중매를 하는 여자 같았다. 거물급 전문 중매쟁이들이 그렇게 재벌의 예식장 부근에 몰려들고 있었다. 그들은 혼사를 성립시키기도 하고 방해하기도 한다고 했다.

정혜경의 청부 살해사건에서도 김 판사 부모 쪽에서 중매료를 내지 않자 괴전화가 왔다. 판사사위의 과거를 폭로하는 내용이었고 그것은 바로 청부살인으로 이어졌다. 살인의 배경에 있는 그 거물급 중매쟁이는 '덕산할매'라고 불렸다. 덕산할매는 수사 기록 어디에도 나와 있지 않았다. 나는 전문 중매꾼들을 수소문해서 덕산할매의 정체를 추적하는 중이었다.

얼마 후 나는 친구의 결혼식장에서 명함을 건네받은 전문 중매꾼 여인을 조용히 따로 만났다. 호텔 입구에서 만났던 그 중년의 여인은 의외로 명문여고를 나온 62세의 부인이었다. 남편은 전직 고위공무원이라고 했다. 그 여인은 문제의 덕산할매에 대해서는 어느 정도 알고 있었다. 나는 이런 저런 얘기를 하면서 그 여자를 설득하다가 물었다.

"덕산할매는 어떤 사람입니까?"

내가 조심스럽게 물었다.

"성격이 뱀같이 차고 깐깐한 할매예요. 여러 명의 남자들을 고용해서 사법연수원생들을 포섭하고, 그 할매는 부잣집들의 사위 주문을 받고 다녀요."

그녀의 설명이 계속됐다.

"우리 중매꾼의 세계도 판사 전문, 의사 전문같이 분야별로 또 나뉘지요. 판사 전문도 다시 사법연수생 포섭 담당과 부잣집 담당으로 나뉘죠. 사법연수생 담당은 인원 명단과 성적까지 입수해서 연수생들에게 개인적으로 접촉해요. 술도 사 주고 용돈도 주면서 자연스럽게 포섭하는 거죠. 사법연수원 시절이라는 게 힘들 때잖아요? 어느 정도 시간이 흘렀을 때 '예쁜 여자 소개해 줄 테니까 한번 보지 않을래?' 하고 슬쩍 말을 던지는 거죠. 그러겠다고 하면 연수원생 담당 중매꾼이 부잣집 딸 담당 중매꾼에게 연락을 해요. 그 쪽은 혼기에 찬 부잣집 딸들을 빠삭하게 꿰고 있거든요. 이런 전문 중매는 혼자 하는 게 아니라 조직으로 해요."

"어떻게 그런 정보들을 얻나요?"

"그거야 한 집만 알아도 알음알음으로 금세 훤하게 되죠."

"판사사위를 데려오면 몸값은 어떻게 내죠?"

"얼마 전 대구의 한 사업가 집안에서 판사사위를 맞아들였는데 예단 외에 서울에 45평짜리 타워팰리스를 사 주고 현찰 2억원을 판사사위 부모에게 줬어요."

"현찰 2억원을 사위 부모에게 주는 건 무슨 뜻인가요?"

"그 동안 공부시킨 값이죠."

그 중매꾼이 당연하다는 듯 대답했다. 그녀가 계속했다.

"저는 판사가 아니라 의사 전문이에요. 서울대를 나온 의사를 사위로 맞아들이는 데 10억원은 있어야 해요. 병원을 차려 줘야죠. 하여튼 그럴 듯한 사위를 들이려면 빌딩을 준다 돈을 준다 해야 돼요. 겉으로는 모두들 부정을 하지만 중매꾼인 내가 본 현실은 겉이 번지르르하고 점잖은 척하는 사람들이 오히려 더 욕심이 많고 은근히 돈을 바란다니까요."

아들을 가진 부모가 먼저 자식을 상품화한다는 얘기였다.

"중매료는 어떻습니까?"

중매료는 내가 맡은 살인사건의 동기가 된 부분이었다.

"여자 측에서 남자집에 가는 총 액수의 10퍼센트를 받아요. 그걸 받아서 중매한 사람들이 나누어 먹죠. 중매가 되지 않는 경우에도 얼굴만 한 번 보는데 30만원을 받게 돼 있어요. 그 덕산할매는 판사 후보 남자 한 명을 아침에 호텔 커피숍에 오게 하면 하루에 여자를 세 명도 보이고 네 명도 보이고 그렇게 했어요. 그것만 해도 간단히 하루 일당이 100만원이 넘게 떨어지는 거죠.

중매가 안 돼도 서로 만나게 하는 횟수만 늘면 수입이 짭짤해요. 남자 하나가 괜찮으면 수백 명을 보일 수 있고 모두 아낌없이 돈을 내요. 한번은 부모끼리 상견례를 하면서 남자 부모가 여자 부모에게 '우리 아들이 좋은 거냐 판사가 좋은 거냐' 하고 묻는 것도 봤어요. 그걸 경험하고 시집간 여자들은 자기가 애를 낳으면 더러워서라도 판검사나 의사를 만들어야겠다고 그래요."

"만약 중매료를 내지 않으면 어떻게 되죠?"

중매료는 법적으로 인정되는 돈이 아니었다.

"중매꾼들이 가만히 있지 않죠. 남자한테 동거하는 여자가 있었다고 모략도 하고 어떻게든 수단방법을 안 가리고 갈라 놔요. 당하고 있을 만만한 사람들이 아니죠."

"여대생 살해사건의 판사 부모가 중매료를 내지 않았다던데?"

내가 마지막으로 핵심 부분을 물었다.

"덕산할매도 보통 독한 사람이 아닌데 안 받고 가만 있을 사람은 아니죠."

"이번에 범인들이 중국에서 잡혀온, 그 여대생 살해사건 아시죠? 덕산할매가 회장부인에게 중매했다던데…… ."

"그럼요. 중매쟁이들 사이에서 소문이 짜하게 퍼졌는데요. 소문으로는 회장부인도 나쁘고 덕산할매도 나쁘다고 그래요."

"그 덕산할매에 대해 더 해 줄 말씀 없어요?"

"나이는 70이 넘었는데 빼빼하고 얼굴이 얄팍해요. 더이상은 몰라요."

가장 돈이 되는 일은 사람 장사인 것 같았다. 전문 중매꾼을 겸하는 직업이 여러 종류 있었다. 고급 의상실 주인, 대형 화랑의 여사장 등 재벌가와 접촉이 가능한 장사꾼들은 사업의 이면에서 사람 장사를 겸하는 것 같았다.

19

흔들리는 김용국

재판은 계속됐다. 회장부인은 철저히 살인교사를 부인했다. 증거도 없었다. 회장부인에게서 나온 것이라고 밝혀진 돈도 살인 자금이 아니라 조카인 김용국을 도와 준 돈이라고 했다. 재판은 진실을 규명하는 정의의 실현장이 아니었다. 거대한 연극이고 게임이었다. 사건의 흐름이 달라지고 있었다.

김용국이나 마기룡이 회장부인의 부탁으로 미행하다가 실수로 여대생을 죽이고는 회장부인을 물고 늘어지는 쪽으로 급반전되고 있었다. 회장부인을 맡은 로펌에서 작성한 시나리오였다. 연출은 로펌의 뒤에 있는 거물급 변호사가 할 것이다. 고위직에 있다 나온 변호사가 재판장이나 법원장, 검사장에게 가서 회장부인의 구명을 부탁할 것이다. 공판 담당변호사는 연출자가 무대 위에 세운 최전방의 첨병 같은 배우 역할이었다.

아마도 회장에게서 정치 자금을 받은 각료급이나 정치인들은 법원장들에게 간접적으로 영향을 줄 것 같았다. 재력을 바탕으로 한 입체적인 구명작전이었다. 그런 상대방에 비해 내 쪽은 너무 빈약했다. 나 혼자서 시나리오, 연출, 연기까지 전부 맡아서 혼자 뛰는 셈이었다.

회장부인의 공판 담당 민 변호사가 자리에서 일어나 회장부인에게 말했다.

"남편의 외도가 살해의 동기라는 검찰 주장에 대해 어떻게 생각하시죠?"

"남편은 외도한 일이 전혀 없었습니다. 남편인 회장님은 아내나 자식들에 대한 사랑이 돈독한 사업가이십니다."

매끈한 대답이었다.

"사건이 터진 직후 김용국이 협박한 적이 있지요?"

"네, 미행하는 애들이 실수해서 사고가 났지만 고모가 미행시킨 거니까 돈을 달라고 협박했어요. 그렇지 않으면 재판에서 불리할 거라면서."

회장부인은 겁먹은 듯한 표정을 지으면서 대답했다.

"그래서 돈을 주셨습니까?"

담당변호사가 기다렸다는 듯 물었다.

"경황이 없는 상태에서 집에 보관하던 현찰을 주었는데 액수도 기억이 안 나네요."

"사위에게 여자가 있다는 이상한 전화가 오고 나서 그 사실을 확인하기 위해 미행은 시켰지만 죽은 정혜경과는 어떤 감정도 원한도 없는 사이시죠?"

"그렇습니다. 정혜경은 사돈집 처녀 됩니다. 감정이 있을 리가 있습니까?"

"옆에 있는 조카 김용국은 어려서부터 어땠습니까?"

민 변호사가 대답을 미리 정해 놓고 묻는 것 같았다.

"학교 다닐 때부터 운동도 하고 좀 껄렁껄렁 했어요."

공갈을 할 수도 있다는 간접적인 암시였다.

"고모가 누구를 죽이라고 할 때 말을 들을 사람인가요?"

민 변호사가 기교적으로 유도했다.

"상식적으로 그런 살해 지시를 할 고모도 없고, 그걸 들을 조카가 있겠어요? 있었다면 미친 사람이죠."

회장부인이 매끄럽게 받아쳤다.

"이 사건으로 집안이 어떤 피해를 입었나요?"

"제가 딸한테는 평생 죄인이 됐습니다. 엄마가 구속돼 있는 걸 알면 그 시부모나 남편의 얼굴을 어떻게 보겠어요? 우리 딸 정말 순수합니다."

그녀는 갑자기 착한 친정엄마가 됐다.

"정혜경양 아버지가 저를 고소했었어요. 검찰청에서 조사를 받을 때 죽은 정혜경이를 만났는데, 우리 사위가 사귀는 여자는 자기가 아니고 박미라라는 다른 여자라는 거예요. 또 정혜경양 아버지가 쓴 접근금지가처분신청서의 내용을 보면 우리 사위와 그 박미라라는 여자와의 관계를 어떻게나 리얼하게 써 놨는지 얼굴까지 붉어지더라구요. 어찌나 아버지와 딸이 거짓말을 잘하는지 신청서가 아니라 3류소설을 써 놨어요."

회장부인은 죽은 정혜경과 그 아버지 정의택에게 모든 책임을 돌렸다.

"이 사건에 대해 소감이 어떠십니까?"

변호사가 미소를 지으면서 물었다.

"친조카인 김용국이 친고모인 제가 범행을 사주했다고 책임 전가를 하는 것을 보면서 인간적인 분노와 허탈감을 느낍니다."

담당변호사와 회장부인의 빈틈없는 대사가 오고갔다. 다음은 김용국의 변호사로 법정에 참석한 나의 신문 차례였다. 그들이 주고받는 빈틈없는 거짓말에 나의 마음은 분노로 출렁거렸다. 나는 침착하려 애쓰면서 김용국에게 묻기 시작했다.

"김용국 피고인! 지금 회장부인이자 고모인 김귀숙 피고인이 하는 말씀을 옆에서 잘 들었죠?"

"그렇습니다."

그가 푹 숙였던 고개를 들으면서 대답했다. 주눅 들었던 얼굴에 반항기가 엿보이기 시작했다.

"이 살인사건에 대해 피고인이 진정으로 속죄하는 방법은 뭐라고 생각합니까?"

"있었던 사실을 그대로 말하는 겁니다."

김용국이 대답했다. 그 때 방청석 끝에 혼자 앉아 있는 죽은 정혜경의 아버지 정의택씨가 보였다. 초췌한 모습으로 김용국을 지켜보고 있었다. 그러나 슬픈 듯한 눈동자 속에서 강한 힘이 꿈틀거리고 있었다.

"지금 죽은 여대생의 아버님 정의택씨가 계시는데 어떻게 하는 게 그에 대한 바른 태도라고 생각하시죠?"

회장부인의 유혹과 회유, 그리고 정의택씨의 용서로 표현되는 합의 사이에 김용국은 서 있었다.

"진실하게 얘기하고 법대로 처벌받겠습니다."

김용국은 정의택씨 쪽을 택했다. 목숨을 거는 상황이었다. 회장부인의 돈보다 이젠 생명이 더 귀했다.

"평소 옆에 있는 회장부인 김귀숙 피고인을 어떻게 생각했었죠?"

"재산도 많고 자식들 학벌도 좋고 판사가 사위라 우리 집안의 중심 인물로 모시는 고모님이셨습니다. 부모같이 존경하고 항상 우러러 보면서 순종했습니다."

"지금은 어떤가요?"

김용국은 순간 옆눈길로 회장부인 눈치를 보았다.

"현재도 마찬가지입니다."

나는 속으로 놀랐다. 그 때 옆에 있던 회장부인이 독 오른 얼굴로 고개를 돌려 김용국을 쏘아 봤다. 그건 살모사의 눈보다 더 무서웠다.

"그래서 나를 이렇게 하는 거니?"

회장부인이 멸시와 증오의 독화살을 쏘았다. 김용국은 그 기세에 꼬리를 말고 도망가는 강아지처럼 주눅이 들었다. 나는 회장부인의 그 모습을 지켜보고 있었다. 이윽고 내가 김용국을 바라보면서 다시 묻기 시작했다.

"김용국씨가 15년 전 결혼할 때 옆에 계신 회장부인 고모가 식장에 오셨나요? 안 오셨나요?"

조카의 결혼식에도 오지 않으면 이미 정이 흐르는 고모와 조카 사이는 아니었다.

"그 때 바쁘셔서 오지 않으셨습니다."

김용국이 이유를 만들면서 고모를 두둔했다. 그는 주눅이 들고 한편으로 겁먹고 있는 것 같았다.

"고모가 미행과 살인 심부름을 시키기 전인 지난 15년 간 회장부인 고모님께서는 얼마나 금전적 도움을 주셨죠?"

"전혀 그런 적 없습니다."

"옆에 있는 고모님은 준 돈이 살인자금이 아니라 사랑하는 조카인 김용국씨 집을 사는 데 도와 준 것이라고 하는데 누구 말이 맞나요?"

"단 한 푼도 도움을 받은 적이 없습니다. 집 사는 데 돈을 도와 줄 고모님이 아닙니다. 말도 안 되죠."

그가 머리까지 흔들면서 부인했다.

"김용국씨는 누가 돈을 대서 1심 변호사를 선임해 줬죠?"

사무실을 찾아온 그의 처는 회장부인이 댔다고 했다.

"모릅니다."

김용국이 또 어리석게도 거짓말을 하고 있었다. 그는 옆의 회장부인을 무서워하고 있었다. 내가 질문을 계속했다.

"고모인 회장부인으로부터 여대생 정혜경을 없애 줄 사람을 찾아보라는 지시를 받은 건 분명합니까? 옆에 있는 고모인 회장부인께서는 절대 그런 사실이 없다고 하시는데."

나는 나란히 서 있는 김용국과 회장부인 두 사람의 표정을 날카롭게 살폈다. 회장부인인 김귀숙이 순간 고개를 돌려 살인이라도 할 눈으로 김용국을 노려보았다. 김용국이 그 눈길을 애써 외면하면서 대답했다.

"전 분명히 그런 지시를 받았습니다. 그렇지 않으면 내가 왜 낯도 모르는 여자에게 그런 일을 하겠어요?"

그의 옆에 서 있는 마기룡이 뭔가 심각하게 생각하는 표정이었다. 살인의 동기는 회장부인에게밖에 없었다. 김용국과 마기룡은 돈이 필요했을 뿐이다. 내가 그 점을 지적했다.

"옆의 마기룡도 돈이 아니면 그 여대생을 죽일 이유가 전혀 없었죠?"

"그렇습니다."

"김용국 피고인은 중국에서 잡혀와 검찰청에서 조사를 받을 때 복도에서 친척을 만난 적이 있다고 했죠?"

"……."

순간 김용국이 또 당황하는 표정이었다. 진실을 말하겠다는 그의 의지가 의심스러웠다. 그는 상황에 따라 적당히 말하는 성격이었다. 뒤에서 말했다가 앞에서 발표하려면 뒷걸음질치는 스타일이다. 그가 말할까 말까 하고 망설이는 표정이었다. 재판장과 방청석의 눈길이 모두 그에게 쏠렸다.

"왜 대답을 하지 않죠?"

내가 재촉했다.

"그, 그런 적이 있습니다."

그는 완연히 말까지 더듬으면서 간신히 대답했다. 옆에 있던 회장부인이 핏빛 눈길로 그를 노려보고 있었다.

"어떻게 했는데요?"

내가 그의 고삐를 당기듯 물었다.

"손을 뒤집어 보였어요. 그건 고모의 진술에 맞추어 주라는 사인이었어요."

옆에 있던 회장부인이 갑자기 발악했다.

"재판장님, 이게 고모를 존경한다는 놈이 하는 소립니까?"

법정이 술렁거렸다. 나는 미동도 없이 김용국과 회장부인의 모습을 관찰하고 있었다. 회장부인이 자신의 변호사를 쳐다보며 어떻게 하면 좋겠느냐는 표정을 지었다. 회장 측 변호사는 손을 위아래로 조금씩 흔들면서 진정하라는 메시지를 보냈다. 나는 신문을 끝냈다. 이어서 마기룡의 국선변호사가 자리에서 일어났다. 여자 변호사 권성숙이었다. 그녀는 갈색 정장에 옅은 화장을 하고 있었다.

"피고인 마기룡은 어떻게 용의자가 되어 추적을 받았죠?"

권 변호사가 묻기 시작했다.

"죽은 혜경양의 아버지에게 주었던 명함이 단서가 돼서……."

동정을 갈구하는, 일부러 만든 죽어가는 목소리였다.

"살인청부를 받은 대상인 여대생이 어떤 사람이었어요?"

"회장집 사위 김 판사가 과외 지도를 했던 여학생인데 한때 둘이서 연애를 했다가 김 판사가 고시에 합격하고 부잣집에 장가를 들자 원한을 품고 김 판사의 가정을 깨고 자기와 다시 결혼하려고 하는 나쁜 여자라고 그랬습니다. 내가 아는 게 아니고 김용국이 그렇게 말했었습니다."

"정말 그런 여자였나요?"

권 변호사가 진지한 표정을 지으며 물었다.

"죽이고 나서 인터넷을 검색해 보니까 김 판사와 정혜경은 이종사촌간이라 연애할 사이가 아니었습니다. 그걸 알았더라면 당장 혐의가 올 이 사건을 맡지 않았을 겁니다."

"정말 살인을 청부받은 겁니까?"

"처음에는 농담으로 받아들였고 얼마나 돈을 주면 되느냐고 묻는 바람에 진담이 되어 버리고 말았습니다. 무심코 2억원을 불러 봤는데 계약이 성사되는 바람에 현실이 됐습니다."

"돈을 받은 후의 상황에 대해 설명해 주시죠."

"사실 착수금을 받은 그 날부터 거의 개인 시간을 가져본 적이 없습니다. 24

시간 스탠바이 상태에서 새벽이고 밤이고 주말이고 김용국의 지시에 따라 미행하라면 하고, 누구에게 린치를 가하라면 즉각 그걸 이행하는 척이라도 해야 했습니다. 시간은 흐르고 성과는 없자 김용국은 매일같이 고모인 회장부인에게 야단맞는 눈치였습니다. 받은 돈을 다 써 버려 그만두지도 못하고 정말 괴로웠습니다. 한번은 연락을 끊고 도망을 했는데 용국이가 핸드폰 메시지로 네가 안 나타나면 어르신이 칠성파를 동원해 쥐도 새도 모르게 죽인다고까지 했어요."

"어르신이라는 사람이 누구죠?"

권 변호사가 물었다.

"김용국은 고모인 회장부인을 어르신이라고 했어요. 회장부인에게 여섯 달동안이나 김용국과 제가 지독히 시달려서 납치하자마자 30분 만에 바로 죽여 버렸습니다."

"살인 후 심정이 어땠어요?"

"이런 소리 하는 거 어떤가 모르겠는데 도망을 다닐 때 하루 밤에는 꿈에 제가 죽인 정혜경이 나타났습니다. 열 살 정도 소녀의 모습으로 드레스를 입고 춥다고 하면서 저를 따라 왔어요. 얼마나 불안하고 무섭던지 솔직히 제 정신이 아니었습니다."

"1심에서 변호사가 있었어요?"

"회장부인이 보내 준 사선(私選) 변호사가 있는데 뭐라고 부탁 말을 하길래 내가 거절했습니다."

회장부인은 1심부터 모든 걸 조정하려고 했다는 얘기였다. 사채 시장에서 건달로 활동했던 마기룡 역시 만만치 않은 인물이었다. 회장부인의 연극 마당에서 배역과 대사가 마음에 들지 않았는지도 모른다. 회장 측 변호사들도 출연료를 받은 단역배우였다. 김용국이 회장 측에 말려들어 마음이 바뀌면 나 역시 즉각 해임될 운명이었다. 국선변호사인 권성숙 변호사도 마찬가지였다.

20

보일러공 친구

법정 앞 긴 복도는 회장 측 응원단들로 웅성거렸다. 삼삼오오 모여서 오늘 재판의 결산을 하고 있었다. 그 사이에서 떠들던 두 여자가 나를 보자 못마땅한 눈길로 삐죽였다. 멀리 다른 곳에서 회장도 차디찬 적의를 내게 보내고 있었다. 그들에게 나는 방해꾼이고 적이었다. 다수의 강한 악과 소수의 선의 치열한 싸움장이었다.

보통 선은 약하다는 관념이다. 그러나 진실을 추구하는 선은 악 이상으로 강해야 이길 수 있었다. 외로운 섬이 되어 버린 김용국의 처가 불쌍해 보였다. 사람들은 부자 쪽으로만 몰려들었다. 비가 추적추적 내리고 있었다. 습기를 머금은 도심의 공기가 후덥지근했다. 사무실로 돌아와 차를 한 잔 마시고 있는데 김용국의 처가 뒤따라 왔다.

"남편이 진실하지 못할까 봐 마음이 조마조마 했어요."

앞에 앉은 그녀는 긴장한 얼굴이었다. 그녀는 가난해도 정직하려고 애쓰고 있었다. 도와 주고 싶었다.

"오늘 방청 온 회장 측 분위기는 어떻습니까?"

"회장님이 부리는 사람들이 전부 출동했어요. 법정에서 내려오는 계단에서 회장님을 만났는데 저보고 '좋은 변호사 구했구만, 잘해 봐' 하고 빈정대시더라구요. 회장님이 뒤에서 전체를 지휘하고 계시는데, 친척들 말이 로펌에 거액을 줬다고 하더라구요. 자기들은 틀림없이 무죄로 빠져 나간대요. 로펌의 높은 변호사들이 뒤에서 보장한대요."

결국 회장과 나의 싸움 형국이 됐다. 김용국의 처가 진실하려고 하는 이상 김용국은 회장에게 넘어가기 힘들 것 같았다. 김용국은 부인이 시키는 대로 하는 인물이기 때문이었다. 하지만 이쪽도 대비할 필요가 있었다.

"남편을 위해 증언해 줄 친구가 없을까요?"

"어떤 증언을 해 줄 친구요?"

그녀가 물었다.

"회장부인은 김용국이 공갈을 쳤다고 주장합니다. 그리고 학교다닐 때 껄렁껄렁한 건달이라는 식으로 말했잖아요? 회장부인이 김용국 학교 때 일을 정말 압니까?"

"모르죠. 남편이 어려서 고모가 시집갔기 때문에 알 리가 없어요. 그런데도 법정에서 남편을 깡패로 몰았죠."

"그러니까 김용국씨의 학교 시절 친구를 한번 만나게 해 주세요."

"남편이나 마기룡을 둘 다 잘 아는 고등학교 동창 한 분이 부천에서 보일러 기사로 있어요. 그렇지만 변호사님 사무실에 올 시간은 없을 텐데요."

"그러면 내일이 주말이니까 우리가 같이 거기로 갑시다."

나는 움직이기로 했다. 발로 뛰어야 한 가지 정보라도 더 들을 수 있었다.

다음날인 토요일 오후 2시경, 인천 쪽으로 가는 오후의 지하철은 붐볐다. 나는 흔들리는 전철 안에서 김용국의 처와 함께 손잡이를 잡고 서 있다가 불쑥 물었다.

"회장부인과 싸운 적이 있어요?"

수사 기록 중에 그런 내용이 몇 줄 숨어 있었다. 그 이유를 알고 싶었다.

"남편이 잡혀 오기 전이었어요. 회장부인인 고모님이 울산의 분식점 앞에서 저를 보자고 했어요. 어떻게나 치밀한 여잔지 고모는 그 때도 기록이 남는 비행기는 절대 타지 않았어요. 그렇다고 자기 차도 타지 않고 버스로 다녔어요. 분식점 앞에 대놓은 빌린 친척 차 안에서 만나자고 해서 그 차 안으로 들어갔죠. 모자를 쓰고 커다란 선글라스를 쓰고 있더라구요. 자신을 철저히 감추고 있는 거예요. 차 안에 들어가 인사를 했는데도 도무지 말을 안 해요. 녹음이라도 할까 봐 그랬나 봐요.

그 때 저는 정말 화가 났어요. 남편이 베트남까지 도망을 갔는데 고모인 회장 부인은 뭔가 설명이 없는 거예요. 전 그 치밀한 성격을 알기 때문에 멍청한 남편이 이용당했을 거라고 생각했어요. 제가 그 집 파출부를 좀 해 봐서 인간성을 알아요. 제가 막 따졌죠. 이렇게 된 판에 이젠 고모나 회장부인이 저하고 무슨 상관이에요? 제가 남편을 이 지경으로 만들어 놓고 어떻게 된 거냐고 물었어요. 진실이 뭐냐구요. 그랬더니 고모가 자기는 모른다는 거예요. 그 말에 제가 모를 리가 있느냐, 뒤에서 다 시켜 놓고 같이 일한 걸 아는데 그렇다면 어디 경찰서에 가서 진실을 같이 따져보자고 덤볐죠.

말하는 도중에 고모가 나보고 도대체 조카며느리라는 게 어디 이따위 버릇이 있느냐고 뺨을 한 대 갈기더라구요. 저도 그 동안 쌓였던 게 폭발해서 같이 덤벼 들었어요."

어느 새 차창 밖으로 부천역이란 간판이 보였다. 사람들이 쏟아져 내렸다.

"그 다음은 어땠어요?"

"며칠 후에 시누 남편을 통해 연락이 왔어요. 제 남편이 총대를 메 주면 50억 원을 주겠다는 거예요. 회장이 시누 남편에게 그렇게 얘기했대요."

"그래서 뭐라고 대답했어요?"

"나이 많으신 고모님이 죄 값을 받으시고 젊은 조카인 우리 남편은 살아야 하지 않느냐면서 거절했어요."

"그 돈을 받고 싶은 유혹이 없었어요?"

내가 속으로 놀라면서 물었다. 50억원은 거절하기 힘든 금액이다.

"회장 부부는 철저하게 남 줄 돈 안 주고 해서 부자 된 사람인 걸 제가 압니다.

그런 사람들에게 제가 또 속아 보세요. 평생 얼마나 한이 남겠어요?"

그녀는 회장 부부를 신뢰하지 않았다.

"참, 변호사님."

그녀는 갑자기 생각이 난 듯한 표정으로 나를 보며 물었다.

"죽은 정혜경이 머리에 총을 여섯 발 맞고 죽었잖아요?"

"그랬죠."

"총을 여러 발 쏜 건 원한의 표현이 아니겠어요? 저는 그 말을 전해 듣고 처음
에 회장부인이 쏜 걸로 알았어요."

일리 있는 말이었다. 마기룡은 프로가 아닌 게 드러나고 있었다. 그렇게 침착
하게 죽이기가 힘든 것이다.

"회장부인에게 사위의 여자 관계를 폭로한 그 괴전화는 어디서 온 거죠?"

괴전화를 한 사람은 아직 밝혀지지 않고 있었다.

"사귀던 여자 아니면 중매쟁이라고 해요. 그 외에 이 사건에 대해 생각나는
게 없어요?"

"한참 나중에야 이해한 사실이 있어요. 회장부인이 우리 남편과 통화를 하는
소리를 옆에서 우연히 들었는데 자기네들끼리 하는 말이 그게 맞느냐? 확실하
냐? 그런 소리들을 자주 했어요. 전 그 때 그 소리가 뭔지 이해하지 못했죠. 그런
데 이제 와서 생각해 보니까 그건 독극물 얘기인 것 같았어요. 회장부인이 살인
을 시킨 게 틀림없어요."

전철이 중동역 플랫폼에 들어서고 있었다.

역에서 5분 정도 걸으니 4층의 허름한 시멘트 건물이 있었다. 입구에는 제약
회사 간판이 보였다. 우리는 엘리베이터를 타고 3층으로 올라갔다. 그 건물에서
보일러 일을 한다는 김용국의 고등학교 동창이 기다리고 있었다. 길쭉한 얼굴에

성실해 보이는 남자였다. 그는 색이 누렇게 바래고 솔기가 해진 작업복 점퍼를 입고 있었다. 그가 우리를 옆의 빈 사무실로 안내했다. 사무실 안에는 철제 책상이 몇 개 있고 그 위에 노트북 컴퓨터들이 놓여 있었다. 컴퓨터 모니터 안에 영업 실적을 나타내는 도표들이 떠 있기도 했다. 제약회사 세일즈맨들의 방인 것 같았다.

"용국이나 기룡이는 다 고향 친구고 동창이죠. 용국이하곤 어려서부터 불알친군데 그렇게 죄를 질 독한 애는 아닌데요. 친구들 사이에서는 마음이 넉넉한 편이었어요. 동창들 모두 뉴스를 보고 놀랐죠."

자연스럽게 말하는 그의 어조에서 진실이 느껴졌다.

"김용국은 학교 때 껄렁껄렁 하고 싸움을 잘했다면서요?"

회장부인은 법정에서 그렇게 몰아쳤다. 살인을 할 수 있는 성질을 암시하는 말이었다.

"천만에요, 용국이는 원래 싸움 못해요. 전혀 그런 소질이 없다니까요."

"그럼 마기룡이는요?"

"기룡이는 덩치도 좋고 싸움도 잘하는 편이었죠."

"김용국을 근래에 만나신 적이 없어요?"

"글쎄요. 한번은 와서 자기가 미행을 하는데 같이 하자는 거예요. 그래서 제가 보일러 일 하는 사람이 어떻게 가느냐면서 안 된다고 했죠. 뭐라더라? 돈 받을 사람이 있다고 했던가?"

"친구 마기룡은 어떤 사람이죠?"

"작년 2월인가 동창회에서 본 일이 있어요. 기룡이가 잠깐 있더니 일이 있어 가야 한다고 그랬던 게 기억이 나네요. 저보다는 용국이가 기룡이하고 더 친한데 서로 아옹다옹 하기도 했어요. 서로 어음을 빌려 주기도 한 사이고요. 그런데 기룡이는 사채 일을 하면서는 친구들을 잘 만나지 않았어요."

"마기룡씨 성품은 어때요?"

"글쎄요, 용국이보다는 좀 사기성이 있다고 할까? 순진하지 않은 것 같아요. 그리고 허풍이 엄청 세요. 항상 말이 일이백만원이 아니라 몇 억 몇십억 해요. 보일러공 하는 나하고는 차원이 다르니까 기가 죽어요. 말이 안 통하는 거죠."

"마기룡씨는 무슨 일을 한다고 합디까?"

"어디 가서 빚 받아 내는 게 전문이래요. 그것도 용국이가 전한 말이지 기룡이는 자기가 뭘 한다는 소리를 하지 않았어요. 평소 선한 사람은 그런 일 못하잖아요?"

"두 사람 성격을 비교한다면 어때요?"

"글쎄요, 마기룡이는 책임을 전가하는 성격은 아니에요. 자잘한 거짓말을 한다면 그건 김용국일 겁니다."

그가 옆에 있는 김용국 처의 눈치를 보면서 멋쩍은 듯 말했다. 김용국의 처는 아무 말 없었다. 긍정하는 표정이었다.

30분 후, 나와 김용국의 처는 중동역 부근의 허름한 식당에서 갈비탕으로 늦은 점심을 먹고 있었다.

"남편이 착한 성격이라고 친구가 그러는데 왜 이 사건에 말려들었을까요?"

"회장부인인 고모가 남편에게 자기 말만 잘 들으면 뭔가 해 줄 것처럼 남편을 꾀었을 거예요. 순진한 남편이 그 말을 믿었을 거구요. 그렇지만 전 돈 한 푼 받아 본 적 없습니다. 지금 생활비도 제가 파출부 일을 하면서 법니다."

그녀가 잠시 무슨 생각을 하다가 불쑥 이렇게 말했다.

"회장부인이 무기징역이라도 받으면 가장 좋아할 사람이 회장의 첩일 거예요. 지금 애가 학교 갈 때가 됐는데 정식으로 그 집 사모님이 될 위치니까요. 그런 면에서 회장부인 김귀숙도 알고 보면 불쌍한 여자예요. 사랑 한번 제대로 받지 못하고 돈의 노예가 된 사람이니까."

그 말에 난 문득 짚이는 게 있었다. 회장의 변호 전략이었다. 재판장은 이미 노골적으로 유죄의 심증을 나타내고 있었다. 그걸 로펌의 변호사들이 모를 리가 없었다. 그런데도 회장 측은 김용국 부부와 마기룡, 그리고 심지어 죽은 여대생의 아버지 정의택씨까지 오히려 자극하고 있었다. 이상했다. 부인을 위하는 척하면서 죽음의 벼랑으로 모는 것 같기도 했다.

21
휘말려드는 증인 김용국

오후 2시 40분. 반원형으로 길게 뻗은 법정에는 창문이 없었다. 고동색 나무와 베이지색 벽지로 고급스럽게 꾸며놓았지만 그 안은 묵지근하고 불쾌한 기운이 흘렀다. 그 곳을 드나드는 죄인들의 사악한 기가 법정의 공기를 오염시키기 때문인 것 같았다.

아직 재판이 시작되려면 20분이 남아 있었다. 먼저 와서 기다리던 나는 버릇같이 방청석을 둘러보았다. 검붉은 얼굴의 회장이 방청석에서 나를 노려보고 있었다. 그 앞에는 회장부인의 자매들 같아 보이는 두 명의 여자가 앉아 있었다. 여러 번 재판을 하다 보면 대충 누가 누군지 감이 잡혔다. 여자들도 나와 눈길이 부딪치자 흰눈을 번득였다. 개는 주인이 흉악범이라도 밥만 주면 복종한다. 물라고 하면 누구에게나 으르렁거릴 수 있다. 인간세계도 속성이 개보다 못한 사람이 많았다.

번들거리는 그런 눈길에 무심해지는 게 직업적 연륜인 것 같았다. 변호사를 해오면서 그렇게 본의 아닌 원수를 업처럼 하나씩 만들어왔다. 나는 내가 본 사건의 전반적인 과정과 이면을 글로 써서 변론요지서로 재판부에 제출했다. 회장 측에서 50억원의 돈으로 유혹한 사실도 포함되어 있었다.

회장은 재빨리 자기 변호사를 통해 그 서류들을 입수했다. 그리고 나를 협박했다. 재판이 끝나면 나를 고소하겠다고도 했다. 고소도 많이 당하고 진정도 수없이 받아보았다. 형사 앞 철의자에 앉아 수모를 당하면서 피의자 신문도 여러 번 경험했다. 내가 솜털도 다치지 않고 진실을 규명한다는 건 불가능했다. 강적들을 만날 때마다 나는 피를 흘려야 했다.

회장부인은 집안에 있던 비자금을 수억 쓰면서 살인을 감행했다. 그 정도의 현찰이 없어지는데 남편인 회장이 모를 리가 없었다. 결국 그 부부는 살인의 공범이었다. 그러나 회장은 당당하게 자유의 몸으로 전체적인 재판을 진두지휘하고 있었다.

반대편 방청석 끝에 살해된 여대생의 아버지 정의택씨가 오히려 회장의 눈길을 피해 고개를 떨군 채 눈을 감고 있었다. 방청석을 꽉 메운 회장 측 응원단들은 방해꾼인 정의택씨 쪽을 향해 빈정거리는 표정들을 짓고 있었다. 그들은 자기네 측을 피해자로 착각하는 것 같았다. 회장사모님은 억울하게 걸려든 비련의 주인공 역할이었다.

서기와 속기사가 어느 새 들어와 앉아 있었다. 아직 재판 시간은 남아 있었다. 무료한 듯 서기가 책상 앞에서 손가락을 하나하나 소리나게 꺾고 있었다. 그 옆에는 빨간 립스틱을 바른 속기사가 모니터를 보면서 공상에 잠겨 있었다.

이윽고 법정 뒷벽 위에 매미같이 달라붙어 있는 시계의 바늘이 정확히 세 시를 가리켰다. 재판장과 배석판사들이 뒷벽에 달린 문을 통해 법정으로 등장했다. 방청석 옆벽의 문이 열리면서 회장부인이 나타났다. 약간 찡그린 표정에 절룩거리면서 천천히 자기 자리 쪽으로 걸었다. 그 뒤를 따라 구겨진 재소자복을 입은 김용국이 터벅터벅 걸어 나왔다. 불만에 가득 찬 듯 입이 잔뜩 부어 있었다. 그 뒤로 킬러 마기룡이 허리를 낮추고 본능적으로 주위를 살피며 나왔다. 마치 경계를 하면서 한발 한발 앞으로 전진하는 맹수 같은 느낌이 들었다. 모두 일류 배우였다. 회장부인의 공판 담당 민 변호사가 김용국을 꺾기 위해 자리에서 일어섰다. 민 변호사는 용병대장이었다.

회장 변호단은 김용국을 증인 자격으로 신문하겠다고 했다. 같은 인물이라도 피고인으로 물을 때와 증인으로 물을 때는 차이가 있었다. 증인은 위증을 하면 처벌했다. 피고인은 거짓말을 해도 괜찮았다. 김용국이 겁먹은 표정으로 피고인석에서 증인석으로 올라와 앉았다. 회장부인을 필두로 온 방청석의 응원단들의 눈길이 화살이 되어 그의 전신에 꽂히고 있었다. 김용국은 뱀의 눈길에 얼어붙은 개구리였다. 마음 약한 그는 그 분위기 속에서 또 흔들릴 것 같았다. 민 변호사가 그에게 포문을 열었다.

"지금 증인석에 앉아 계시는데 말 한마디 잘못해도 그 자체로 처벌받으실 수 있다는 사실 알죠?"

민 변호사가 겁을 주었다.

"……."

김용국의 얼굴이 벌개졌다. 당혹한 표정이었다.

"잠깐만요."

검사가 자리에서 일어났다.

"지금 방청석에는 회장부인의 가족들만 있습니다. 그 사람들은 김용국이 아주 무서워하고 꺼려하는 친척들이기도 합니다. 그들을 퇴정시킨 후에 진술하게 해 주십시오."

"변호인 측도 한 마디 하겠습니다."

내가 자리에서 일어서면서 말을 시작했다.

"검찰 측의 말도 일리가 있습니다. 김용국의 변호사인 저 역시 방청석의 수많은 독 오른 눈총 속에서 김용국이 말하게 하는 건 바람직하지 않다는 생각입니다. 대가 약한 김용국이 적당히 현실과 타협할 수도 있기 때문입니다. 그러나 이 자리는 김용국이 용기 있게 진실을 얘기하고 참회를 하게 하는 자리이기도 합니다. 김용국의 변호사인 저는 김용국이 그를 미워하는 사람들 앞에서 당당히 진실을 말해야 신뢰를 얻으리라고 봅니다. 힘들어도 회장 측 사람들이 있는 앞에서 진술하게 해야 합니다."

나는 김용국의 계산된 진실이 싫었다.

"그것도 그러네요."

재판장이 고개를 끄덕였다. 나는 회장부인도 그 자리에 있기를 원했다. 입은 거짓말을 할 수 있지만 순간적인 표정이나 행동들은 더 정확하게 진실을 알려주었다. 특히 김용국이 말을 할 때마다 회장부인의 반응을 보고 싶었다.

진짜 억울한지, 아니면 거짓이 드러나 화를 내는 것인지 그 태도에서 적나라하게 나타나고 있었다. 녹음기에는 그게 나타나지 않았다. 법정은 그 태도들을 촬영하지도 않았다. 나는 그 모습들을 글로 묘사해서 나중에 제출해야 할 필요가 있었다. 그 때 회장부인 담당 민 변호사가 말을 꺼냈다.

"지금 이 자리에 계신 회장부인 김귀숙 피고인은 계실 필요가 없는 것 같습니다. 몸도 불편하신 분인데 퇴정하게 해 주셨으면 합니다."

민 변호사는 회장부인의 실수를 사전에 방지하려는 포석 같았다. 내가 즉각 일어서면서 반대했다.

"아닙니다. 김귀숙 피고인도 이 자리에서 김용국의 증언이 사실인지 아닌지 직접 확인해야 합니다. 억울하다면 직접 지켜보면서 따지고 분노해야 하는 거 아닐까요?"

둘을 정면충돌 시키면 그 사이에서 진실이 빛을 튕길 것이 틀림없었다. 회장 부인이 순간 강한 의혹의 눈길로 나를 쏘아보았다. 나의 의도를 살피는 표정이었다.

공작과 모략이 몸에 밴 사람들에게는 정면 돌파가 효과적이었다. 그들은 모든 걸 음모라는 시각에서 보기 때문이다.

재판장이 잠시 생각하더니 천천히 입을 열었다.

"그러면 입회 여부는 당사자의 의사에 맡기겠습니다. 김귀숙 피고인! 어떻게 할래요? 남아서 김용국이 증언하는 걸 들을래요? 아니면 먼저 교도소로 가서 쉴래요?"

회장부인은 자기 변호사에게 다시 '어떻게 할까?'라고 눈으로 물었다. 민 변호사가 '다 알아서 할 테니 가도 된다'라는 표정으로 사인을 보냈다. 회장부인이 하얀 이빨을 드러내며 다짐하듯 재판장에게 한 마디 했다.

"나중에 오늘 김용국이 한 말들을 제가 다 확인하고 진술할 수 있는 거죠?"

"다 할 수 있어요. 아무 걱정 마세요."

민 변호사가 대신 말했다.

"알았어요. 그럼 나 먼저 갈게요."

그녀는 다시 아픈 표정을 만들어 보이며 법정을 빠져나갔다. 신문을 하기 전 민 변호사가 재판장에게 이렇게 말했다.

"김용국이 워낙 거짓말을 많이 하는 사람이라 그걸 밝히고 해명하려면 오늘 하루 동안 꼬박 신문을 해야 할 것 같습니다."

재판부에 의도적으로 선입견을 주려는 말이었다. 반칙이었다. 주고받는 신문을 통해 자연스럽게 허위가 노출되게 하면 되는 것이다. 먼저 결론을 재판장에게 주입시킬 필요가 없었다. 그 말을 들으면서 김용국은 가만히 있었다. 이윽고

민 변호사가 묻기 시작했다.

"증인 김용국은 중국에서 잡혀 한국으로 압송된 4월 11일 밤 수사관 앞에서 정혜경을 살해한 적이 없다고 처음에 진술했었죠?"

"그렇습니다."

김용국이 짧게 대답했다.

"그런데 다음날인 4월12일에는 정혜경을 직접 죽였다고 하면서 진술서까지 썼네?"

민 변호사가 미리 입수한 김용국의 진술서를 제시했다.

"그거 쓴 거 맞아요."

"그러면 첫날은 거짓말을 했던 거네요?"

민 변호사가 씩 웃었다.

"저 그게 왜냐 하면⋯⋯ ."

김용국이 당황하면서 설명을 하려고 했다.

"아니 나도 그 이유는 아는데 거짓은 거짓 아닙니까?"

민 변호사가 김용국의 설명을 들을 리가 없었다.

"⋯⋯ ."

김용국의 얼굴이 붉어지면서 말문이 막혔다.

"어떻게 하루 만에 말이 그렇게 달라졌을까? 왜 그랬죠?"

민 변호사가 빈정댔다.

"처음에는 마기룽이가 나보고 중국에서 짠 시나리오대로 하자고 해서 그렇게 했습니다. 그런데 마기룽이를 조사한 형사가 마기룽이가 심경 변화를 일으켜서 다 불었대요. 그러면서 저보고 조서를 다시 쓰자고 하더라구요. 그런 줄 알고 다시 말했어요. 버티면 나만 나쁜 놈 되는 거 아닙니까?"

김용국이 소리쳤다.

"잠깐만요."

듣고 있던 검사가 끼어들면서 말을 중단시켰다. 검사가 김용국을 보면서 따지듯 물었다.

"이봐요, 김용국씨, 진술을 번복하게 된 건 전화 추적이나 금융 거래 추적을 통해 사실이 드러나니까 어쩔 수 없이 했잖아?"

검사가 작성한 김용국의 조서의 진술과 다른 말이 법정에서 나오면 검사의 수사도 흔들리게 되어 있었다.

"그건 아니구요. 마기룡이가 말을 번복해서 저도 말을 바꾼 겁니다."

검사가 당황하는 표정이었다. 그걸 보면서 민 변호사가 의미 있는 웃음을 씩 지으며 질문을 계속했다.

"회장부인인 고모의 지시로 정혜경을 살해했다고 하면 선처해 줄 수 있다고 저기 앉아 있는 검사님이 조사할 때 회유했는데 맞죠?"

"아니오, 그런 사실 없습니다."

김용국이 단호히 부인했다.

"없긴 뭐가 없어요? 1심에서 저 검사가 잘 봐 주겠다고 하다가 사형을 구형하니까 당신 부인이 저 검사를 따라가서 막 항의하고 당신 1심 변호사도 구형량을 줄여 준다고 해서 협조했는데 왜 사형시키려고 하느냐고 검사를 찾아가서 막 따졌잖아요?"

민 변호사는 조소의 표정을 지으면서 단정적으로 말했다.

"그런 거 없었다니까요."

김용국이 다시 부인했다.

"에이 없긴 뭐가 없어요? 내가 들은 얘기가 있는데."

민 변호사가 끈질기게 추궁했다. 회장 측 방청객들이 모두 검사에게 증오의 눈화살을 날렸다. 검사가 발끈한 얼굴로 자리를 박차고 일어나 소리쳤다.

"아니 있지도 않은 사실을 가지고 변호사가 왜 저러는지 모르겠습니다. 난 항의받은 사실이 없어요. 오히려 김용국씨 부인이 내게 고맙다고 절까지 했어요."

검사가 공격 대상이 됐다. 민 변호사가 날카롭게 되받아쳤다.

"사형 구형을 한 검사한테 사형당할 피고인 부인이 고맙다고 절까지 했다구요? 말이 돼요? 그러지 마세요. 난 분명히 다른 얘기들을 들었다니까요."

"그러면 그 증인을 불러 물어봅시다. 변호사가 어떻게 있지도 않은 사실을 가지고 법정에서 그렇게 말합니까?"

검사와 변호사가 멱살잡이라도 할 기세들이었다. 민 변호사가 유유히 한 발 물러섰다.

"뭐 정 그러시면 검사의 행동에 관해 진술한 부분은 공판조서나 녹음에서 삭제해도 됩니다. 이만하면 됐습니까?"

그 말에 검사도 감정을 자제하고 자리에 앉았다. 민 변호사가 여유 있는 모습으로 신문을 계속했다.

"도대체 회장부인이 어떻게 살해 지시를 했다는 거죠?"

"고모님이 저한테 '너도 알겠지만 이사람 저사람 써서 미행을 해 봤는데 결말이 나지 않는구나. 더이상 어쩔 수 없지 않니?' 하면서 죽여 버릴 사람을 알아보라고 하소연했습니다. 또 어떤 때는 네 동생 같으면 이렇게 지지부진할 수 있느냐면서 눈물을 흘리기도 했습니다."

김용국이 양심선언하면서 수차 반복했던 말이다.

"그런 일을 할 수 없다고 거절해야 하는 거 아니예요?"

민 변호사가 도덕성을 들고 나왔다.

"늦은 시각이라 그냥 '알았습니다' 하고 돌아왔습니다."

김용국이 얼버무렸다.

"그럼 바로 살인을 승낙한 거네? 심부름만 중간에서 했다면서?"

민 변호사가 약점을 파고들었다.

"승낙은 아니고 그냥 알았다고 한 거죠."

김용국의 어리석은 답변이었다. 그는 말려들고 있었다.

"그 정도가 회장부인이 한 살인교사의 다예요?"

민 변호사가 물었다.

"아니오. 차로 돌아오는데 고모한테서 핸드폰이 왔어요. 다시 하소연을 했어요."

어느 새 변호사의 유도 속에서 살인교사가 단순한 하소연으로 바뀌었다. 그렇다면 회장부인은 무죄였다. 유일한 증인인 김용국의 진술이 자신도 모르게 번복되는 순간이었다. 검사가 그걸 눈치채고 다급하게 일어나 소리쳤다.

"잠깐만요, 잠깐만."

모두들 검사를 쳐다봤다. 검사가 김용국을 보면서 물었다.

"회장부인이 눈물을 흘리면서 하소연한 건 제발 정혜경을 죽여 달라는 애원이었잖아요."

검사가 김용국에게 확인했다. 수시로 왔다 갔다 하는 김용국의 정신을 차리게 하려는 것 같았다.

"그렇죠. 저는 그렇게도 받아들였습니다."

김용국이 검사의 말에 화답했다. 이번에는 그걸 보고 있던 민 변호사가 발끈해서 소리쳤다.

"지금 변호인 신문 중 아닙니까? 검사가 뭐가 그렇게 근심이 돼서 중간에 말을 잘라먹고 그럽니까?"

그 말에 검사가 쑥 들어갔다. 민 변호사가 다시 질문했다.

"회장부인 고모가 살인을 부탁했다고 주장하는 그 무렵, 증인 김용국씨는 처와 함께 방 얻을 돈을 고모한테 얻으러 갔다가 냉정히 거절당했죠? 섭섭해 하던 처가 눈물까지 흘렸다면서요?"

수사 기록에 그런 부분이 있었다.

"그렇습니다."

"상당히 섭섭했겠네? 다시는 그런 고모를 보지 않고 싶었겠네?"

"그 때 사실 그랬었죠."

"고모가 살인을 지시했다고 주장하는 시기가 바로 그 직후던데 싫어하는 고모 말을 듣고 살인을 했단 말이죠?"

김용국은 말이 막힌 채 진땀을 흘리고 있었다.

22

회장부인의 협박

1월12일 새벽 4시. 일찍 잠에서 깬 나는 옥상의 내 다락방에 들어가 컴퓨터를 켰다. 먹물 같은 어둠이 창문을 덮고 있었다. 방의 약한 불빛이 그 두꺼운 어둠에 대항하면서 가냘프게 내비치고 있었다.

하얀 모니터 안에서 커서가 깜박거리며 명령을 기다리고 있었다. 오늘은 김용국의 변호사 입장에서 회장부인과 정면으로 부딪치는 날이었다. 회장부인 측 변호사 군단은 이미 모든 걸 김용국에게 덮어씌우기로 작정하고 몰아갔다. 완강한 회장부인은 내가 어떤 걸 물어도 머릿속에 입력된 시나리오 이외에는 말하지 않을 것이다. 그녀에게 진실이나 양심은 없는 것 같았다. 증인 김용국의 진술만 뒤엎으면 결백해지는 것으로 착각하는, 이미 심성이 파괴된 인간이었다.

김용국은 상황에 따라 변질될 수 있는 비겁하고 나약한 존재였다. 법정은 그들의 잔꾀와 술수의 게임장이었다. 진실을 말하려는 김용국의 처는 배신자가 됐다. 죽은 여대생 정혜경의 아버지는 오히려 모략을 하는 것으로 몰려가고 있었다. 악이 지배하는 세상을 실감하고 있었다.

나는 모니터에 회장부인에게 물을 사항들을 하나씩 써 나갔다. 나는 나대로 묻고 그녀는 마음대로 거짓말하고 그렇게 갈 수밖에 없었다. 그걸 가리는 건 판사의 몫이었다.

며칠 전 사형장에 다녀온 검사 한 사람의 말이 떠올랐다. 그는 머리를 절래절래 흔들면서 사형수가 죽기 직전까지도 거짓말을 하더라고 했다. 그는 인간의 본질에 대해 회의를 느낀다고 털어놓았었다. 어느 새 희부윰하게 날이 밝아오고 있었다. 아침의 푸른 빛이 창문을 적시고 그 앞으로 저만치 보이는 은행나무 가지 위에서 까치가 울고 있었다.

오전 10시 30분. 나는 304호 법정 변호인석에 앉아 있었다. 법정의 공기가 납이라도 섞여 있는 듯 답답했다. 회장부인이 오늘도 도끼눈을 뜨고 표독스럽게 나를 노려보고 있었다.

"강 변호사님, 신청하신 대로 김귀숙을 신문하시죠."

재판장이 기계적으로 내게 말했다. 내가 자리에서 일어났다.

회장부인이 본능적으로 발톱을 치켜세우며 나를 대하는 것 같았다. 내가 회장부인에게 미소를 지으며 입을 열었다.

"조카 김용국 부부가 댁에 자주 오는 편이었나요?"

나의 엉뚱한 첫 질문에 경계하던 회장부인은 의아한 표정이었다. 그녀는 대답하지 않고 다시 민감하게 나를 관찰했다. 사실 그 질문은 별 의미가 없는 것이다. 그녀의 신경을 흩뜨리기 위한 무의미한 것이었다. 이윽고 그걸 알아챘는지 그녀는 어이없다는 표정을 지으며 나를 타일렀다.

"매번 단답식으로 검사나 변호사들이 묻는 바람에 내가 제대로 말을 못해 왔어요. 무슨 말인가 했네. 저 사실은 말이죠. IMF로 집까지 날린 오빠 내외가 불쌍해서 몇 달 동안 우리 집에 와 있게도 했어요. 그 오빠 아들이 용국이죠."

그녀는 머리가 비상하게 돌고 있었다. 나를 역이용해서 자기를 변호하고 있었다. 내가 다음 질문을 했다.

"김용국 내외는 말이죠. 회장부인인 고모님 댁은 어려워서 자기네가 가고 싶다고 마음대로 찾아갈 수 있는 곳이 아니었다고 나한테 말하던데 어떻습니까?"

"에이 그런 건 없어요."

회장부인이 이빨을 살짝 보이며 묘한 미소를 지었다.

"들어보니까 그 동안 주위의 친척이나 친정을 잘 도와 주셨다고 지난 번 법정에서 말씀을 하시던데 사실입니까?"

난 그녀에게 유리한 것만 묻고 있었다.

"그렇게 말했죠."

경계하던 회장부인의 눈이 '네깟 놈이 해 봤자지' 하고 깔보는 빛으로 바뀌고 있었다. 그녀의 어조에서 자신감이 비치며 말이 많아지고 있었다.

"저는 친정오빠 내외가 힘들 때 불러서 같이 살기도 하고 옆에 있는 그 아들인 용국이 내외도 기사와 파출부로 썼죠."

회장부인이 생색을 냈다. 내가 그녀를 더 부추겼다.

"그 정도가 아니라 조카 김용국 내외가 집을 사는 데 돈도 8천만원인가 거액을 도와 주셨다면서요? 지난 번 법정에서 그렇게 말씀하셨었죠?"

그건 살인 청부 자금의 중도금이었다.

"그렇죠."

그녀에게서 경계의 빛이 거의 사라졌다. 그녀의 주장을 내가 믿은 것으로 생각하는 것 같았다.

"참 따뜻하신 고모네요. 참 덧붙여서 한 가지 물어볼 건 15년 전 친조카 김용국이 결혼할 때 결혼식장에 가셨습니까?"

회장부인은 가지 않았다. 그 질문에 회장부인이 신경을 곤두세우면서 어떻게 사유를 말할까 순간 생각하는 표정이었다. 처음으로 한번 뻗어보는 내 공격을 감지한 것이다.

"용국이 결혼식 때 내가 지방에 살고 있었어요. 그 때 무슨 일이 있었느냐면……."

그녀가 즉석 변명을 만들고 있었다. 난 어조를 조금 높이면서 그녀의 말을 이렇게 잘랐다.

"먼저 가셨나 안 가셨나 그걸 대답해 주시고, 그 다음에 하고 싶은 불가피한 사정을 나중에 말씀해 주시면 안 될까요?"

"그렇다면 전 모르겠네요."

그녀는 노련하게 피해 버렸다. 그녀는 피고인이 아니라 변호사를 가지고 놀고 싶어 하는 기술자가 되어 버렸다. 나는 정작 중요한 걸 상실한 그녀의 모습을 재판정에서 유도하고 있었다.

그녀의 예민하고 교활한 성격의 일단이 나와의 대화를 통해 조금씩 노출되기 시작했다.

"조카에게 많은 도움을 주셨다는데 법정에서 주장하시는 그 돈 말고 조카 김용국이 결혼식 이후 이 사건 무렵까지 15년 동안 경제적으로 몇 번 정도 도와 주셨나요?"

살인 청부 자금 외에 한 번도 없었다. 회장부인은 의도를 알아채고 동문서답으로 나가기 시작했다.

"하여튼 액수는 정확하지 않은데 8천만원쯤인가 줬는데 그 날짜는 기억 못해요."

대단히 영리한 여자였다.

"그건 이번 살인사건 중간 시점에 처음 주신 돈이고, 그 이전에 조카가 지하 단칸방에서 어렵게 살아갈 때 도와 주신 적이 있어요? 조카 내외는 단 한 번도 없다고 하던데."

"그래요. 도와 준 게 없어요. 그런데 말이에요."

그녀가 발끈하면서 다른 이유를 대려고 했다.

"됐습니다. 다음 질문으로 넘어가겠습니다."

내가 그녀의 말을 막았다.

"아니예요. 그냥 넘어가지 마요. 여보세요, 왜 나는 말을 못하게 하죠? 난 단답식으로 '예 아니요' 하는 대답을 못하겠다고 했잖아요?"

그녀가 소리치며 덤벼들었다.

"좋습니다. 그러면 해 보시죠."

내가 웃으면서 대답했다. 그녀가 흔들리기 시작했다. 기회였다. 그럴 때 자연스러운 말을 들어야 했다. 그러나 순간 재판장이 끼어들었다.

"이보세요, 김귀숙 피고인! 변호인이 묻는 말에만 대답하세요."

회장부인이 재판장의 눈치를 보고 마지못해 입을 다물었다. 아쉬웠다. 흔들리는 마음의 파문이 퍼져 나와야 하는데 그게 진정된 것이다. 나는 다시 물었다.

"왜 살인사건이 터진 시점 전후에야 비로소 주택자금 8천만원을 주셨을까요? 그 전에는 보증금 천만원을 조카 김용국 내외가 꾸러 갔을 때도 야멸차게 거절하셨다면서요."

"여보세요, 꾸러온 게 천만원이 아니라 3천만원이었어요."

그녀가 외쳤다. 액수가 핵심이 아닌데 그녀는 숫자에 민감한 것 같았다.

"참, 지난 번 법정에서는 김용국이 협박을 해서 8천만원을 주셨다고 했었죠? 왜 주신 돈이 협박으로 빼앗긴 돈도 됐다가 사랑하는 조카 집 사는 데 준 돈도 됐다가 순간순간 바뀌죠?"

내가 물었다. 회장부인이 또 변명을 생각하는 표정이었다. 난 이미 대답을 기대하지 않고 계속했다.

"김용국이 외국으로 도망을 친 후 울산에서 몰래 그의 처를 만나신 적이 있죠?"

"만났어요, 왜요?"

"수사 기록을 보면 그 때 차가 흔들리도록 싸웠다고 하던데……."

"그 때 조카며느리가 버릇없게 굴어서 따귀를 한 대 올렸죠."

"그 때 조카며느리가 우리 남편 그렇게 만들어 놓고 어떻게 할 거냐고 따졌다면서요? 그리고 같이 경찰서로 가자고 했죠?"

"아니예요. 그 때 그년이 경찰 앞잡이가 되어 나한테 온 거예요. 자기 남편을 빼달라구요. 내가 직접 마기룡에게 살인교사를 한 것으로 해 주면 자기 남편은 3년6개월만 살면 되니까 그렇게 해 달라는 거였어요."

방청석 뒤에서 김용국의 처가 조용히 그 말을 듣고 있었다. 회장부인의 입가에 허연 거품이 묻어 있었다.

"그 조카며느리에게 사람을 보내 총대를 메 주면 50억원을 주겠다고 흥정하셨다면서요?"

내가 정곡을 찔렀다.

"천만에 그런 소리 하지 마슈. 저것들이 돈 때문에 오히려 나를 이렇게 만드는 거예요. 50억이 아니라 5억만 줘도 저것들은 나가떨어지게 돼 있다니까."

방청석 뒤에서 김용국의 처가 무서운 눈으로 회장부인의 뒤통수를 보고 있었다. 어느 새 법정 벽에 달린 시계가 12시30분을 가리키고 있었다. 점심시간을 넘겨 가면서 재판이 진행되었던 것이다.

"마치겠습니다."

내가 재판장을 보며 말했다. 휴정이 선포되고 재판장과 배석판사들이 자리에서 먼저 일어나 나갔다. 내가 자리에서 일어나려 할 때 회장부인이 씩씩거리며 내게 경고했다.

"당신, 아무것도 모르면서 함부로 말하지 마. 생각해 보니까 조금 전에 내가 이리저리 휘둘린 것 같아. 그렇게 하면 못 써."

이미 그건 또 다른 협박이었다. 나는 조금 능글스러울 필요가 있었다.

"알았습니다. 잘못했어요. 전 죽고 싶지 않아요. 그렇지만 어떻게 합니까? 변호사가 직업인데 물을 건 물어야죠."

불쾌했다. 변호사를 하다 보면 욕하고 덤비는 사람들도 많았다. 법정을 나와 사무실 쪽으로 향하는데 김용국의 처가 따라왔다. 그녀는 걱정이 가득한 어두운 얼굴로 말했다.

"회장부인은 어떤 수를 써서도 감옥에서 나올 여자입니다. 그렇게 석방되면 나를 꼭 죽일 거예요. 그래도 난 괜찮아요. 변호사님도 조심하세요."

그 말을 들으니 모골이 송연했다.

오후 재판이 2시30분경 다시 시작됐다. 푸른빛이 도는 회색 양복을 입은 40대쯤의 자그마한 남자가 증인석에 올라왔다. 안경 뒤로 눈이 온순해 보이는 회사원 타입의 남자였다. 그는 살인범 마기룡을 위해서 나온 증인이었다.

"마기룡과는 어떤 사입니까?"

재판장이 물었다.

"사회 친구입니다. 제가 마기룡의 총을 보관해 줬다가 구속됐었습니다. 풀려나온 지 얼마 되지 않습니다."

"부탁한다고 살인에 사용한 총을 보관해 줍니까? 증인은 마기룡을 어떻게 봅니까?"

재판장이 그를 꾸짖으면서 물었다.

"제 시각에서는 마기룡이 사람이 여리고 착합니다. 저는 저 친구가 좋아 면회도 스스로 두 번 갔습니다. 거짓말을 하거나 의리를 저버리는 사람은 아니라고 생각합니다."

그가 잠시 뭔가 생각하더니 마지막으로 이렇게 덧붙였다.

"제가 야채납품을 하면서 살았습니다. 마기룡은 틈만 있으면 제 야채를 실은 수레도 끌어 주고 장사를 진심으로 도와 줬습니다."

질퍽거리는 쓰레기통에서 갑자기 한 송이 꽃을 보는 느낌이었다. 수많은 범죄 속에서도 한 번 베푼 마기룡의 따뜻한 마음이 거미줄 같은 구원의 실이 되어 그를 끌어올리려고 하는 것이다. 그러나 그 끈은 너무 약했다.

23

논 고

이제 재판은 인품 좋은 미모의 회장부인이 흉측한 범인의 마수에 걸려 살인교사범이 되어 있다는 내용으로 전개되고 있었다.

회장 측 변호인단은 착한 왕비를 구하는 용감한 기사가 되어 종횡무진했다. 그리고 나는 흉측한 범인의 변호사였다. 그런데 그게 아무리 봐도 그렇지 않았다. 김용국은 아무 생각 없이 세상 물결대로 휩쓸려 사는 무기력한 인간일 뿐이었다. 계약을 했으니까 죽여야 하는 거 아니냐고 되묻던 가치관이 전도된 사람이기는 했다. 그러나 그걸 그대로 나타내는 허약한 인성이었다.

내가 경계할 건 돈의 힘이었다. 회장이 로펌에 계약금으로만 16억원을 지불했다는 정보를 들었다. 우리 측에도 50억원을 제의했었다. 그 정도의 재력이라면 정치권에 얼마나 뿌렸을지 상상이 되었다. 액수가 클수록 어떤 것도 마비시킬 수 있을 정도로 독성은 강한 법이다. 재판장도 의심이 들고 검사도 수상했다.

그런데 이상한 건 담당 수사검사였다. 그가 집념을 불태우지 않았으면 회장부인은 법정까지 올 리가 없었다. 그는 현대판 영웅일 수 있었다. 발끈하고 단순한 그가 의외로 괴물의 꼬리를 잡은 것이다. 심리가 모두 끝났다.

"검사 의견 진술 하시죠."

재판장이 논고를 하라고 했다. 검사가 속에서 분노가 끓어오르는 흥분한 표정으로 자리에서 일어섰다.

"재판장님, 이 법정에서 먼저 하고 싶은 말이 있습니다. 저의 솔직한 심경을 얘기하고 논고문은 나중에 내겠습니다."

피고인석에 앉은 회장부인이 검사를 노려보며 '한번 떠들어 봐' 하는 것 같은 표정을 지었다. 검사가 말하기 시작했다.

"회장부인은 미행만 시켰다고 하면서 살인교사를 부인하고 있습니다. 그런데 이러신 회장부인이 아주 교묘하게 살인범인 김용국과 마기룡을 해외로 도피시켰습니다. 정말 미행만 시켰다면 왜 범인들을 도피시키셨을까요? 도피시킨 사실 그 자체가 벌써 살인을 반증하는 것입니다. 저는 오랫동안 검사 생활을 해 오면서 회장부인인 이 김귀숙같이 뻔뻔스런 여자를 정말 처음 봤습니다. 소름이 끼칠 정도로 무서운 여자입니다."

회장부인 김귀숙이 그 말을 들으면서 씩 미소를 짓고 있었다. 사형 구형을 받을지도 모르는 상황에서 웃음을 짓는 인간을 나는 처음 보았다.

"여대생 정혜경양의 시신이 발견되고 범인들이 해외로 도피했을 때 수사검사인 저는 회장부인이신 저 여자 김귀숙에 대해 살인 혐의를 걸 수 없었습니다. 증거가 없기 때문이죠. 그 때 김귀숙이 저를 찾아와서 뭐라고 한 줄 아십니까? 빨리 김용국이 잡혀 와서 진상이 밝혀졌으면 좋겠다고 교양 있는 지도층 인사의 부인을 가장했습니다.

그러다가 천신만고 끝에 김용국이 잡혀 왔습니다. 회장부인은 또 검찰청에 찾아와서 김용국을 보자마자 이번에는 '네가 거기서 죽지 왜 이렇게 왔니?'라고 말하는 겁니다. 마치 조카인 김용국이 명문 가문의 망신이라도 시킨 듯 말입니다. 이건 검사인 제가 직접 목격한 사실입니다. 김귀숙은 이런 모든 사실을 무조건 부인하고 있습니다. 검사인 저는 김용국과의 통화 내역서를 뽑아 하나하나 회장부인에게 들이대야 마지못해 거짓을 섞어 조금 인정하는 그런 독한 인간이었습니다.

회장부인인 김귀숙은 살인 청부 자금을 단 1원까지도 현찰로 줬습니다. 그것도 차 안에서 은밀히 말입니다. 김귀숙은 한 번은 조카 김용국에게 실수로 10만원짜리 수표를 준 적이 있었습니다. 그러나 그것마저 얼마 후 돌려달라고 하고 만원짜리로 바꾸어 줄 정도로 증거 인멸의 습관이 뼈 속까지 박힌 인간입니다.

살인 청부 자금을 현찰로 만들어 가지고 김용국에게 전하는 모습도 007 영화를 방불케 합니다. 어떤 때는 혼자 변장을 하고 택시를 이용하기도 했습니다. 급할 때도 절대로 자신의 핸드폰을 사용하지 않았습니다. 꼭 공중전화를 사용했습니다. 김귀숙은 이렇게 완전범죄를 노린 무서운 인간입니다."

조폭 두목이나 사이비 교주들이 살해 명령을 내릴 때도 그랬다. 회장부인은 그 이상으로 노련했다. 아쉬운 점은 모자라는 조카 김용국을 관여시켰다는 것이다. 검사는 계속했다.

"김귀숙 측은 참 교활하게도 범행을 부인하고 있습니다. 첫 번째는 검찰에서 추정한 사망 시점과 실제 사망 시점이 다를 수 있다는 것입니다. 그걸 트집잡으면서 혐의를 부인하고 있습니다.

얼마 전 뇌에 대못이 박히고도 생존한 사람의 뉴스가 나온 적이 있습니다. 또 몸에 바늘이 여러 개 들어 있어도 사람이 살고 있습니다. 죽은 정혜경양도 실제로는 아주 작은 공기총알이 뇌에 박혔습니다. 숨골을 건드리는 치명상이 아니고 대뇌피질에 박혔다면 즉사하지 않고 오랜 시간 고통을 받으면서 서서히 죽어갔을 것입니다. 그렇다면 사망 시각은 총기 발사 시각보다 훨씬 후일 수 있습니다.

더구나 3월의 기온이 낮은 산기슭에서는 부패가 아주 늦게 진행됩니다. 회장부인 김귀숙 측은 이런 사실을 무시하고 교묘하게 사건을 흐리고 있습니다. 또 회장부인 김귀숙 측 변호인은 범인이 여러 명일 것이라고 주장하면서 안개를 뿌리고 있습니다. 그러나 통화 내역이나 CCTV에 촬영된 걸 보면 다른 인물들이 개입됐다고 생각하기가 어렵습니다. 또 김용국이나 마기룡이 다른 사람들의 죄를 몽땅 뒤집어쓰고 갈 이유도 없습니다. 다른 범인들이 있다면 죄가 훨씬 가벼워지는데 사형의 위험을 무릅쓸 이유가 없지 않겠습니까?

또 김귀숙 측은 죽은 정혜경의 머리통에서 나온 총알이 앞이마뿐만 아니라 뒤통수에서도 발견됐다고 주장하고 있습니다. 마기룡이 한 방향으로만 총을 쐈다는데 왜 앞뒤 다른 곳에서 총알이 나오느냐는 주장입니다. 그렇다면 이걸 보십시오."

검사는 손가락을 총 모양으로 만들어 자기 이마에 가져다 댔다.

"동물이나 인간이나 주먹으로만 맞아도 머리가 즉각 반대쪽으로 반응합니다. 앞을 쏘면 머리가 돌아가고 그러면 다음 총알은 뒤통수에 맞을 수도 있습니다. 그리고 반동으로 다시 머리통이 돌아와 앞에 총알이 맞을 수 있습니다."

검사는 총구처럼 손가락을 이마에 대고 마치 서부영화의 결투 장면처럼 머리를 획 돌렸다가 다시 반동으로 제자리로 돌아오는 모습을 코믹하게 연기했다. 순간 나의 눈에 방청석 끝에서 눈을 부릅뜨고 바라보는 죽은 여대생의 아버지 정의택씨가 보였다. 그의 붉어진 눈에 물기가 번들거렸다. 갑자기 회장부인 김귀숙이 손을 번쩍 들면서 발악을 했다.

"재판장님 저 검사가 소설을 써요, 소설을."

"가만 있지 못해요?"

재판장이 눈을 부라리며 엄한 목소리로 꾸짖었다. 흥분한 검사의 열변이 법정에 쩌렁쩌렁 울리고 있었다.

"김귀숙은 번복하지 않으면 안 될 지경에 이르러서야 아주 조금씩 말을 바꾸는 인간 이하였습니다. 처음에 김귀숙은 저에게 너무너무 억울하다고 했습니다. 그런 김귀숙의 태도에 검사인 저도 깜빡 속아 저 역시도 살인을 지시한 것이 아닐 수 있다고 생각하면서 조심해서 조사를 해 갔습니다. 그래서 일단 살인 혐의는 배제하고 체포 감금 정도로만 조사했었습니다.

김귀숙은 검사를 그렇게 현혹시키고 그 와중에 김용국과 마기룡을 도피시켰습니다. 그리고 그들이 있는 베트남에 전화를 걸어 자신은 전혀 관여하지 않은 것처럼 말하게 하고 그걸 녹음해서 증거로 만들어 두었습니다. 그러면서 검사인 제게 와서 뭐라고 했는지 아십니까? 자기 조카인 김용국이 빨리 잡혀야 진실이 밝혀진다고 울먹이는 연기를 했습니다. 혐의를 받고 있는 자체도 명예가 훼손되는 듯이 말입니다. 그러다 정작 김용국이 잡혀오자 독 오른 얼굴로 죽으라면서 덤비는 걸 보고 검사인 저는 정말 어처구니가 없었습니다. 정말 독하고 치밀하고 잔인한 여자입니다."

나는 회장부인을 바라보았다. 미동도 하지 않고 검사를 비웃고 있었다.

"저 김귀숙이가 얼마나 다그쳤으면 김용국이나 마기룡이 여대생을 잡자마자 죽였겠습니까? 정말 소름끼치는 장면은 김귀숙의 남편인 회장이 주가 조작으로 대구에서 구속되어 재판을 받을 때였습니다. 김귀숙의 변호인들은 남편이 구속된 상황에서 어떻게 옥바라지에 바쁜 부인이 살인교사를 할 수 있었겠느냐고 주장하고 있습니다.

변호사의 그런 주장이 보통 사람들의 상식이기도 합니다. 그러나 김귀숙은 그 상식선을 넘어서 그런 상황에서도 밤에 서울로 상경해서 죽은 정혜경양 아파트 앞에 와서 김용국이 보여 주는 총까지 확인하고 다시 내려갔습니다. 본 검사가 항공기 탑승 내역과 비행기표를 확보하지 않았다면 저 여자는 죽을 때까지 그 사실을 부인했을 겁니다."

"이봐요, 검사님!"

회장부인이 다시 손을 들면서 소리쳤다.

"가만 있지 못해요?"

재판장이 화를 내면서 어조를 높였다. 교도관이 와서 회장부인을 제지시켰다. 논고는 결론 쪽을 향해 가고 있었다.

"김귀숙은 살인 청부 자금을 주지 않았다고 계속 잡아떼고 있습니다. 그러다가 본 검사가 김용국의 동생 통장을 들이대자 비로소 조용해졌습니다. 살인 수고비를 간접적으로 위장해서 준 거니까요. 물론 이 법정에서는 그 돈들이 다 친척을 도와 준 따뜻한 돈으로 변신을 시켰지만 말입니다. 본 검사는 돈을 받고 죽은 정혜경양을 미행한 자들로부터 들은 사실이 있습니다. 여대생을 미행시키고 회장부인 김귀숙은 미행자를 미행하는 독한 여자였습니다. 미행자들에게 여대생 정혜경을 조금도 놓치지 말고 밀착 감시하라고 했습니다.

하루는 여대생 정혜경이 가다가 자기를 따라오는 낌새가 있어 방향을 180도 바꿔 돌아서서 갔다고 합니다. 그러니까 미행자들도 정혜경이 보는 데서 180도 돌아서 따라갔다는 겁니다. 그 뒤에서 회장부인 김귀숙이 눈을 부라리고 있어서 그랬다는 겁니다. 검사실에 붙잡혀 온 미행자들은 눈물을 흘리면서 그 얄량한 돈 몇 푼 때문에 그랬다고 자백했습니다.

　김귀숙은 심지어 판사사위집 현관에도 실을 붙여두고 미행자의 감시를 재확인하는 여자였습니다. 김귀숙은 100퍼센트의 완전 범죄를 저지르려고 한 극악무도한 인간입니다. 지금 이 법정에서도 억울한 표정을 짓고 있는 저 뻔뻔스런 모습을 보십시오. 단지 자신의 의심만으로 사람을 죽인 저 여자는 상황에 따라 얼마든지 살인을 계속 할 수 있습니다.

　이 사건은 전 세계 어디에도 없을 소설 속에서나 있을 엽기적이고 패륜적인 살인 얘기입니다. 사람을 죽여 놓고도 죽은 여대생의 아버지에게 단 한 마디 미안하다는 말도 없습니다. 또 민사 소송에 걸리게 되자 그 많은 재산을 빼돌리면서도 피해자 측에 단돈 1원도 공탁하지 않는 집안입니다. 재판장님, 이 자리에 서 있는 저 악마를 보십시오. 돈이면 무엇이든지 다 될 수 있다고 생각하는 저 여자는 죽어야 마땅합니다. 사형을 선고해 주시기 바랍니다.”

　방청석이 술렁거렸다. 다음은 김용국과 마기룡에 대한 검사의 논고였다. 김용국은 기대가 가득 찬 얼굴이었다. 자신은 뒤늦게나마 사실대로 얘기했으니 희망이 있으리라 생각하는 것 같았다.

　“김용국의 경우는 그래도 뒤늦게나마 반성하고 진실을 말한 면이 있습니다. 그러나 여대생 정혜경이 억울한 누명을 쓰고 있는 걸 알면서도 중간에서 바른 처신을 하지 않고 회장부인의 꼭두각시 노릇을 한 점, 또 상황이 난처해지자 해외로 도피한 파렴치한 점이 있습니다. 마기룡의 경우는 처자식도 없는 혼자의 몸이면서도 돈이 뭐가 그리 대단하다고 사람을 확인 사살까지 했습니다. 더구나 마기룡은 해외에서 신분을 숨기기 위해 성형 수술까지 하는 치밀함을 보이고 있습니다. 이들에 대해서도 역시 사형에 처해 주십시오.”

　김용국과 마기룡의 얼굴이 흑빛으로 변했다. 회장부인 김귀숙도 처음으로 초조한 듯 자신도 모르게 손바닥을 비비고 있었다.

24
내일 면회 와

붉은 주단 의자에 앉은 재판장의 표정은 속을 알 수 없을 정도로 덤덤했다. 그는 철저히 증거에 의한 재판을 하는 사람이었다. 회장부인의 살인교사죄는 사실상 증거가 말밖에 없었다. 마음만 먹으면 무죄를 선고하기는 너무 간단했다.

형사소송법은 자유 심증주의 원칙이었다. 증언에 대해 믿고 안 믿고는 재판장 마음대로인 것이다. 부정한 재판장이라면 눈 한번 꾹 감으면 큰 돈과 주위의 인심을 살 수도 있는 기회였다. 오늘의 변론을 위해서 로펌의 거물 변호사들이 출동했다. 엊그제까지 재판장의 상관으로 지낸 사람도 있고 담당검사를 발령한 장관도 있었다. 먼저 전직 법무장관을 지낸 변호사가 다시 변호인단 대표로 나와 준비된 변론문을 들고 나섰다.

"오랫동안 심리를 해 주신 재판장과 배석판사께 먼저 감사를 드립니다. 저는 이 사건에서 검찰이 여러 가지 의문점을 발견해서 진실을 밝혀 줄 것을 기대했습니다. 그러나 지금 보니 검찰의 태도는 오히려 오해를 증폭시키고 있는 것 같습니다.

이 사건은 여대생의 사체가 산기슭에서 발견되고 나서야 본격적인 수사가 시작됐습니다. 현장에서 혈흔도 발견되지 않았고 여대생에게 뒤집어씌웠다는 마대에 총구멍도 없었습니다. 총소리를 들은 사람도 없습니다. 이런 정황을 볼 때 저희 변호인단은 여대생이 제3의 장소에서 살해되어 버려진 것으로 추정하고 있습니다. 검찰은 범인들이 잡히지 않은 상태에서 그들과의 전화 내역만으로 회장부인 김귀숙을 구속했습니다. 그것도 살인죄가 아닌 체포 감금 혐의 정도였습니다."

사건이 교묘하게 변질되어 가고 있었다. 장관 변호사의 경험과 무게가 실린 변호가 계속됐다. 재판장과 배석판사의 고개가 자신도 모르는 사이에 끄덕여졌다. 방청석에 앉은 회장부인 측 사람들의 얼굴에 자신감이 다시 피어올랐다.

"중국에서 범인들이 압송되어 첫 진술을 했을 때 저희 변호인들은 안도의 한숨을 쉬었습니다. 그들이 제3자에게 부탁해서 한 범행이라고 진술했기 때문입니다. 그러나 다음날부터 조카인 범인 김용국은 말을 번복했습니다. 그리고 그 이후 모든 수사는 김용국의 말에 꿰어 맞추는 형식으로 진행됐습니다. 김용국은 주관이 없이 상황에 따라 얼마든지 거짓말을 할 수 있는 인간입니다. 그렇다면 김용국의 거짓말을 근거로 한 이 수사는 결국 검사가 쓴 추리소설에 불과합니다. 그러면 이 다음부터는 공판 담당변호사가 구체적인 근거를 들어가면서 변론을 계속 하도록 하겠습니다."

회장부인 김귀숙은 장관 변호사의 변론에 비를 흠뻑 맞은 식물처럼 생생하게 되살아나고 있었다. 장관 변호사가 퇴장했다. 회장부인의 공판 담당 실무 변호사가 이어서 자리에서 일어나 변론을 하기 시작했다.

"김귀숙이 살인교사를 했다는 증거는 오직 김용국의 진술뿐입니다. 검사의 말처럼 김귀숙이 치밀하고 독한 여자라면 범행 방법이나 사체 처리에 대해서도 역시 면밀히 계획을 세워 실행했어야 마땅합니다. 검사의 말에 의하면 치밀한 회장부인 김귀숙은 미행을 시키고도 다시 그 뒤를 미행할 정도였습니다. 그런데 이상하게도 여대생을 살해한 뒤에는 그 뒤처리를 모두 김용국에게 맡기고 전혀 관여하지 않은 걸로 되어 있습니다. 성격상 과연 그게 일관성 있는 맞는 행동일까요?"

방청객들이 고개를 끄덕이고 있었다.

"김용국은 미행을 하면서 회장부인으로부터 차도 지원받고 돈도 얻어 썼습니다. 그렇다면 살인을 지시받았다면 얼마나 거액을 약속받았을까요? 그런데도 경찰에서 이 법정에 이르기까지 김용국은 고모인 회장부인으로부터 살인에 관해 자기는 단 한 푼도 약속도 하지 않고 돈을 받은 적도 없다고 하고 있습니다.

또 그가 받은 1억5천만원의 살인 청부 자금은 모두 마기룡에게 전달했다고 강변하고 있습니다. 김용국이 과연 고모인 회장부인을 위해 그렇게 충성했을까요? 더구나 이 사건의 살인 시점은 김용국 부부가 고모인 회장부인을 찾아가서 방을 얻을 돈을 도와달라고 했다가 냉정하게 거절당했습니다. 퍽이나 섭섭했다는 감정 표현이 수사 기록에 그대로 적혀 있습니다. 그렇게 섭섭한 고모의 살인 부탁을 그냥 해 주었다는 게 과연 맞는 말일까요?

더구나 김용국은 살인에 직접 관여했습니다. 그렇다면 그가 고백한 진실은 순수한 진실이 아닙니다. 겉으로는 어눌한 모습을 하면서 철저하게 계산된 형식적인 진실입니다."

변호사인 나 역시 일말의 의문을 품고 있었다. 민 변호사가 계속 수사의 모순들을 날카롭게 지적해 나갔다.

"이 사건 수사의 논리적인 모순점을 대도록 하겠습니다. 김용국은 살인 계약금을 이미 전달했는데 회장부인 김귀숙이 그걸 돌려달라고 하면서 안 주면 아이들 학교까지 찾아가 행패를 부리겠다고 하는 바람에 살인까지 했다고 자백하고 있습니다. 이게 과연 성립할 수 있는 얘기인지 의심스럽습니다. 미행이란 건 부도덕하지만 큰 범죄가 되지는 않습니다. 그러나 살인의 경우는 다릅니다. 회장부인 김귀숙은 돈을 돌려달라고 공개적으로 아우성칠 수 있는 입장이 못 됩니다. 자신의 살인청부가 그대로 드러나기 때문입니다. 더구나 회장부인은 사회적 지명도가 있는 상장 회사들을 거느린 그룹의 회장부인입니다. 살인 계약금을 돌려달라고 난리쳤다는 김용국의 말이 맞는 소리라고 생각하십니까? 이건 모두 다 김용국이 꾸며 낸 이야기에 불과한 것입니다."

방청석이 술렁댔다. 회장부인 김귀숙이 옆에 있는 김용국을 '그것 봐라' 하는 표정으로 쏘아보고 있었다. 민 변호사가 서서히 결론으로 가고 있었다.

"형사 재판에서 입증 책임은 검사에게 있습니다. 그리고 그 입증의 정도는 법관으로 하여금 합리적인 의심을 할 여지가 없을 정도로 확신을 가지게 해야 한다는 게 대법원 판례입니다. 따라서 의심과 모순 그리고 거짓말투성이의 김용국의 진술만 있는 회장부인 김귀숙의 살인교사는 무죄입니다."

방청석의 회장 측 사람들로부터 소리 없는 박수가 터져 나왔다. 회장부인의 살인교사를 유죄로 만들 수 있는 김용국의 유일한 증언이 신빙성을 잃고 있었다. 나 역시 김용국의 어리석은 태도에 매번 실망했다. 그는 작은 일을 우물쭈물 하다가 큰 의심을 받는 사람이었다. 다음은 그를 위해 변호해야 할 나의 순서가 왔다. 무거운 마음으로 자리에서 일어섰다.

"김용국의 변호인인 저는 이 사건을 맡으면서 한 가지 절대적인 조건을 달았습니다. 그건 김용국이나 그의 처가 진실하지 않으면 언제든지 변호를 그만두겠다는 약속이었습니다. 왜냐 하면 변호사의 임무는 그의 죄를 덮어 주고 사실을 왜곡시키는 것이 아닌 진실 발견이 먼저라는 생각 때문이었습니다."

변호사들은 상당 부분 승패에 치중하는 도박사 기질을 가지고 있었다. 이겨야 신나고 거액을 받을 수 있었다. 의뢰인의 돈을 받는 이상 고객 만족이 최우선의 과제였다. 그러나 그건 창녀보다 못하다는 생각이 들곤 했다. 창녀는 차라리 단순하다. 목욕하면 다시 청결해지는 몸만 잠시 팔기 때문이다. 그래서 영혼은 순수할 수 있다.

그러나 돈과 승부욕에 영혼을 파는 변호사는 그보다 더 타락한 악마의 자식인 것이다. 대법원 무죄판결을 얻어 내는 값으로 24억원이 들었다고 털어 놓은 거물급 인사의 얘기를 들은 적도 있었다. 기획을 하고 수사관과 증인을 매수하고 수많은 변호사를 동원하고 판사가 믿게 로비를 하는 데 들어간 총액이 그렇다는 것이다.

난 그 이야기가 사실이라고 믿는다. 물론 공식적으로는 그런 일은 있을 수 없고 있어서도 안 되는 것이다. 난 그런 것들과 맞서 그들의 위선을 벗기고 싶었다. 그러나 항상 참패해 왔다. 현실은 악이 선을 이기는 세상이었다. 한참 피어나는 인생의 봄에 살해되어, 쓸쓸한 공원묘지에서 가루가 되어 있는 죽은 여대생의 혼이 법정에 와서 구경하고 있을 것 같았다. 나는 변론을 계속했다.

"이 사건에서 회장부인인 김귀숙은 절대로 살인을 교사하지 않았다고 주장하고 있습니다. 심부름했던 김용국은 회장부인이 시켜서 살인을 했다고 말하고 있습니다. 둘 중의 한 사람은 철저히 거짓말을 하고 있는 셈입니다. 변호사인 저는 김용국 피고인을 여러 번 구치소에서 만나면서 관찰을 한 바 있습니다. 김용국은 치밀하게 살인을 계획하거나 실행할 만한 대담성이 없습니다.

김용국의 처나 그의 친척들을 통해 그의 성격이나 살아온 행적을 살폈습니다. 친한 친구를 찾아가 김용국이 어떤 성격의 소유자인가도 알아봤습니다. 그는 우유부단하고 상황에 적당히 반응하는 성격입니다. 법정에서 검사나 상대방 변호사가 날카롭게 던지는 질문에 대항할 지능도 없습니다. 증인 신문들을 통해 보신 그대로 그는 자기모순의 논리에 당황하고 대답을 못한 적이 여러 번 있었습니다. 몰아치면 판단도 없이 그대로 긍정해 버리는 나약한 모습을 보이기도 했습니다.

반면에 회장부인인 김귀숙 측은 논리적으로 완벽합니다. 사회지도층의 고상한 부인으로서 상식적으로 그럴 리가 있겠느냐는 말은 충분히 일리가 있습니다. 그러나 범죄란 상식이 아닙니다. 잔인하고 냉정한 악마가 철저히 모두를 속이려고 획책하는 것입니다.

이 사건은 순수한 마음으로 보면 범인이 누군지 가릴 수 있는 사건이라고 생각합니다. 동시에 논리나 증거법 이론을 조금만 조작해도 쉽게 무죄를 만들어낼 수 있는 사건이기도 합니다. 그 중 어떤 것을 택할지는 이제 대한민국 사법부의 양심에 달려 있다고 봅니다."

완벽한 논리와 상식보다는 비논리 속에 진실은 있었다. 완벽한 연기보다는 어설픈 행동 속에 참다 나오는 한 방울의 눈물 속에 진심이 들어 있었다. 나는 변론을 끝냈다. 묵묵히 듣고 있던 재판장이 회장부인과 김용국 그리고 마기룡을 향해서 입을 열었다.

"마지막으로 할 말이 있으면 해 보세요."

먼저 회장부인 김귀숙이 앞의 난간을 붙잡고 천천히 자리에서 일어섰다. 그녀가 미리 준비한 듯 침착한 어조로 최후진술을 하기 시작했다.

"살인죄에 연루되어 환갑이 된 고모와 조카가 재판정에서 나란히 앉아 있습니다. 판사사위를 미행하다가 이렇게 나와 피고인이 됨으로써 판사사위의 명예를 실추시키고 법조계에 물의를 일으켜 정말 죄송합니다. 저는 지금 제 옆에 있는 살인범 김용국과 마기룡 때문에 억울한 수감 생활을 하느라고 병을 얻고 가족들까지 죄인 아닌 죄인이 되었습니다. 지금 이 자리에서 미행에 대해서는 용서를 구해야 할지 어떨지 회한만 가슴에 사무칩니다. 존경하는 재판장님, 저 또한 딸을 가진 부모입니다. 어떻게 사람을 죽이라는 저주받을 짓을 할 수 있겠습니까? 저 또한 제 2의 피해자가 되어 이렇게 서 있습니다. 재판장님께서는 저 검사가 쓴 더러운 3류소설을 보지 마시고 현명한 판단으로 저의 억울함을 풀어 주시기를 간청합니다."

그건 회장부인의 말이 아니었다. 돈 주고 산 작가의 대사 같았다. 다음은 김용국 차례였다.

"무슨 할 말이 있겠습니까? 그냥 죄송하죠."

김용국이 그 한 마디로 끝냈다. 다음 차례를 기다리고 있던 마기룡이 종이 한 장을 품속에서 조심스럽게 꺼내 읽기 시작했다.

"존경하는 재판장님, 저의 잘못으로 꽃다운 생명을 없애고 그 가족에게는 씻을 수 없는 상처를 준 걸 잘 알고 있습니다. 죽고 싶습니다. 저 역시 힘든 가정에서 태어나 병든 아버지를 모시고 고생하면서 자랐습니다. 남들처럼 평범한 가정을 꾸미고 행복하게 살고 싶었습니다."

그는 자기가 살아온 과거를 동정을 구하려는 듯 장황하게 늘어놓았다. 그가 계속 읽어 내려갔다.

"저는 죽는 것만이 속죄하는 길은 아니라고 생각합니다. 절망만 하고 싶지도 않습니다. 희망을 가지고 싶습니다. 정말 뼈저린 반성으로 살고 싶습니다. 한번만 살려 주십쇼."

결국 그는 목숨을 구걸하고 있었다. 최후진술을 다 들은 재판장이 말했다.

"그러면 3주 후 오후 2시에 판결을 선고하겠습니다."

재판장과 배석판사가 자리에서 일어나 뒤의 출입문으로 사라졌다. 검사가 두꺼운 수사 기록 보따리를 들고 나갔다. 법정에는 회장 측 응원단과 변호사들만 남았다. 회장부인이 고개를 돌려 웃는 낯을 지으며 방청석의 가족에게 말했다.

"내일 면회들 와."

그녀는 사형 구형을 받은 피고인의 얼굴이 이미 아니었다. 무죄를 약속받은 듯 자신만만한 표정이었다.

25

선 고

오후 1시30분. 나는 선고를 듣기 위해 법정으로 올라가고 있었다. 법원 로비는 회장 측 사람들로 웅성거렸다. 나를 보는 그들의 눈길에 적대감이 가득했다.

그 중에 외톨이가 되어 있는 김용국의 처가 보였다. 그녀는 친척들에게 이미 벌레보다 더 흉측한 배신자였다. 지금까지 버텨온 것만 해도 대단했다.

회장 응원단들의 표정은 자신만만했다. 아무래도 회장부인이 무죄로 풀려날 가능성이 많았다. 그들 측의 논리에도 일리가 있었다. 김용국의 증언밖에 없는데 그 또한 믿을 만한 사람이 되지 못했다. 몇 번 사무실을 찾아온 그의 처의 얼굴에서는 공포의 빛이 어렸다. 패배와 죽음에 대한 두려움이었다.

판사사위도 끈질겼다. 지방의 법원으로 전출을 가서 거센 폭풍을 피하는 중이라고 했다. 판사사위는 장모의 살인사건이 자기와 무슨 관계가 있느냐고 항변한다는 것이다. 물론 법적으로 그는 살인죄가 아니었다. 법조문과 판사 자리 외에 그에게는 어떤 게 보일까 궁금했다.

법조계는 손바닥보다 좁은 것 같았다. 여러 인연으로 그의 일거수일투족에 대한 얘기가 내 귀에 들어왔다. 이 사건을 계기로 판사사위의 태도가 변하기 시작했다고 했다. 지금까지는 동창 모임에도 거의 나오지 않던 사람이 이제 나오기 시작했다는 것이다. 부부간의 금슬도 더 좋아졌다고 했다.

부인이 감옥에 있어도 회장은 하루하루 사업이 더 번창해 가고 있었다. 골프장에서 국무총리나 장관들이 라운딩을 할 때 회장을 옆에서 봤다는 사람이 있었다. 회장은 국무총리와도 막역한 사이라는 소문이었다. 판사가 버티지만 않으면 회장부인은 무죄선고를 받을 수 있었다.

재벌 주변에서 실제로 처벌받은 사람을 나는 별로 보지 못했다. 김영삼 정권이 들어서고 재벌들과 전직 대통령이 재판정에 섰을 때였다. 대통령들은 나중에 모두 사면됐다. 재벌들은 국가 경제에 헌신한 공로로 이번에 한해서만은 용서한다고 재판장이 말했다. 매번 이번만은 이었다. 권력가의 아들이 마약으로 수없이 걸려도 아버지가 국가에 공헌한 점을 생각해서 용서해 준다고 했다.

대한민국엔 새로운 귀족이 존재하고 있었다. 전직 대통령과 재벌을 심리할 당시 그들에게 휴게실을 마련해 줄 수는 없었다. 법원의 화장실이 임시 휴게실이었다. 회장들이 소변을 보는 옆에서 장관 출신 변호사가 "회장님"이라고 하면서 허리를 굽히는 걸 봤다. 원색적인 힘의 구조가 그대로 펼쳐지는 이면의 무대였다. 휠체어에 앉아 있던 재벌회장이 마스크를 벗으며 옆에 있던 비서실장에게 "나 잘했제?"하고 씩 웃는 모습도 보았다. 그 회장은 휴정이 끝나고 다시 피고인으로 법정에 들어갈 때는 직원에게 업혀 들어가는 모습을 연출했다. 그런 모습을 보면서 나는 고위직을 지냈다는 이유만으로 선배 변호사를 존경하지는 않게 됐다.

우리들이 처음에 법을 배울 때 앵무새같이 웅얼거렸던 인권과 정의는 보기 힘들었다. 돈은 여러 가지 모습으로 둔갑을 했다. 한번은 대법관을 지낸 선배가 내게 법원장 시절의 경험을 털어 놓은 적이 있었다.

재판 시작할 때 분명 나쁜 놈이라 무거운 형을 선고해야지 하고 아무도 모르게 속으로 결심했었다는 것이다. 그런데 마지막이 되자 그의 마음은 자신도 모르게 어떻게 피고인을 석방시킬까 궁리하고 있더라는 것이다. 제일 친한 친구가 변호사로 활동을 한 게 그런 변화를 만들어 낸 걸 나중에야 비로소 깨달았다고 했다. 판사의 마음에서 자신도 모르게 미웠던 범죄인이 친구같이 변하게 되는 그게 현실이었다. 그 뒤에는 변호사를 인형같이 조종하는 돈이 있었다. 내가 변호를 맡았던 김용국은 오히려 괘씸죄로 사형을 받을 수도 있을 것 같았다.

이 사건을 조금 더 깊이 들여다 보면 또 다른 그림자가 계속 어른거리는 것 같았다. 총 지휘를 하는 회장은 줏대 없는 김용국과 세상살이에 힘든 그의 처를 유혹해서 목에 가시 같은 변호사인 나를 내동댕이칠 수 있었다. 그러나 그는 그러지 않았다. 진실을 말하게 하는 내가 방해자의 위치인데도. 또 회장은 의도적으로 죽은 여대생의 아버지를 도발했다. 그 이면에도 뭔가 있을 것 같았다. 어쩌면 회장부인은 자기 말같이 또 다른 불쌍한 피해자인지도 모른다. 재판장이 강한 소신파라면 어쩌면 회장부인은 죽을 수도 있었다.

증거물 중에서 죽은 여대생의 수첩을 보았다. 30분 단위로 시간을 쪼개 쓴 철저한 삶의 기록이었다. 오전 한 시간을 아끼기 위해 새벽에 나갔다가 그녀는 인생 전부를 도난당했다.

이른 봄 이슬 맺힌 차디찬 산기슭에서 정혜경은 한을 품으면서 서서히 죽어간 것 같았다. 죽어가면서 그녀는 무엇을 생각했을까. 이미 한줌의 재로 돌그릇 속에 담긴 정혜경을 생각하는 사람은 없는 것 같았다. 죽은 사람은 금세 잊혀졌다.

이윽고 나는 괴괴한 기운이 도는 법정에 들어섰다. 선고 때 변호사는 나오지 않는다. 법정을 지키는 정리가 이상하다는 표정으로 다가와 물었다.

"오늘 다른 재판 있으세요? 예정표에는 없는데?"

"아니오. 그냥 선고 보러 왔어요."

나는 선고 순간을 머릿속에 담아두고 싶었다. 재판장의 숨소리까지, 그리고 살인자들의 얼굴에 스쳐가는 감정을 놓치지 않고 싶었다. 재판연극은 막을 내리는 순간이 제일 진실했다. 내가 봐야 하는 것은 연극이 끝난 후 배우들의 진면목이었다. 진실은 항상 무대 뒤에 살짝 숨어 있었다.

재판정에 수갑과 포승에 묶인 사람들이 줄줄이 들어섰다. 회장부인은 나오지 않았다. 그들을 먼저 선고한 후에 회장부인을 취급할 모양 같았다.

"모두 일어서 주십시오."

질서를 담당하는 정리가 외쳤다. 넓적한 흰 얼굴에 콧등이 높은 재판장이 법정에 들어섰다. 코에 걸친 그의 돋보기를 보면서 25년 전 훈련병 시절이 떠올랐다. 늦가을의 따가운 태양이 내리쬐던 광주 상무대의 보병학교 연병장을 나는 그와 함께 기고 있었다. 누런 먼지를 뒤집어쓰고 온몸에 허연 소금이 붙을 정도로 힘든 훈련 중에도 그는 말이 없는 성격이었다. 눈빛만 몇 달 동안 교환했을 뿐 말을 나눈 기억이 거의 없었다. 그래도 그의 표정은 항상 착하고 진실해 보였다.

선고를 받을 죄수들이 앞으로 나오기 시작했다. 얼굴이 길쭉한 30대의 남자가 기대감으로 눈을 반짝이며 재판장인 그의 앞에 섰다. 재판장이 낮은 목소리로 입을 열었다.

"아침마다 여자만 있는 집에 들어가 강도강간을 해서 징역 7년을 받고 깎아 달라고 항소했군요. 생각해 봤는데 그 형이 적당하다고 생각했어요. 깎아줄 게 없어요. 그래서 피고인의 항소를 기각합니다. 들어가요."

순간 그 남자의 표정이 일그러졌다. 비굴하던 눈초리가 재판장을 노려보는 눈이 되었다. 다음은 작달막하고 눈이 째진 남자 차례였다. 그는 양손을 앞으로 모아 포갠 겸손한 자세를 취하고 있었다. 재판장이 그를 보고 말했다.

"당신은 검침원을 가장하고 남의 집에 들어가 강도강간을 했는데 1심의 징역 10년이 무겁다고 항소했어요. 재판장으로서는 그 형이 적당하다는 의견이었어요. 항소를 기각합니다. 들어가세요. 다음."

그 사내 역시 절망과 분노의 표정을 지었다. 다음 번 남자가 등장했다.

"남의 차를 훔쳐 달아나다가 경찰차와 숨바꼭질을 했네? 징역 2년을 선고받고 깎아 달라고 항소했는데 그 정도 형이면 적절하다고 생각합니다. 항소를 기각하니까 들어가세요."

재판장의 선고 속에서 그의 단호한 일면을 알아챌 수 있었다. 인정상 몇 달이라도 징역형을 깎아 주는 판사도 많았다. 다음은 험상궂은 청년 세 사람이 건들거리며 나와 섰다. 버릇이 된 깡패걸음은 법정에서도 버리지 못했다. 차라리 그들은 비굴하지는 않았다.

"당신네들은 차를 몰고 다니면서 길 가는 여자를 납치하고 강간하고 돈을 뺏었네? 모두 징역 10년을 선고받고 억울하다고 항소한 모양인데 저는 오히려 그 형이 약하다고 생각합니다. 더 중형을 받아야 마땅하죠. 그렇지만 검사가 항소를 하지 않아 더 올리지는 않겠습니다. 항소를 기각합니다."

그 중 한 명이 손으로 얼굴을 비비면서 "아! 씨팔" 하고 소리쳤다. 존경하는 재판장님이 그들의 욕대로 X 같은 판사로 변하는 순간이었다. 마지막으로 허리가 구부정한 노인이 선고를 받기 위해 나왔다. 다른 사람과 달리 선량한 눈이었다. 재판장이 담담한 목소리로 계속했다.

"이건 강도긴 강도인데 먹을 것이 없어 저지른 생계형 강도라고 판단했어요. 1심에서 징역 1년이 선고됐는데 우리 항소심은 정상이 딱하다고 판단했어요. 그래서 원심을 파기하고 징역 3월에 처하기로 했습니다."

"저는 벌써 그 이상 살았는데요. 그럼 오늘 나갑니까?"

영감이 얼굴이 환해지면서 재판장에게 물었다.

"그럼요. 오늘 저녁 당장 나가실 겁니다."

재판장이 미소를 지으며 대답했다. 난 그가 선고하는 모습을 보면서 재판장의 성향을 보다 확실히 알 수 있을 것 같았다. 그는 참회하는 인간에게 한없이 관대할 수 있는 판사였다.

나는 방청석 뒤에 있는 회장의 모습을 살폈다. 그 역시 손에 수첩을 들고 무엇인가 열심히 적고 있었다. 부인의 선고를 들으러 온 남편치고는 지나칠 정도로 침착했다.

선고받은 잡범들이 모두 일어나서 법정 옆 대기실로 들어갔다. 그 때 살짝 열린 대기실의 문틈으로 회장부인의 모습이 보였다. 나무의자에 앉아 머리를 벽에 기대고 만감이 교차하는 표정을 짓고 있었다.

"김귀숙! 김용국! 마기룡!"

재판장이 무거운 목소리로 그들의 이름을 불렀다. 회장부인이 초췌한 모습으로 걸어 나왔다. 이어서 얼굴에 붉은 기가 도는 김용국이 나타나고 그 뒤로 마기룡이 고개를 숙인 채 곁눈질로 주변의 눈치를 살피면서 따라 나왔다. 재판장이 조용한 눈길로 그들을 내려다 보면서 판결 이유를 말하기 시작했다.

"회장부인인 김귀숙은 자신의 가정과 딸만을 위하는 극도의 이기주의에 물들어 있다고 봅니다. 죽은 여대생 정혜경과 판사사위의 관계를 의심해 미행을 시키다가 오히려 그 여대생 측으로부터 고소까지 당하자 위신이 실추된 것으로 느낀 것 같습니다. 김귀숙은 속에서 끓는 복수심과 의심만으로 살해 지시를 한 것으로 재판부는 봅니다. 사위에게도 책임이 있습니다. 판사직에 있는 사위는 장모가 의심을 하고 있는 걸 알았음에도 그 오해를 풀도록 노력하는 태도가 전혀 없었습니다. 그리고 피고인 김귀숙은 이 법정에서도 지금까지 조금도 뉘우치지 않고 범행을 전면 부인하면서 다른 두 명에게 그 죄를 미루고 있는 모습을 볼 수 있었습니다."

재판장은 거기까지 말하고 김용국과 마기룡에게 시선을 돌렸다. 일괄해서 세 사람의 판결 이유를 먼저 말할 모양이었다.

"또한 재판부는 김용국과 마기룡에게서 돈에 눈이 어둡고 아직도 뭔가 진실을 숨기는 듯한 태도를 보았습니다. 김용국의 경우 살해 지시가 있은 지 다섯 달 후에 살인을 했는데 그 긴 시간 동안 비극적인 사태를 막을 생각이 전혀 없었던 것으로 보입니다. 그리고 김용국과 마기룡은 서로 자신들의 책임을 가볍게 하기 위해 납치한 이후의 살해 과정과 방법 등 세밀한 부분에 대해서는 사실과 다른 진술을 하고 있는 게 아닌가 의심이 됩니다. 피고인들은 아무런 원한 관계도 없으면서 오직 물질을 위해 여대생을 잔인하게 살해했다고 보입니다. 특히 좌측 상완골이 분쇄 골절이 된 것을 보면 여대생에 대한 상당한 가혹 행위가 있었던 것으로 보여지므로 그 책임이 배후에서 지시한 회장부인 김귀숙보다 가볍지 않다고 재판부는 판단했습니다."

공기가 심상치 않게 돌아가고 있었다.

"우리 재판부에서는 1심에서 피고인들에게 내린 징역형은 너무 가벼워서 부당하다는 의견이었습니다. 피고인들은 사형을 받아야 마땅하다는 의견입니다."

세 명의 얼굴색이 동시에 변하고 있었다. 순간 혼이 나간 것 같은 표정들이었다. 재판장이 잠시 뜸을 들인 후 이렇게 덧붙였다.

"그러나 사형을 꺼리는 게 요즈음의 추세입니다. 재판부 역시 그렇습니다. 이에 따라 재판부는 고심 끝에 피고인들에게 다음과 같이 판결을 선고하기로 했습니다."

재판장이 세 사람을 굳은 표정으로 내려다 보았다.

"피고인들을 각각 무기징역에 처한다."

결론은 내려졌다. 재판장과 판사들은 앞에 놓여 있던 서류들을 들고 자리에서 일어났다. 그제야 제정신으로 돌아왔는지 회장부인은 다급한 표정으로 손을 들면서 소리쳤다.

"저 재판장님 말씀드릴 게 있습니다."

재판장은 옆눈길로 그녀를 흘끗 보다가 소리 없이 등을 돌리고 문을 빠져 나갔다. 나는 재판장의 조용한 시선 속에서 은은한 분노의 불길을 읽을 수 있었다.

26

이상한 후회

구치소 안에서 김용국이 나를 보자고 난리였다. 그의 처가 선고 다음날부터 매일 내게 전화를 해서 면회를 가 달라고 사정했다. 나는 그가 펄펄 뛰는 이유를 알고 있었다. 진실을 말했는데 왜 형을 깎아 주지 않고 오히려 더 올리느냐는 것이다. 그는 사기당했다고 생각하고 항의를 할 것이다. 재판장은 그를 진실하지 않다고 평가했다. 그건 진실이 아니라 계산이었다.

또 재판장은 죽은 여대생의 뼈가 몇 조각 나 있는 걸로 봐서 죽기 전에 심하게 괴롭혔을 것이라는 추정이었다. 재판장은 범인들이 아직 많은 미스터리를 남긴 채 법정에서 고의적으로 말을 하지 않은 불성실한 부분도 지적했다. 김용국은 진실을 말하겠다고 하더니 법정에서 다시 회장부인을 보고 마음이 흔들렸다. 그들만 아는 배후의 다른 것들이 많이 남아 있는 것 같았다.

어쩌면 나도 그들이 이용하려는 인형 중의 하나일지 몰랐다. 그러나 형평성에 문제가 있다는 생각이 들었다. 이 살인사건에서 가장 악랄한 범인은 회장부인이 었다. 김용국은 그 꼭두각시에 불과했다. 그런데 두 사람이 똑같은 형을 받아야 한다는 것은 맞지 않았다. 한 사람은 철저히 교활하게 범행을 은닉한 악마였다. 김용국은 목숨을 빼앗길까 봐 상황에 따라서 흔들린 것이다. 살기 위해서 작은 부분에서 거짓말 하거나 숨기는 건 인간의 본능이다.

나는 선고 며칠 후 구치소의 김용국을 찾아갔다.

"도대체 이해를 못하겠어요."

김용국이 불만이 가득한 얼굴로 내뱉었다. 흥분한 목소리였다. 이제 그는 나도 미운 것 같았다. 나를 외면한 채 유리로 된 접견 박스 밖으로 시선을 던졌다. 교도관이 무심한 눈길로 우리들을 들여다보고 있었다. 그가 못마땅한 표정으로 입을 열었다.

"이럴 거면 말이죠. 차라리 회장부인이 부탁한 대로 말을 맞춰 줄 걸 그랬어요. 솔직히 자백한 사람과 그렇지 않은 사람의 차이가 뭐가 있어요?"

그가 내게 따지듯 내뱉었다. 그의 표정에는 변호사인 나를 잘못 선택했다는 후회가 엿보였다.

"모두가 변호사인 내 탓입니다."

내 탓으로 돌리고 싶은 그의 심정에 맞추어 주었다.

"왜 변호사님의 탓입니까?"

예상 밖의 내 대답에 그가 의아한 표정을 지었다.

"변호사는 항소심에서 형을 확 깎아 줘야 하는데 무기징역이 나왔으니 전부 변호사의 죄가 아니겠어요?"

그게 그들의 계산법이었다. 계약에 의해 살인도 했다. 변호사도 돈을 받으면 수단방법을 가리지 않고 행동해야 했다.

그가 씩 웃으며 이번에는 공격의 화살을 재판장에게 돌렸다.

"하여튼 그 재판장이란 사람 이해하기 힘들어요. 내가 뭘 숨기고 있다고 날 보고 진실을 다 말하지 않았다는 건지 말이죠."

그러나 그의 눈동자는 아직 비밀이 남았다고 속삭였다.

"저한테 말하지 않았던 다른 건 없어요?"

나는 재판연극의 막이 내린 후의 진실을 기대하면서 물었다.

"여태까지가 다지, 더이상 뭐가 있겠습니까?"

그가 짜증스런 어조로 부인했다. 그가 침울한 표정으로 시멘트 바닥을 내려다보다가 한참 만에 고개를 들었다.

"변호사님, 저는 앞으로 어떻게 해야죠? 이제부터라도 제가 회장부인에게 맞추어 진술하면 저를 도와 주실 수 있어요?"

그는 노골적으로 재판연극을 다시 하자고 제의했다.

"그건 제 배역이 아닌 것 같아요. 저는 김용국씨가 진실하겠다고 하기에 이 재판에 참여했었죠. 그렇게 시나리오를 바꾸시려면 저는 이쯤 무대에서 사라져 드리는 게 좋겠네요."

결국 그의 정체가 드러나고 있었다.

"하긴 그러시겠죠."

그가 심드렁한 어조로 내뱉었다. 그가 좌절한 지금 악마가 다시 손길을 뻗쳤다는 느낌이 들었다. 대법원의 재판이 남아 있었다. 이제 절망한 김용국의 마음은 악마뿐 아니라 악마 친구들까지 들어가기 좋은 장소였다.

"회장부인 측에서 사람을 보내 왔었죠?"

내가 찔러 보았다. 뭔가 분명 있었다.

"네, 사실은 회장부인 담당변호사가 왔었어요."

김용국이 털어 놓았다. 다그치면 숨기지 못하는 게 그의 한계였다.

"그 변호사가 뭐라고 했는지 솔직히 말해 줄 수 있어요?"

"그쪽 변호사가 하는 말이 강 변호사님이 법원에 써낸 서류들을 봤느냐고 하는 거예요. 그것 때문에 모두 물을 먹었다는 거죠."

그들 역시 이 상황을 내 탓으로 돌렸다. 김용국이 계속했다.

"그 변호사가 하는 말이 전체적으로 작전을 잘못 짜서 그렇게 됐다는 거예요. 그 변호사가 선고 다음날 판사실에 갔었대요. 가서 살펴보니까 판사들이 회장부인 측에서 낸 서류들을 하나도 보지 않았더래요. 그래서 자기네들은 다시 재판할 거래요. 그리고 나중에는 재심까지 할 거랍니다. 그러면서 이제부터는 회장부인에게 잘하라는 거예요. 엄마 같은 분이 아니냐는 거죠. 그래도 가장 중요한 게 핏줄이고 집안 아니냐는 거예요. 만약 지금까지 돈을 대던 회장님이 이제 손을 들어 버리면 모두 어떻게 되겠느냐는 거죠."

그 변호사는 아주 교묘하게 김용국의 위증을 유도하고 있었다. 잠시 말을 쉬던 김용국이 계속했다.

"그 변호사님이 말하길 자기는 내가 혼자 죽여 놓고 고모에게 뒤집어씌우는 걸로 알고 있대요. 나를 공격하고 싶지는 않았지만 내 말이 수시로 달라지고 거짓말을 해서 자기가 법정에서 그렇게 몰아쳤대요."

그들은 화해하고 다시 손을 잡고 있었다.

"회장부인 고모가 자기 변호사들을 가만 놔두지 않고 있대요. 자기 뜻대로 되지 않았으니까요. 민 변호사 그 사람도 고모가 하도 난리를 쳐서 몇 번 손을 들라고 그랬대요. 너무 힘이 든답니다."

회장부인은 투자에 대한 대가가 나오지 않았다고 생각할 것이다.

"이 사건 말이죠. 차라리 처음부터 진실을 말하고 피해자와 합의를 했으면 정상 참작을 받아서 모두 좋은 결과를 맞이했을 텐데 왜 그런 방향으로 로펌의 변호사가 제안을 하지 않았을까요?"

내 생각을 확인해 볼 의도로 김용국에게 물었다.

"회장부인 고모를 처음 맡았던 변호사가 그렇게 제의했다가 단칼에 목이 잘렸어요. 고모는 무죄가 나와야지 그렇게는 안 된다는 거죠."

김용국이 대답했다. 회장 변호인단의 고충도 알만했다.

"참, 회장부인 심부름을 온 그 변호사는 앞으로 어떤 방향으로 갈 거라고 합디까?"

내가 그들의 전략을 궁금해 하며 물었다.

"죽은 여대생의 팔뼈가 부러진 걸로 봐서 이 사건은 고의적인 살인이 아니라 우발적이라는 심증이 간대요. 그런 사건인데 검찰이나 경찰의 회유로 내가 고모 쪽을 걸고넘어진 거라는 얘기죠. 자기는 그렇게 믿고 싶고 실추된 회장님 집안의 명예를 바로잡아 드리고 싶다고 했어요."

그들의 새로운 전략 방향이었다. 김용국은 이제부터 꾸며지는 무대에서 또 다른 피에로가 될 것이다. 내 역할은 끝났다.

그 며칠 후 아침신문에 조그만 가사가 나왔다. 민사법원은 회장 측이 죽은 여대생의 아버지 정의택씨에게 위자료로 6억5천만원을 지급하라는 판결을 선고했다는 것이다. 형사재판의 판사에 이어 민사재판에서도 판사들은 죽은 여대생 편의 손을 들어 준 것이다.

27

번 복

재판이 끝나던 그 해 겨울에는 폭설이 많이 내렸다. 김용국과 회장부인이 있는 구치소는 두꺼운 눈 속에 얼어붙어 깊은 동면에 빠져든 것 같았다. 그리고 다시 봄이 왔다. 누런 안개 같은 짙은 황사가 도심을 덮치던 날 김용국의 처로부터 전화가 왔다.

"변호사님, 남편이 급히 접견을 와 달라는데요."

김용국의 처가 숨넘어가는 목소리로 말했다. 사실 그 사이에도 몇 번 그런 일이 있었다. 그러나 가 보면 아무 일도 아니었다. 김용국은 그저 내 눈치만 살피고는 딴전을 피웠다. 나를 저울질하는 눈치였다. 그와는 변호 계약도 끝난 상태였다. 더이상 그를 접견할 이유가 없었다.

"또 '늑대와 소년'에 나오는 것 같은 거짓말을 들을라구요? 이제는 더이상 안 속겠습니다. 안 가요."

내가 거절했다. 김용국에게 속은 기분만 들었다.

"이번에는 아닌 것 같아요. 제가 면회 가서 또 변호사님을 보기 위해 별 일 없으면서 가벼운 거짓말 하면 안 된다고 했더니 이번에는 정말 아니랬어요."

이틀 후 나는 다시 구치소로 가서 김용국을 만났다. 그의 작은 눈이 잠시 슬픈 표정을 짓더니 입을 열었다. 엉성한 연기를 하는 것 같은 얼굴이었다.

"제 나름대로 풀건 풀고 가기로 했어요. 내가 여태까지와는 다른 말을 해도 변호사님 도와 주실 거죠?"

그가 먼저 다짐했다. 폭탄선언이라도 할 것 같은 만들어진 표정이었다.

"들어 보고 진실이면 돕겠습니다."

"사실은 회장부인이 정혜경을 죽이라고 한 적이 없었어요. 마기룡과 둘이서 미행을 하는데 하루는 기룡이가 이렇게 힘들게 미행하지 말고 아예 잡아서 발가 벗기고 비디오를 찍어 인터넷에 올리면 어떻겠느냐는 거예요. 그게 먹히지 않으면 그 때 가서 약물을 쓰자는 거예요. 사채꾼들은 겁을 주는 방법으로 사람을 납치한 후에 그 사람이 보는 앞에서 독이 든 주사를 고양이한테 놔요. 고양이가 바로 뒤집어지면서 즉사하는 걸 보게 하면서 그 사람에게 주사를 놓으려고 하면 기겁을 해서 대개 시키는 대로 다 한다는 거죠. 여대생에게도 그렇게 하려고 했어요. 사실은 기룡이가 청산가리를 항상 가지고 다녔거든요."

나는 속으로 불쾌감이 치솟고 있었다. 그 내용이 그 동안 회장 측에서 구상한 새로운 내용의 3류소설 같았기 때문이었다. 그는 이제 나까지 그들의 연극에 바보로 동원하려는 것 같았다. 이 기회에 의문을 풀어야겠다는 생각이 들었다. 나를 끌어들이고 싶은 김용국이라면 미스터리 하나쯤은 풀어 줘야 하기 때문이었다.

"그러면 한 가지만 물어봅시다. 여대생을 죽이기 전 마지막 장면을 한번 그대로 얘기해 봐요. 법정에서 말한 거 엉터리죠?"

재판장은 김용국과 마기룡이 뭔가 다 말하지 않은 부분이 있는 것 같다고 지적했다. 바로 그 부분을 알고 싶었다.

"그렇습니다. 사실 납치해 가자마자 죽인 게 아니고 좀 시간이 길었어요. 산에서 도중에 그 여대생을 뒤집어씌웠던 부대를 벗기고 얼굴에 감아 놨던 청테이프를 뗐었죠. 꽉 붙어 있던 테이프를 확 떼어 내니까 털들이 뭉텅 빠져나오면서 꽤 아파하더라구요. 그런데 우리가 실수해서 그만 눈에 붙은 테이프까지 떼어낸 거예요. 그 바람에 여대생이 우리 얼굴을 봤어요."

난 비로소 부대 하나가 발견되지 않은 의문점에 대한 해답을 얻었다. 회장부인 측 변호사들은 그 근거를 가지고 제3의 장소에서 살해하고 시신을 그 곳으로 옮겼다고 연막작전을 피기도 했었다.

"그 때 여대생이 뭐라고 했어요?"

"'팔이 너무 아파요'라고 소리치면서 울었어요. 마기룡이 그 자식이 여대생 팔을 부러뜨린 거죠. 여대생이 막 울면서 돈은 요구하는 대로 아버지가 줄 테니까 살려달라고 빌었어요. 저희는 다시 테이프로 여대생의 입과 눈을 감았어요. 차라리 죽여 버리자고 기룡이가 그러더라구요. 제가 안 된다고 했더니 기룡이가 자기가 알아서 하겠다고 했어요. 무서워서 내가 산에서 먼저 내려와 차에 있는데 5분 후에 기룡이가 왔어요. 뺨에 피가 묻어 있었어요."

김용국은 그 말에도 사실과 거짓을 적당히 조합해서 말하는 것 같았다. 자신에 대한 부분은 거짓이고 남을 고발하는 얘기는 진실일 가능성이 컸다.

김용국은 그 말이 내게 먹혔다고 생각했는지 준비한 듯한 얘기들을 쏟아 내기 시작했다.

"체포될 때를 가상해서 사실 시나리오를 세 개 짰죠. 제1안은 정 사장이란 전혀 다른 제3의 인물을 만들어 우리가 살인을 의뢰했었다고 하는 거죠. 잡힌 첫날 그렇게 불었는데 잘 안 되더라구요. 형사들이 집요하게 묻고 또 묻는데 정 사장의 정체에 대해 빈틈없이 다 댈 수가 없었어요."

수사란 범인들과의 치열한 머리싸움이었다. 그리고 집념의 투쟁이었다. 그가 계속했다.

"형사가 마기룡이가 마침내 다 불었는데 무슨 소리 하느냐고 했어요. 그건 제2안의 시나리오로 넘어가자는 기룡이의 간접적인 신호였죠. 우리가 형사들을 이겨내지 못하고 마침내 허탈한 상태에서 자백하는 모습을 보이는 제2안으로 자연스럽게 넘어갔죠."

양파껍질같이 까면 또 거짓말들이 나오곤 하는 것 같았다. 그가 웃으면서 말을 계속하고 있었다.

"시나리오의 제2안은 회장부인이 살인교사를 했다고 물고 늘어지는 거예요. 당시 매스컴에서 그렇게 보도를 할 때니까 사회 분위기와 딱 맞아떨어지는 거죠. 어차피 회장부인은 사위가 판사고 돈도 많았죠. 나이도 있으니까 그 정도면 우리가 물고 늘어져도 충분히 법망을 빠져 나갈 거라고 우리는 계산했죠. 회장부인이 시켰다고 말했더니 수사가 급진전되더라구요. 형사나 검사가 한 건 했다 싶었는지 더이상 따지지 않고 우리 진술대로 조서를 작성하더라구요."

그의 얼굴에는 어떤 가책도 보이지 않았다. 나는 속으로 분노하고 있었다.

"그러면 시나리오의 제3안은 뭐였어요?"

나는 그의 교활한 눈을 보면서 물었다.

"그건 여대생을 납치할 때 동원했던 건달들에게 덮어씌우는 거였어요. 그런데 거기까지 가지도 않고 일이 끝난 거예요. 형사나 검사가 내가 한 진술에 퍽 만족했어요."

"왜 집안 어른이고 고모인 회장부인을 굳이 그렇게 했죠?"

"그 양반은 사람이 아니예요. 제가 도망가 있으면서 도움을 많이 청했어요. 그런데 하나도 들어 주지 않았어요. 거기다가 우리 집사람을 때리고 해서 감정이 생겼죠. 집사람을 달래고 위로해 줘야 할 사람이 그게 뭡니까? 그래서 오기로 덮어씌웠죠."

"그러면 회장부인이 주겠다고 약속한 살인 청부 자금 1억7천5백만원은 사실이 아니었어요?"

"그거 다 제 거짓말이에요. 처음에 미행자금 5천만원 받았어요. 그리고 나중에 여대생을 죽이고 나서 내가 협박해서 더 받은 거죠. 회장부인이 법정에서 나한테 협박당했다고 진술했는데 그 말이 사실은 맞아요."

그의 말들은 법정에서 회장부인 측 변호사들이 만들어 냈던 대본과 한 치의 오차도 없이 기계 부품처럼 맞아 들어갔다. 배우의 대사만 조금씩 입장에 따라 바꾸었을 뿐이다.

"그러면 회장부인이 여대생의 아버지 정의택씨를 죽여 달라고 청부한 사실은 요? 그리고 회사 임원인 시동생까지 죽여 달라고 했다고 진술한 것들도 거짓입니까?"

"그것도 다 사실 제가 꾸며댄 거예요. 여대생 살인 청부 하나만 얘기하면 신빙성이 없잖아요? 우리가 다 믿게 하기 위해 덤으로 만든 얘기였어요."

"그러면 이제 와서 밝히겠다는 진실은 뭐죠?"

나는 그들이 종착역으로 가는 길을 알고 싶었다.

"살인 청부의 점만 틀리고 나머지는 대충 맞아요. 또 사실 우리가 여대생을 처음부터 죽이려고 한 건 아니구요."

그가 번복한 말대로라면 회장부인은 이제 무죄고 그들 역시 과실 치사 정도였다.

"그러면 여대생을 산기슭에 데려가 바로 쏴 죽였다는 여태까지의 진술은 어때요? 그것도 거짓말이죠? 말씀대로라면 총이 아니라 먼저 비디오카메라와 주사기를 가지고 올라갔어야 하는데 증거물을 보면 총만 있고 주사기하고 비디오카메라가 없던데?"

나는 그가 다시 만들어 낸 소설 중 허점을 찔렀다. 그는 먼저 비디오카메라로 여대생의 누드를 촬영하고 주사기로 겁을 주기로 했다고 방금 말했었기 때문이다.

"내가 정신이 없어서 깜빡 잊고 총만 가지고 올라갔는데 그것들을 가지러 다시 차로 내려온 사이에 마기룡이가 여대생을 죽여 버린 거예요."

그게 김용국의 한계였다. 누군가 원격 조정하는 대로 열심히 얘기하다가 엉뚱한 질문이 나오면 즉흥적으로 얼버무렸다. 난처해진 그는 얼른 화제를 다른 곳으로 돌렸다.

"내가 회장부인을 물고 늘어지다가 사실 항소심에서는 회장부인을 풀어 줄려고 했어요. 그래서 교도소 이송 버스 안에서 마기룡이에게 항소심에서는 사실대로 말해 풀어 주자고 했더니 마기룡이가 나보고 빨리 회장 측에서 피해자 부모와 합의나 보게 하라는 거예요."

"그런데 왜 합의가 되지 않았죠?"

"회장님이 합의를 하지 않고 변호사들을 시켜 그냥 무죄라고 내뻗어 버렸어요. 그 점은 나도 이상하죠. 이 기회에 우리 고모를 버리기로 했는지."

"그러니까 진실을 말하겠다고 위장하고 변호사인 내게 접근해서 거짓말을 입력시키고 그걸 여태까지 철저히 이용한 거네요?"

"그 점에 대해서는 미안하게 생각합니다."

그가 조금도 미안하지 않은 얼굴로 말했다.

"김용국씨! 최근에 교도소로 누가 면회 왔죠?"

내가 속으로 짐작을 하면서 그를 찔러 보았다.

"처하고 형수하고 왔어요. 내가 그 자리에서 진술을 잘못해서 다 죽는 결과가 나왔다고 하면서 이제부터라도 말을 다시 바꾸겠다고 선언했어요. 그랬더니 제 처가 펄쩍 뛰면서 절대 그렇게 하면 안 된대요. 회장부인이 나오면 자기를 꼭 죽일 거래요. 그런데 옆에 있던 형수는 달라요. 그러지 말고 말을 바꾸라고 시키구요. 그러니까 지금도 사실 누구 말을 들어야 할지 잘 모르겠다니까요."

김용국은 그래도 흔들리고 있었다.

"회장부인 측 변호사가 우리가 재판하는 도중에도 찾아왔었죠? 뭐라고 했어요?"

"항소심을 시작했을 땐데 회장부인 담당변호사가 나를 조용히 찾아와서 나보고 한번 그런 식으로 계속 가 보라고 했어요. 그러면 형이 더 올라 갈 테니 두고 보라는 거죠. 사실 그 때 제가 겁이 나서 감옥 안 다른 사람들에게 물어봤어요.

사람들은 말을 번복하면 불리하니까 그대로 뻗으라고 가르쳐 주더라구요. 그래서 이럴까 저럴까 망설이다가 회장부인 고모 변호사 말을 듣지 않았죠, 그랬더니 보세요. 그 말대로 형이 지금 올라갔잖아요?"

결국 그의 머릿속은 회장부인 측 변호사의 판단이 맞다는 생각이었다. 회장부인 측의 강한 시도가 다시 꿈틀대고 있었다. 그렇게 하려면 마기룡도 새로운 연극에 끌어들여야 했다. 무기징역을 받은 그가 과연 협상에 응할까? 그 역시 형이 깎인다고 보장해 주고 돈을 주면 응할 인간이었다. 손이 뻗치기 전에 마기룡을 만나야겠다는 생각이 들었다.

28

대단원의 막

다음날 나는 마기룡을 찾아갔다. 구치소 안은 음습한 동굴 같았다. 축축하고 비릿한 공기가 가득 찼다. 같은 장소인데도 찾아갈 때마다 느낌이 달랐다. 음모가 곰팡이처럼 자라나는 냄새를 맡았기 때문인지도 몰랐다.

마기룡이 내가 기다리는 유리박스 안으로 들어왔다. 개인적으로는 처음 보는 셈이다. 턱수염이 무성하게 자란 창백한 얼굴이었다. 눈에서는 서늘한 빛이 흘러나왔다. 그가 본능적으로 나를 살피고 있었다.

나는 여러 종류의 살인범을 만났었다. 본인들은 아무리 숨기려고 해도 공통적으로 느껴지는 건 그 눈의 깊은 곳에서 나오는 금속성의 차디찬 빛이었다. 마음의 눈으로는 분명 그걸 볼 수 있었다.

"혹시 저한테 하고 싶은 말이 있으면 해 주시죠."

순간 그가 신경을 곤두세우고 나를 살폈다.

"그렇게 말씀하시면 제가 뭘 얘기해야 할지 모르겠네요."

김용국과는 달리 그는 침착했다.

"이미 재판은 끝났습니다. 제가 정확히 모르고 마기룡씨를 공격한 점은 없었나요? 더러 그런 실수를 합니다."

그는 비로소 경계심을 늦추는 얼굴이었다. 그가 잠시 생각하더니 이윽고 이렇게 말했다.

"잘 아시다시피 전 사회에 나와서는 거칠게 살았습니다. 남들이 보기에는 뜬구름 잡는 것처럼 살았죠. 배운 것 없고 기술도 없는 놈이 세상에서 뭘 할 수 있었겠습니까? 살다 보니까 사채꾼들의 세상에 들어갔고 쓰레기 같은 삶을 살았죠."

그는 자신을 직시하고 있었다. 그에게는 김용국과는 다른 면이 있었다.

"정말 여대생 아버지 정의택씨를 죽이려고 했습니까?"

내가 물었다. 그의 말을 직접 들어보고 싶었다.

"정말 죽이려고 했습니다."

마기룡이 담담하게 내뱉었다. 아직 김용국과 말을 맞춘 단계는 아닌 것 같았다. 내가 발 빠르게 온 게 다행이었다.

"그러면 굳이 그걸 자백했던 이유는 뭐죠?"

시나리오까지 짜고 연습을 했던 치밀한 그들이었다.

"제가 스스로 자백한 건 아니고 다른 부분하고 연결이 되다 보니까 그렇게 한 겁니다. 왜 형사들은 물은 걸 또 묻고 사람 진을 빼잖아요? 그런 속에서 다른 부분하고 관련이 되어 제가 빠져나가지 못했어요."

일리가 있었다. 계산상 그럴 땐 털어놔 버리는 게 유리했다.

"재판 도중 심정이 어땠어요?"

"죽은 여대생 아버지 정의택씨를 부르는 게 정말 싫었어요. 회장 측에서 합의도 안 하고 사죄도 하지 않는데 나와서 무슨 좋은 소리를 하겠습니까? 오히려 그 사람 때문에 형만 더 올라갈 수 있다고 생각했죠."

그의 계산은 정확했다. 마기룡이 계속했다.

"그런데도 재판 받으러 가는 버스 안에서 김용국을 보면 천하태평이에요. 그 표정에서 자기는 빨리 석방되고 나는 사형당한다는 걸 읽었어요. 김용국이와 저는 동창이고 친구지만 이제는 그 인간 정말 신물이 올라올 정도로 싫어요. 판결문을 읽어 보면 판사도 제가 우발적인 살인범이고 프로는 아닌 것 같다고 그랬어요. 그런데 친구였다는 그 새끼는 뭐라고 하는지 아시죠? 나를 전문적인 살인 청부업자라고 노골적으로 씹는 거예요. 정말 언젠가 살아서 만나면 서로 꼭 풀어야 할 것들이 있어요."

갑자기 흥분해서 말하는 그의 얼굴이 흉하게 일그러졌다. 왜 김용국은 재판 도중 이송 버스 안에서 천하태평이었을지, 이제는 대충 짐작이 갔다. 김용국은 진실을 말하는 태도를 취하고 있었다. 죽은 여대생의 아버지는 진실하기만 하면 그에게만은 합의서를 써 주겠다고 했다. 김용국은 자기만은 빠져 나갈 수 있다고 자만했는지도 모른다. 그러나 나중까지 죽은 여대생의 아버지는 합의서를 써 주지 않았다. 김용국도 도저히 용서가 안 된다는 것이다. 나는 김용국이 한 말을 꺼내 그에게 묻기로 했다.

"김용국의 말로는 마기룡씨는 재판부의 동정을 받기 위해 고도의 심리 작전으로 국선 변호사를 선택했다는데 어떻습니까?"

회장 측은 말을 맞추기 위해 마기룡에게 변호사를 붙이려고 했다. 그러나 마기룡은 그걸 거절하고 국선 변호사를 요구했었다. 마기룡의 얼굴이 붉으락푸르

락 변했다. 그가 참느라고 숨을 씩씩거리더니 이렇게 내뱉었다.

"저는 형제들조차 면회를 안 올 정돕니다. 그런 사람이에요. 그런데 누가 예쁘다고 변호사를 선임해 주겠습니까? 이 사건도 돈이 없어 쫓기다가 마지막에 국선 변호사가 나선 겁니다."

나는 이제 핵심으로 들어가도 되겠다는 느낌이 들었다.

"체포된 이후를 대비해서 시나리오를 만드셨던데 그 내용을 말해 줄 수 있어요?"

"해외로 도피하고 나서 인터넷을 통해 수사 상황을 알게 됐습니다. 6일에 납치를 하고 10일 살해한 것으로 경찰은 추정하고 있더라구요. 전 죽였다고 하고 싶지 않았죠. 그래서 가공의 인물을 등장시켜 그 쪽으로 책임을 떠넘기려고 했습니다."

"시나리오 제2안은요?"

내가 김용국의 말을 떠올리며 물었다.

"제2안이라뇨?"

마기룡의 눈이 커지면서 되물었다.

"김용국씨가 이제야 진실을 털어 놓겠다면서 시나리오의 제2안은 회장부인을 물고 늘어지는 물귀신 작전이라고 했어요. 사실 회장부인은 미행만 시켰는데 마기룡씨와 김용국이 실수로 여대생을 죽였다면서요? 그 점을 확인하고 싶습니다."

마기룡의 얼굴이 흉측할 정도로 일그러졌다.

"미친놈, 정말 개새끼네."

그가 거칠게 내뱉었다. 내가 계속했다.

"제3의 시나리오는 동원했던 건달에게 살인 혐의를 뒤집어씌우는 거라고 하던데요."

나는 마기룽의 표정을 살피면서 물었다.

"그런 제2안, 제3안은 없었습니다."

그의 얼굴에 묘한 비웃음이 일었다.

"변호사님, 제가 한 가지만 말씀드릴까요?"

그가 이제야 뭔가 알겠다는 듯 웃으면서 나를 보았다.

"얼마 전 김용국이한테서 비밀 쪽지가 왔습니다. 회장부인 측하고 김용국 담당변호사님이 우리를 구하려고 뭔가 새로이 일을 꾸미고 있으니까 식사나 잘 하고 있으라고 써 있더라구요."

마기룽은 더이상 그들을 신뢰하지 않는 것 같았다.

"다시 물읍시다. 회장부인이 살인교사를 지시한 게 사실입니까, 아닙니까?"

내가 정색을 하고 다시 물었다.

"사실입니다. 회장부인이 살인을 시켰어요. 그 여자 절대 좋은 사람이 아닙니다. 살인 후 잔금을 달라고 해도 주지 않았어요. 해외에 도피해 있을 때 김용국이를 이용해서 나까지 죽이려고 했어요. 어떻게 한지 아세요? 용국이가 북한사람에게서 마약을 사고 나보고 거기 이틀만 있으라고 했어요. 이쪽에서 마약이 진품인지 확인하는 동안 북한 측은 인질을 잡게 돼 있거든요. 거래가 뒤틀리면 인질은 바로 죽어요. 정말 난 그 때 김용국에게 속아서 죽을 뻔했죠. 그래도 난 중국에서 도망 다니면서 용국이를 보호했어요. 그런데 회장부인과 용국이는 나까지 죽여서 이 사건을 영원히 미궁에 빠뜨리려고 공작한 거예요. 난 칼 한 자루 가지고 도망 나왔었어요. 그런 인간들하곤 더이상 거래 안 해요."

마기룽이 협조를 안 하면 그들의 대법원에서의 작전 계획은 실패로 돌아갈 것이다. 그가 덧붙였다.

"중국에 도망해 있을 때 같이 아파트에 있어 보면 용국이 그 게으른 새끼는 하루 종일 방안에 누워 뒹굴고 텔레비전만 보고 있었어요. 더러 조선족 계집애를 끼고 헬스클럽이나 다니구요. 그리고 무슨 일이나 저를 머슴같이 부렸어요. 난 담배 값도 없어서 헤매는데 말이죠.

이 사건에서 더이상 감추어진 건 별로 없어요. 제 생각으로는 회장부인 측에서 뭔가 신호가 다시 온 거예요. 우리가 다 덤터기를 쓰고 회장부인을 빼내자는 수작이겠지요. 변호사님이 왜 오셨는지 이제 알겠는데 사실대로 털어 놓죠 뭐. 얼마 전 이송 버스 안에서 김용국이가 나보고 어차피 이렇게 됐는데 돈이나 받아야 할 거 아니냐고 했어요. 전 싫다고 그랬습니다. 평생 감옥에서 살 텐데 돈이 있으면 뭘 합니까? 그리고 그 인간들한테 한 번 더 속는다고 생각해 보세요. 얼마나 한이 맺히겠어요? 재판을 받을 때는 고모 조카 간 서로 죽일 것같이 으르렁대더니 지금 모습 보세요. 이제는 나만 살인범으로 몰고 자기네들은 다 빠져나가려고 하잖아요?"

그들의 새로운 연극이 쉽지만은 않을 것 같았다.

"김용국의 처는 어떤 사람입니까?"

그녀는 앞으로 변할 것 같았다. 지금까지의 태도만 해도 칭찬할 만했다. 그래도 진실해 보려고 노력하던 여자였다.

"그 여자가 사무원으로 있을 때 제가 알고 지내다 용국이에게 소개했어요. 아주 착한 여자죠. 중국에 도망가 있을 때도 용국이에게 자수해서 진실을 말하라고 호소했었어요."

"지금의 그 여자에 대해서는 어떻게 생각하죠?"

그는 망설이는 표정을 짓다가 이렇게 대답했다.

"이제는 뭐라고 말 못하겠습니다."

그녀는 현실과 타협했다는 표현이었다.

회색 구름이 구치소 담장까지 내려와 있었다. 내가 주차장에 세워둔 차를 타려고 할 때였다.

"변호사님!"

뒤에서 여자 목소리가 나를 불렀다. 돌아 보니 김용국의 처가 서 있었다. 김용국을 면회하고 밖에서 기다리고 있었던 것 같았다. 내가 그녀에게 물었다.

"남편이 다시 말을 바꾼 거 아시죠?"

"대충은 알아요."

그녀의 얼굴에 묘한 그늘이 져 있었다. 진실해도 소용없다는 절망감인지도 몰랐다.

"바꾼 말들이 사실입니까?"

"그런 것 같아요."

그녀는 자신 없는 어조로 마지못해 대답했다. 안타까웠다.

"앞으로 재심을 시도하실 것 같은데 모험을 다시 감행하시겠어요? 그래도 세상이 모두 바보는 아닌데요."

내가 뼈 있는 말을 던졌다.

"……."

그녀는 아무 말이 없었다. 이미 다른 세계로 간 얼굴이었다.

"회장 측에서 이번에는 얼마나 주겠다고 하던가요?"

"아니, 절대 그런 적 없어요."

그녀가 과잉 반응을 보이며 부인했다. 그녀가 덧붙였다.

"변호사님, 앞으로는 이 사건에서 손을 떼 주세요."

그녀는 더이상 내 편이 아니었다.

시간이 흐르면 그 사건은 점차 망각 속에 묻힐 것이다. 그 때쯤 되면 회장부인 측은 김용국과 마기룡을 위증죄로 고소할 것이다. 그게 재심을 위해 필요한 절차였다.

김용국과 마기룡은 시나리오에 따라 정확히 거짓말을 할 것이다. 담당검사는 범인들이 스스로 위증죄를 범했다고 인정하는데 어쩔 수 없을 것이다. 명확한 재심사유가 성립되고 회장부인은 보란 듯이 무죄가 되어 세상에 나올 것 같았다.

내가 할 수 있는 마지막 일은 그 동안 내가 보고 듣고 느꼈던 일들을 사진같이 글로 써서 고정시켜 두는 일이었다.

이제는 내가 폭풍의 중심에 있는 결정적인 증인이었다. 나는 몇 달간 그 동안 있었던 일들을 열심히 글로 써서 언론사에 보냈다. 다행히 그 원고가 신문에 나면서 여론을 불러일으켰다.

그로부터 1년이 흐른 어느 날이었다. 검찰청에서 나를 소환한다는 전화가 왔다. 내가 쓴 글이 진실인지 수사를 해야겠다는 것이었다. 나의 마지막 배역은 검사에게 조사를 받는 피의자 역할이었다.

"김용국이나 마기룡은 변호사에게 이런 말들을 한 적이 전혀 없다는데 왜 이런 글을 쓰셨습니까?"

검사가 물었다.

"저는 들었습니다."

"이 글들 재미를 위해 창작하신 허구의 소설들 아닌가요?"

검사가 추궁했다.

"진실입니다."

내가 짧게 대답했다.

"진실이라면 증명해 보시죠."

검사가 다그쳤다.

"그건 앞으로 검사의 몫 같은데요, 직접 하시죠."

내가 조사받는 사실을 알고 죽은 여대생 아버지 정의택씨한테서 전화가 걸려 왔다. 그가 흥분한 목소리로 말했다.

"저는 생명이 붙어 있는 날까지 그 악마들과 싸울 겁니다. 대법원에서 뇌물 주고 장난칠까 봐 지켜봤죠. 또 교도관을 매수해서 형 집행정지로 나오려는 것도 감시했었어요. 참 제가 변호사님에게 한 가지 사과할 게 있어요. 제가 진실을 말하면 합의서를 써 주겠다고 약속한 걸 지키지 않아서 미안합니다. 왜 그랬는지 이제는 아시죠? 나도 뱀처럼 교활해질 필요가 있더라구요."

하늘은 악마를 끝까지 돕지는 않는 것 같았다. 그 무렵 국무총리의 골프 로비 사건이 터졌다. 국무총리가 한 재벌과 24시간이나 골프를 치면서 지냈다는 뇌물 의혹 사건이었다. 언론이 연일 대서특필하고 국회에서 그 문제가 정치쟁점화됐다. 국무총리에게 로비를 한 당사자는 바로 그 여대생을 청부 살해한 그 재벌 회장이었다. 모든 여론이 회장에게 화살을 쏘아댔다. 마침내 국무총리가 자리에서 물러났다. 그리고 나에 대한 조사도 더 이상은 없는 것 같았다.

유리 인형

1

고일심이 한 줌의 재로 야산에 뿌려진 지도 12년이 넘었다. 수재였고 재벌그 룹의 후계자였던 그는 이제 어느 누구의 기억에도 남아 있지 않았다. 진정한 사 랑에 목말라했던 남자, 오색영롱한 유리장식품이었지만 이혼당하고 깨져 버린 남자, 그에게 있어 이혼은 인생무대에서의 퇴장을 의미했다. 그래서 그는 세상 에서 아주 사라져 버렸다. 나는 지금도 그가 잡으려고 허둥대던 그룹의 거대한 건물 옆을 지나갈 때면 그의 환영을 보곤 한다.

나는 이제부터, 이 아름다운 세상에 태어나 제대로 보지도 듣지도 느끼지도 못한 채 사라져 간 한 중년의 사나이를 되살리려 한다. 그와 같은 입장에 놓인 남자들의 과감한 이혼을 위해, 그리고 살아도 죽은 중년남자들의 영혼의 부활 을 위해…….

2

내가 반포동 산비탈에 있는 빌딩 한구석에서 변호사 사무실을 시작한 지 얼마 안 됐을 때다. 모든 것이 힘들 때였다. 임대보증금은 아내가 옆집에서 꾼 돈으로 마련했고, 사무실 집기는 부도가 난 친구가 쓰던 것이었다. 나는 텅 빈 사무실에 서 의뢰인을 기다리고 있었다. 문 앞 대기실은 손님이 기다리라는 것인지 여직원 이 기다리라는 것인지 구분 못 할 정도였다. 초라한 시작이었지만 사건만은 명품 을 만들어 내는 장인같이 처리하고 싶은 꿈을 꾸고 있었다. 나는 페이메이슨 같 은 명변호사가 되고 싶었다.

법률사무소를 개설해 놓고 춥고 불안했던 마음과는 달리 창문 밖은 녹색이 짙어가는 따뜻한 봄날이었다. 벌써 초여름의 더위가 조금씩 다가오는 어느 날 오후였다. 고등학교 동창인 고일심이 사무실로 예고도 없이 불쑥 들어섰다. 구겨진 겨울점퍼를 입고 싸구려 비닐가방을 어깨에 걸친 채였다. 푸석푸석한 얼굴에 검게 수염이 자라 있었다. 그 모습은 내 뇌리에 새겨진 그의 옛 인상과는 너무 달랐다. 20대 후반에 전방부대에서 초급 법무장교 시절 그와 만났던 기억이 흑백영화의 한 장면같이 아스라이 떠오르고 있었다.

육군 대위로 전방 근무를 하고 있던 나는 모처럼 외박을 얻어 서울로 올라왔다. 때마침 그날 저녁 고등학교 동창회가 있었다. 이제 사회에 첫발을 디딘 동창들은 모두 패기가 넘치고 있었다. 침을 튀기면서 은근한 과시와 자기 자랑을 하고 있었다. 호텔 연회장을 빌려 하는 동창회에서 유독 눈에 띄는 멋쟁이가 고일심이었다. 하얀 얼굴에 검고 짙은 서글서글한 눈을 가진 그는 탤런트 뺨치는 미남이었다. 그는 갈색의 고급 모직재킷에 줄무늬 와이셔츠를 단아하게 받쳐 입고 있었다.

그는 단연 친구들 사이에서 주인공이 되어 활기차게 얘기를 하고 있었다. 학교 시절 그와 가깝지 않았던 나는 그가 그저 부잣집 아들이려니 추측했을 뿐이었다. 동창회가 끝날 무렵이었다.

갑자기 그가 호기 있는 목소리로 나를 불렀다.

"어이! 강 대위, 같이 가서 한 잔 하지?"

그가 내게 2차를 권했다. 나는 머뭇거렸다. 전방에서 입던 때묻고 구겨진 초라한 군복 차림이었기 때문이다. 어쩐지 그와는 안 어울린다는 느낌이 들었다. 짐작에 그가 가자는 2차 술집도 꽤나 비쌀 것 같았다. 자존심상 팁만은 내가 내야 할 것 같았다.

주머니에는 꼬깃꼬깃 접은 만원권 한 장이 달랑 들어 있을 뿐이었다. 마장동 시외버스 터미널에서 철원 지역으로 가는 버스비였다. 그러나 강권하는 그의 호의를 뿌리치지도 못하고 어물대는 사이에 그의 피아트132에 타고 말았다.

잠시 후 나는 한남동의 룸살롱 앞에 내렸다. 하얀 와이셔츠에 나비넥타이를 맨 웨이터들이 뛰어와 공손하게 차 문을 열었다. 고일심이 차에서 내려 익숙하게 안으로 걸어 들어갔다.

고급 대리석을 깐 실내는 궁전 같았다. 화려한 룸들의 문이 잠시 열릴 때마다 밴드의 소리가 흘러나왔다. 고일심의 뒤를 따라 특실 안으로 들어갔다. 늘씬하게 빠진 미모의 아가씨들이 들어와 사이사이에 끼어 앉았다. 나는 속으로 안절부절못했다. 함께 온 친구에게 살짝 물어보았다.

"저 아가씨들 팁은 얼마 줘야 하나?"

"3만원이 기본이야. 더 주고 싶으면 그건 자유고."

친구가 대수롭지 않은 표정으로 말해 주었다. 호기심에 엉거주춤 괜히 따라왔다는 후회가 솟았다.

"안녕하세요?"

옆에서 해말쑥하게 생긴 20대의 예쁜 여자가 방긋 웃으며 인사했다. 예뻤다. 말을 걸어보고 싶었다. 그러나 그녀가 나 때문에 하루 저녁 수입을 허탕칠 것을 생각하니 걱정이 됐다. 빨리 다른 방으로 쫓아 보내야 할 것 같았다. 나는 억지로 불쾌한 인상을 짓고 외면한 채 무뚝뚝하게 있었다. 말을 걸려다가 그녀는 멋쩍은 표정으로 내 옆에 얌전히 앉아 있었다. 나는 속으로 진땀이 흘렀다. 양주와 꿀에 잰 생송이가 안주로 나오고 폭탄주가 몇 차례 돌았다.

"요즘 정치 상황이 말이야. 양 김씨가 대통령이 되어야 하는데 전두환 소장이라는 사람이 심상치 않단 말이야."

고일심은 나이를 뛰어 넘은 원숙한 태도와 노숙한 어조로 정치문제를 거론했다. 육군 대위가 생각할 문제로는 너무 무거운 주제였다.

밴드가 나와 흥겹게 연주를 시작했다. 고일심이 나가 마이크를 잡고 분위기를 고조시켰다. 많이 해 본 능숙한 솜씨였다.

그가 노래를 하고 있을 때 옆에 있던 친구가 속삭였다.

"고일심이 어떤 신분인지 아니?"

"어떤 신분이라니? 원래 아버님이 장관도 하고 중진 정치인 아닌가?"

내가 대충 들은 얘기를 말했다.

"그게 아니고 얼마 전 T그룹 총수의 맏딸과 결혼했어. 딸만 둘 있는 그 재벌회장은 아예 맏사위 고일심을 후계자로 삼기로 정식으로 발표까지 했어. 고일심은 지금 후계자 수업을 받는 중이지."

권력과 재벌의 결합이었다. 그리고 현대판 귀족들의 만남이었다. 나와는 관계없는 먼 나라의 얘기 같았다. 고일심은 귀공자답게 술집에서의 행동도 매끈했다. 술자리가 끝나갈 무렵 그가 두둑한 지갑을 꺼내어 팁을 넉넉히 돌렸다. 내내 불안했던 나의 고민이 일순간 풀어졌다. 옆에 있던 예쁜 여자와 말이라도 한마디 할 걸 하고 아쉬움이 일었다. 그는 같이 갔던 친구들 한 명 한 명 따뜻하게 악수를 하고 기사가 대기하는 피아트132를 타고 밤늦은 길을 사라졌었다.

12년 만에 내 앞에 나타난 고일심의 모습에서는 예전의 그의 흔적을 찾을 수 없었다. 허물어지고 뭔가에 쫓기는 듯 불안한 표정이었다. 주위를 두리번거리며 잠시도 눈동자를 가만두지 않았다. 그가 이윽고 조심스럽게 입을 열었다.

"저, 어디서 민완형사 한 명 소개받을 수 없을까?"

그는 내가 군을 마치고 잠시 정보수사기관에 근무한 걸 알고 있는 것 같았다.

"왜?"

"꼭 잡아야 할 나쁜 놈이 있어서."

그의 눈에서 강한 증오가 뿜어 나왔다.

"누군데?"

내 말에 그가 잠시 주저하는 표정을 지었다.

"그건 나중에 필요하면 알려 줄게."

조직을 관리한 그답게 조심하는 태도가 보였다. 호기심이 일었다.

"어떤 내용인데? 그것도 비밀이야?"

"사실 난 지금 굉장히 고통받고 있어. 누군가 나를 죽이려고 오래 전부터 비방굿을 하며 저주하고 있어. 먼저 무당놈을 꼭 잡아야 해."

그가 눈을 부릅뜨고 이를 부득 갈았다. 그 표정이 섬뜩했다.

"고통받는 증상은 어떤데?"

비방굿이라는 관념이 얼핏 마음에 다가오지 않았다.

"몇 년째 이따금씩 머리가 빠개지는 것같이 아프고 온 몸에 힘이 빠져. 그런데도 병원에 가 보면 아무 이상이 없다는 거야."

그가 마치 골이 아픈 듯 두 손으로 머리를 감싸며 계속했다.

"나 같은 과학도가 그런 소리를 한다고 이상하게 여기지는 말아 줘. 확실히 주기적으로 나를 저주하는 인간이 있어. 미신이라고 할지 몰라도 확실해. 그런데 내 실력으로는 현장을 덮쳐서 굿을 시킨 놈이나 무당을 잡을 수가 없다는 거야. 그래서 민완수사관이라도 한 사람 사서 그 자들을 잡으려는 거야."

그의 표정은 절실했다.

"그런 기미를 어떻게 느꼈어?"

나는 그의 말을 확인하고 싶었다. 피해의식일 수도 있었다.

"일정 기간마다 귀신같이 속옷이나 내가 입던 옷이 없어져. 그런 일이 있은 후 얼마가 지나면 아픈 증상이 나타났어. 벌써 몇 년째야. 그리고 수소문을 한 결과 나를 저주하는 그놈한테 자주 나타나는 박수무당도 있고."

그의 확신은 화석같이 굳어 있는 것 같았다.

"설령 비방굿을 했어도 그건 법적 처벌 대상이 아니야. 수사관 동원은 힘들 것 같은데……."

내가 판례를 인용하면서 설명해 주었다. 그가 실망한 표정으로 조용히 사무실을 나갔다. 그는 앞뒤 얘기를 비밀에 부치고 있었다.

3

고일심이 그렇게 왔다 간 지도 한 달이 흘렀다. 사무실의 유리창으로 저녁 어스름이 물결이 되어 흘러들었다. 직원을 먼저 퇴근시키고 혼자 앉아 있었다. 암자 같은 적막한 사무실에 앉아 이 생각 저 생각 하다가 이윽고 퇴근하기 위해 서류와 책을 가방에 챙겨 넣고 있을 때였다. 고일심이 뜬금없이 사무실 안으로 들어왔다.

"나, 상담 좀 하자."

그가 다급한 어조로 나를 붙잡았다.

"이건 도대체 변호사라는 놈들이 고객의 얘기를 들으려고는 하지 않고 화만 벌떡벌떡 내니 성질이 나서 견딜 수가 있어야 말이지."

"무슨 일인데?"

그에게 의자를 권하며 물었다.

"솔직히 말해서 나 장인한테 이혼 소송 당했어. 넌 잘 모르겠지만 우리 마누란 혼자 이혼 소송을 할 만큼 강한 여자가 아니야."

그가 본론을 꺼냈다.

"이혼 소송을 당한 이유가 뭐야?"

"법원에서 온 서류를 보니까 내가 미친놈이라는 거야. 정신병자가 수시로 마누라를 괴롭혀서 더이상 못 살겠다는 거야. 솔직히 말하면 내가 피해자야. 그런데 어떻게 이럴 수가 있어? 게다가 위자료로 3억원을 달라고 청구했어."

그는 어처구니없다는 표정이었다.

"지금, 소송이 어떤 상태에 있어?"

내가 수첩을 꺼내들고 적을 준비를 하며 물었다.

"장인이 대한민국 최고의 변호사를 선임했어. 나도 자존심이 있는데 가만히 있을 수는 없지. 나대로 이름 난 변호사에게 부탁했어. 그런데 내 변호사가 문제가 많아. 찾아가서 무슨 말을 하려고 하면 화를 벌컥 내고 아버지나 형을 데리고 오라는 거야."

"무슨 말을 했길래?"

"장인이 나 죽으라고 비방굿을 했다는 얘기."

사실 변호사들이 들으면 황당한 얘기였다. 확증도 없고 법적으로 문제를 삼기가 힘들었다. 그가 한심한 듯 투덜거렸다.

"나란 놈도 그렇지. 나이 사십이 넘은 놈이 칠순 아버지를 모시고 변호사 사무실로 가겠어? 그리고 형님이 계셔도 서로 바빠서 명절에 한 번 만나기도 힘든데 무슨 좋은 일이라고 내 이혼 문제에 개입시키겠어?"

일리 있는 말이었다. 그는 나를 의식하는 것 같았다.

"어쨌든 나도 지성인이야. 아내에게 품위 없는 행동을 했거나 약점을 잡히지는 않았어. 내 변호사 말이야, 법원장을 지냈다고 해서 선임했는데 말 한 마디 마음대로 못하겠어. 그러니까 자네가 도와 줘."

그가 진지하게 부탁했다.

"나가서 저녁이나 먹으며 얘기하지."

사무실 근처의 작은 한식집은 손님이 별로 없었다. 우리는 구석자리에 앉아 전골과 밥을 시켰다. 그가 소주를 주문했다. 술이 몇 잔 들어가자 그는 천천히 자신의 얘기를 털어놓기 시작했다.

"이 나이면 남들은 안정된 가정을 완성할 땐데 반대로 난 모든 걸 잃어버리게 됐어. 가정도 사랑도 아이들도 말이야. 나도 저녁이면 서재에서 클래식을 들으며 평화롭게 살아가고 싶었는데, 이제는 아무것도 없어."

그는 앞에 놓인 소주잔을 들어 단번에 입 속으로 털어 넣었다. 잠시 후 그의 얼굴에 혈색이 돌기 시작했다.

"지나온 날들을 솔직히 알고 싶은데."

내가 물었다.

"이렇게 되니 있는 그대로 말해야겠지. 한번 들어 봐."

그가 지난 결혼 생활에 대하여 털어 놓기 시작했다.

4

국회의원의 아들인 고일심은 삼형제 중 둘째였다. 형제 중에서 가장 총명했던 그를 어머니는 특히 사랑했다. 한때 장관을 지낸 아버지는 아들을 일류 초등학교에 입학시켰다. 중학 입시가 치열하던 시절이었다. 점심 시간이면 운전기사가 따뜻한 도시락과 보온병에 든 우유를 가지고 왔다. 수업이 끝나면 가정교사가 그를 돌봤다. 성질이 온순했던 그는 부모의 말에 순종했다. 그는 명문 중·고등학교에 무난히 들어갔다.

언제나 그는 부모의 자랑스러운 아들이었다. 그는 실패를 모르고 엘리트 코스의 종착역까지 무사히 도달했다. 과학원을 거쳐 미국의 대학원 연구원 과정까지 우수하게 마쳤다. 미국인 지도 교수가 그에게 학교에 남으라고 권유할 정도였다.

그는 흠 한 점 없는 신랑감이었다. 다만 열정적으로 사랑 한번 못해 본 게 아쉬운 점이었다. 몇 분도 아껴야 하는 연구에 몰두하다 보니 데이트 할 시간도 없었던 것이다. 연일 전문 중매꾼들은 일등 신랑감인 그에게 접근했다.

그의 집으로 어느 날 정식으로 중매가 들어왔다. 딸만 있는 집안의 맏사위 자리였다. 신부감은 재벌 화장품 회사의 오너의 딸이었다. 여자 측에서는 사위를 들이면 경영 수업을 시켜 후계자로 삼을 예정이라고 아예 조건을 못박았다. 장관 집안과 재벌의 저울대는 적정한 균형을 이루었다. 혼사는 급진전되어 마침내 성대한 결혼식이 열렸다. 식장 부근은 한꺼번에 몰려온 하객의 자동차 물결로 교통이 마비됐다. 그 때문에 교통순경들이 진땀을 흘려야 했다.

유럽으로 신혼여행을 다녀온 후 고일심은 그룹 기획실로 발령이 났다. 그는 정열적으로 일을 시작했다. 기업의 경영을 점검하고 새로운 아이디어를 내려고 애썼다. 장인인 회장에게 자신의 능력을 알려 주고 싶어서였다.

그러나 그가 모르는 사이에 거센 역풍이 일고 있었다. 창업공신들과 임원진이 노골적으로 그를 견제하기 시작했다. 장인인 회장은 일제시대부터 시골 장바닥에서 '구리무'를 팔던 장돌뱅이였다. 잡초 같은 생명력으로 장인은 8·15 해방과 6·25전쟁을 거치면서 기업을 일으킨 강인한 사람이었다. 임원들 역시 그런 보스 밑에서 부도의 위험과 경영위기를 극복한 장인의 오랜 동지들이었다. 그들에겐 신데렐라같이 갑자기 나타난 후계자 고일심은 미움의 대상이었다.

고일심에 대한 보이지 않는 움직임이 그룹 내에서 연기같이 피어올랐다. 뒤에서는 조소와 빈정거림, 그리고 가시 돋친 시선들이 가득했다. 한번은 고일심이 화장실에 들어가 있을 때였다. 밖에서 몇 명의 직원이 자기들끼리 떠들며 웃는 소리가 들렸다.

"그 자식 말이야. 장가를 든 게 아니라 시집을 온 거지. 딸만 있는 집안의 후계자로 왔으면 그게 데릴사위잖아. 데릴사위는 며느리하고 똑같은 거잖아? 일본에서는 성도 장인 걸로 간다고 하던데, 자식도 엄마 성을 따르고. 그러니까 고씨가 아니라 김씨가 되어야 한단 말야. 그 자식은 남자가 아니라 불알 찬 여자로 온 거야, 여자."

화장실 안에 있던 고일심은 얼굴이 화끈거렸다. 심한 모욕감이 들었다. 직원들은 얘기를 하다가도 자기만 근처에 가면 뚝 그쳤다. 그는 임직원들이 일하는 바다에 혼자 떠도는 기름이었다. 그는 질투에서 나온 못난 행동에 신경 쓸 것 없다고 자신을 타일렀다. 자기 길만 꿋꿋이 가면 그만이라고 생각했다. 언젠가 위치가 되면 그런 입방아들도 단번에 잦아들 것이 틀림없었다. 뭔가 빨리 보여 주는 게 중요했다.

회장인 장인에게 부족한 요소는 학벌이나 관료 집단과의 연줄이었다. 고일심이 그 부분을 맡아야 할 것 같았다.

고일심은 그룹 간부들과 경제 관료들과의 중간 역할에 전력을 기울였다. 행정고시에 합격하고 경제부처에서 일하는 동창들이 많았다. 무뚝뚝한 장인 회장은 이렇다 저렇다 말은 안 했지만 싫은 기색은 아니었다.

어느 날 저녁, 그는 그룹 임원들을 데리고 청운동에 있는 요정으로 갔다. 넓은 잔디정원에 보기 좋은 나무들이 늘어서 있는 한옥이었다. 기름이 흐르는 넓은 온돌 방바닥 위에 술상이 준비되어 있었다. 그가 초청한 경제 관료들이 와서 기다리고 있었다. 대청마루에서는 가야금과 장고, 그리고 피리가 창부타령을 연주하고 있었다. 소리꾼이 창을 하고 여덟 폭 한복을 곱게 차려입은 여자가 부채

춤을 추었다.

술이 몇 순배 돌았다. 그의 옆에는 은은한 청색 한복을 입은 VIP 담당 미녀마담이 직접 술시중을 들었다. 역대 대통령과 총리도 모신 최고의 미인이었다. 결혼을 한 후 그는 어느 자리에서나 황태자 취급을 받았다. 술잔이 그에게 집중되고 미녀들의 공략 대상이 되기도 했다. 노련한 그룹 임원들은 수시로 젊은 회장님인 그에게 미녀를 붙이려고 기회를 노렸다. 술자리에서 흥이 무르익을 무렵이었다. 창업공신 박 전무가 고일심 옆에 새로 들어온 아가씨에게 호기를 부리며 말했다.

"아가씨 말이야, 여기 계신 우리 작은 회장님을 오늘 밤 모실 수 있다면 내가 천만원을 현찰로 당장 이 자리에서 내놓을 게. 모실 수 있나?"

박 전무는 지갑에서 새파란 백만원 수표 열 장을 빼서 술상 위에 놓았다. 여자들 사이에서 환호성이 울렸다. 고일심의 옆에 있던 여자가 요염한 미소를 지으며 대답했다.

"세상에 여자 싫어하는 남자가 어디 있어요? 제가 한번 해 볼게요."

그녀는 살그머니 고일심에게 몸을 기대오며 그를 노골적으로 자극했다. 고급 향수 냄새와 여자의 체취에 고일심의 가슴은 방망이질 쳤다. 그녀의 보드랍고 하얀 손이 그의 허벅지 근처를 쓰다듬었다. 그의 아랫도리가 불끈 솟아올랐다. 옆에 있던 김 상무가 은근한 어조로 충고를 했다.

"작은 회장님, 수천 명의 그룹사람들을 이끌기 위해서는 호기와 배포가 중요합니다. 우리 모두 산전수전 다 겪은 사람입니다. 비밀을 철저히 지켜 드리고 보좌할 테니 여자부터 정복하는 방법을 배우세요. 사업 별 거 아닙니다. 여자부터 다룰 줄 알아야 합니다."

그는 괴로웠다. 속에서 피가 끓고 있었다. 그들의 말이 맞는 것 같기도 했다.

'그래도 시험에 넘어가면 절대 안 돼.'

그는 스스로 그렇게 마음을 다잡았다. 노회한 임원들은 그런 그를 재미있다는 듯 보고 있었다. 회사에서 그는 하루하루 무대 위에 노출된 피에로였다. 그의 말 한 마디, 행동 하나하나가 귀신같이 회장에게 보고 되었다.

그룹에서 1년에 한 번씩 미스코리아를 뽑고, 그녀를 위한 자축 파티를 열었다. 그룹 홍보를 겸해서 탤런트, 가수, 배우, 사회 명사들을 초청해 호텔에서 성대하게 여는 파티였다. 고일심은 그 행사에서도 작은 회장님으로 주빈의 역할을 해야 했다. 그는 인사를 하는 미스코리아가 눈부실 정도로 예뻐 보였다. 괜히 얼굴이 붉어지고 가슴이 울렁거렸다.

그룹 임원들은 그의 이런 당황한 모습을 놓치지 않고 보고 있었다. 미스코리아로 뽑힌 미녀가 기획실로 발령받아 다음날부터 근무했다. 기획실장인 고일심의 바로 옆자리였다. 사원들의 초미의 관심사는 작은 회장님과 미스코리아의 은밀한 관계였다. 그는 하루하루 위축되었다. 결벽증 환자같이 그는 목각인형이 되어야 했다. 남에게 조금이라도 허술한 틈을 주어서는 안 될 것 같았다.

어느 날 그는 일을 매끄럽게 처리한 미스코리아 직원에게 "참, 예쁘다."라고 한마디 했다. 부지불식간에 튀어나온 마음 속의 소리였다. 그 말이 날개를 달고 사내에 퍼졌다. 이미 그렇고 그런 사이라는 살이 붙었다. 그를 대하는 회장의 태도는 항상 냉랭했다. 결제를 받을 때도 회장은 따뜻한 말 한 마디 없었다. 속을 보이지 않는 장인회장이 힘들다는 생각이 들었다.

어느 월요일 아침 임원회의에서 있었던 일이다. 그가 새로이 구상한 프로젝트를 열심히 설명하고 있었다. 잠자코 듣고 있던 회장이 갑자기 화난 목소리로 소리쳤다.

"야, 임마, 집어치워! 네가 배웠으면 얼마나 배웠고 알면 얼마나 알아? 그만 둬!"

임원들 앞에서 그는 수치심과 모멸감으로 주저앉고 싶었다. 꼭 회장이 그렇게 해야만 했을지 그는 이해하기 힘들었다.

장인회장의 몰상식한 질타는 수시로 있었다. 회의석상에서 한 시간 가까이 공개적으로 회장에게 수모를 당한 적도 있었다. 회사에서 마음 터놓고 호소할 사람이 없었다.

저녁에 집에 돌아가서도 그는 위로받지 못하기는 마찬가지였다. 아내도 무뚝뚝했다. 그가 말을 걸기 전에는 도무지 입을 열지 않았다. 자격지심도 들었다. 집에 와서까지 아내에게 상냥해야 하는 남자며느리인가 하고. 아내는 아버지의 성격을 그대로 빼박은 것 같았다.

이따금씩 그는 반성도 했다. 장인의 강한 행동은 심약한 사위를 단련시키려고 그런 것이겠거니 자위했다. 그래도 더러는 등 한번 쓸어 주는 정이 그리웠다. 아버지는 엄하게 훈계를 해도 그 후에는 꼭 사랑을 표시하곤 했다. 그는 장인회장에게 혼이 난 날이면 자리에 앉아 호출을 기다렸다. 상처를 냈으니 치료도 해 줄 것이라 기대했다. 그러나 장인회장은 한번도 그를 불러 마음을 다독거려 주는 법이 없었다.

그는 거대한 절벽을 앞에 두고 있는 심정이었다. 차라리 도망가고 싶다는 생각이 들었다. 어느 순간 팽팽한 신경줄이 툭하고 끊어져 버릴 것만 같았다.

결혼을 한 지 3년째되는 더운 여름날 오후였다. 장인회장은 고일심의 아버지와 점심식사를 마친 후 회장실로 돌아왔다. 사돈끼리의 오랜만의 만남이었다. 결재 받으러 들어간 그는 회장의 입에서 어떤 말이 나올까 기다려졌다.

"아버님, 어디 몸이 불편하십니까?"

그가 조심스럽게 장인에게 말을 걸었다. 장인회장이 흘끗 고일심을 바라보며 내뱉었다.

"역시 자네 집안은 대단한 선비 집안이더구만. 훌륭하고 존경할 만한 양반이야."

내용은 칭찬 같았지만 어조에서 빈정거림이 느껴졌다. 회장이 모처럼 말을 계속했다.

"그렇지만 이봐 자네, 요새 세상에 양반 쌍놈이 어디 있나? 난 말이야, 배운 건 없지만 그래도 자수성가해서 이만큼 만들어 놨어. 말해 봐. 대한민국에서 자기 능력으로 기업의 수천명 머슴을 부릴 수 있는 사람이 몇이나 돼? 이제는 그게 양반 아니야? 다들 자기 못난 건 감추고 남 잘 사는 건 배 아파 한단 말씀이야. 따지고 보면 양반이 따로 있어? 자본주의 사회에선 사업가가 양반이지. 양반이 아니라 사실상 왕이지 안 그래?"

장인은 아버지를 겨냥해서 헐뜯고 있었다. 그는 순간 온몸의 피가 식는 느낌이었다. 세상에서 가장 존경하는 학 같은 아버지였다. 장바닥에서 굴러먹다 일확천금을 거머쥔 장인과는 질이 다른 훌륭한 분이었다. 굴욕감이 느껴졌다. 장인이 다시 보였다.

따지고 보면 장인은 불한당 같은 놈이었다. 장인의 회사는 정상적으로 커 온 기업이 아니었다. 다른 기업의 약점을 철저히 이용해서 잡아먹고 커왔다. 잔인하게 남의 살점을 뜯어먹고 살이 찐 맹수 같았다. 장인은 경영이 뭔지도 인간 관리가 뭔지도 몰랐다. 임원들은 회장 앞에서 숨도 못 쉬는 노예였다. 회장의 철학은 머슴은 숨도 못 쉬게 조져야 한다는 것이다. 조금이라도 풀어 주면 기어오른다는 것이다. 회장은 임원들의 개인 약점을 이용하여 숨통을 조였다.

고일심은 그 자신도 장인의 거미줄에 걸린 불쌍한 벌레 같다는 생각이 들었다. 왕거미인 회장이 자신을 친친 감아 어느 날 독침을 꽂을 것 같았다. 이상했다. 마음속으로 미워하다가도 회장 앞에만 가면 주눅이 들고 다리가 떨렸다. 한편으로는 그런 자신이 한심했다.

장인에게 충성하는 모든 사람들은 한 편 같았다. 모두 자기를 미워하고 비웃는 것 같았다. 그들의 흉한 표정과 소리가 잘 때도 들리는 것 같았다. 견딜 수 없었다. 마침내 그는 신경정신과를 찾았다. 담당의사는 신경쇠약 증세가 있으니 쉬라고 권유했다. 아무리 열심히 일해도 그들은 인정해 주지 않았다.

5

고일심의 성격은 날로 변하기 시작했다. 처도 의심스러웠다. 처는 아버지의 부품이지 자신의 아내가 아닌 것 같았다. 부부동반으로 친구들과 만날 때도 처의 행동은 방자했다. 유난히 한 친구에게 강한 눈길을 보낸 적도 있었다. 속에서 불길이 솟았다. 집에 돌아가서 그는 아내에게 좀더 다소곳한 자기만의 여자가 되어달라고 부탁했지만 처는 생뚱한 표정을 지으며 그의 말을 이해하지 못했다. 묵살당한 느낌이었다. 전형적인 한국 여인인 어머니는 아버지에게 그런 적이 없었다. 점차 아내의 행동도 마음에 걸렸다. 유난히 진하게 립스틱을 바르는 것만 봐도 뭔가 수상했다.

그가 말을 하려 하면 아내는 의도적으로 피하기 시작했다. 반성도 했었다. 그런 때면 아내에게 사과를 했지만 진심으로 받아 주는 것 같지 않았다. 그는 집에서도 결국은 이방인이었다. 그는 아내의 얼굴에서 그를 미워하는 장인의 영상을 발견하곤 했다. 감옥 같은 장인의 굴레에서 탈출하고 싶었다. 그렇게 하지 않으면 미칠 것 같았다. 그는 아내에게 졸랐다. 미국으로 가자고. 장인의 눈길에서 벗어나는 곳이면 어디든지 좋다고 생각했다.

플라타너스 잎들이 흉한 갈색 반점으로 얼룩진 낙엽이 되어 아스팔트 위로 떨어지던 늦가을 어느 날이었다. 스트레스를 이기지 못한 고일심은 스스로 정신과를 찾아갔다. 의사는 신경쇠약이라고 하면서 입원해서 얼마간 쉬라고 했다.

병원 입원실이 차라리 그에게 안정을 가져다 주었다. 오랜만에 마음의 안정이 찾아왔다. 그 동안 읽지 못했던 책들을 읽었다. 그가 좋아하는 음악도 들었다. 이제는 노인이 된 아버지가 불편한 다리를 끌면서도 자주 찾아왔다. 어머니는 옆에서 떠날 줄을 몰랐다. 사랑보다 더 평화를 주는 약은 없는 것 같았다. 입원실 창으로 파란 하늘에 흰 구름이 흘러가는 게 보였다. 윤기 있는 노란 은행잎이 가지에 매달려 바람에 흔들리는 게 보였다.

한 달간 입원하는 동안 그의 의심은 확신으로 바뀌었다. 장인인 회장은 단 한 번도 병실을 찾아오지 않았다. 바쁘다는 핑계였다. 아내마저 두 번 정도 왔다가 그냥 가 버렸다. 인사치레 같았다.

'결국 내 추측이 틀림없구나. 나는 처가에 필요한 외부 장식용 인형 외에는 아무것도 아니었어.'

그의 볼에는 자신도 모르는 사이에 눈물이 흘렀다.

퇴원 후 그는 사표를 냈다. 그리고 아내에게 미국에 함께 갈 것을 요구했다. 남편인지 아버지인지 선택을 하라는 의미였다. 아내는 그의 결정을 따르겠다고 했다. 기뻤다. 그는 실리콘 밸리로 건너갔다. 공학을 보다 전문적으로 연구하기 위해서였다. 대학 연구실에 나갔다. 교수들이 그의 정확한 데이터 분석을 칭찬했다. 고기가 제 물에 들어온 듯 활기찬 생활이었다. 오랜만에 그는 삶의 보람을 느꼈다.

미국에 온 후부터는 아내도 다소곳해졌고, 아이를 열심히 돌보는 자상한 엄마가 됐다. 그는 비로소 자기만의 굳건한 성채를 구축했다고 생각했다. 자신의 성은 더이상 장인으로부터 침범받지 않겠다고 다짐했다.

어느 날 밤늦게 돌아온 그는 아내가 친정아버지인 회장과 오랫동안 통화하는 것을 듣게 되었다. 회사 운영에 대해 하나하나 딸에게 오랫동안 상의하는 것 같았다. 부녀 사이에 오가는 말로 미루어 그룹의 중요 정책들이 틀림없었다.

아내가 그를 보자 놀라는 표정으로 전화를 끊었다. 아내는 남편에게도 그 내용에 대해서는 시치미를 뗐다. 지난 5년 동안 뼈가 빠지도록 일했지만 장인이 살갑게 단 한 마디도 그렇게 의논을 해 온 적이 없었다. 장인이라는 인간 자체가 무조건 싫었다. 그 괴물이 자기가 만든 성채 속으로 마치 이무기같이 꿈틀대면서 침입해 들어오는 것 같았다.

그는 아내에게 장인과 얼마간 연락을 완전히 끊어 달라고 부탁했다. 아내는 그의 심정을 전혀 이해하지 못했다. 아내의 얼굴색이 변했다. 그가 연구실에 나갈 때마다 아내는 항상 장인과 모든 걸 의논했다. 점점 아내와 거리가 생기는 것 같았다.

어느 날 아내는 그에게 말 한 마디 없이 아이들을 데리고 홀연히 귀국해 버렸다. 텅 빈 자기의 성을 보는 그는 참담했다. 적군이 와서 모두 포로로 끌고 간 것 같았다. 장인에 대한 증오가 무럭무럭 피어올랐다. 그는 장인에게 그의 인생을 탈취당한 것 같았다.

친구들은 벌써 학계로, 관료로 그리고 판검사로 모두 뿌리를 굳건히 내리고 있었다. 그러나 나이 사십에 이른 그는 철저히 모든 걸 상실했다. 직장도 희망도 그리고 아내와 아이들까지도. 모든 게 장인 때문이라는 생각이 들었다. 모든 걸 도로 찾아야겠다는 결심이 섰다. 가정마저 잃어버린다면 다른 것들은 의미가 없었다.

그는 연구과정을 정리하고 한 달 후 서울로 돌아왔다. 장인의 회사를 찾았지만 경비실에서 쫓겨나고 말았다. 회장이 들이지 말라는 명령을 내렸다는 것이다. 너무했다. 그는 아이들이 보고 싶었다. 처가를 찾아갔다. 가정부는 문을 열어 주지 않았다. 회장님이 절대 집에 들이지 말라고 분부를 했다는 것이다. 그는 우선 얻은 하숙방의 주소를 알려 주고 돌아왔다.

얼마 후 법원에서 보낸 서류가 그의 하숙방에 도착했다. 아내가 이혼을 청구한다는 소장이었다. 그 내용 중에는 무능력한 정신병자와 더이상 함께 살 수 없다는 내용이 들어 있었다. 게다가 아내는 그에게 위자료 3억원을 청구하고 있었다. 장인회장이 시킨 짓이 틀림없었다. 고일심이 말한 지난 삶의 얘기는 대충 그렇게 끝이 나고 있었다.

6

벌써 소주병 몇 개가 상 위에 흩어져 있었다. 식당 벽에 걸린 시계가 밤 12시를 가리켰다. 자존심 강한 고일심이 처음으로 진솔하게 털어 놓은 고민이었다. 서로 비난하기보다는 안 맞는 장인과 사위였다. 인생관이 다른 사람인 것이다. 깨진 그릇을 다시 붙이기는 이미 불가능하다는 느낌이 들었다. 문제는 고일심의 패배감이었다. 그는 실패를 모르고 살아온 인물이었다. 그는 집착하고 있었다. 그리고 그 집착의 정체는 승부욕이고 소유욕 같았다.

"자네, 아내를 사랑하나?"

가장 먼저 신중히 짚어야 할 근본적인 문제였다. 그가 잠시 침묵하면서 깊이 생각하는 표정을 지었다.

"글쎄……. 사랑하는 것 같기도 하고 아닌 것 같기도 하고……. 그렇지만 싫어하지는 않아."

애매모호한 대답이었다. 그가 계속했다.

"그렇지만 아내는 날 좋아해. 그 사람이 이혼 소송을 한 건 장인이 시켰기 때문이야. 난 알아. 집사람은 결혼 10년이 돼도 친정아버지 손아귀에서 한 발자국도 빠져나오지 못했어. 집사람은 아버지가 조종하는 로봇이야. 그 관계를 끊어 보려고 해외로 나갔는데 결국 실패했어."

그렇게 말하는 그의 눈에 갑자기 광기가 서리며 소리쳤다.

"학벌로 보나 경력으로 보나 막말로 우리 아버지의 배경으로 보나 집사람은 나를 배척할 이유가 없어."

고일심의 입에서 엉뚱한 말이 튀어 나왔다. 그는 아내를 사랑하고 있지 않았다. 지지 않겠다는 오기와 광기만 남은 것 같았다. 안타까웠다.

"훌훌 다 털어 버리고 새 출발 하는 게 어때?"

내가 권했다. 싸우면서 에너지를 낭비하기엔 인생은 짧다. 보고 싶은 사람을 못 만나는 것도 고통이지만 싫은 사람과 인연을 연장하는 것 역시 괴로움이다.

"도사 같은 소리 집어치워. 자네가 당하는 일이 아니라서 그래. 난 어떤 방법을 써서라도 이 소송에서 이길 거야. 절대 질 수 없어. 지게 되면 판결문은 나를 정신병자라고 단정할 거 아냐. 그렇게 되면 자식에게까지 난 미친놈으로 돼 버려. 그리고 위자료로 3억원을 달라는데 그 말은 날 거지로 만들겠다는 거야. 지금 실업자인 내가 취직을 해서 평생을 벌어도 그 돈은 못 마련해."

변호사인 나는 승패에 목을 매달지는 않았다. 소송에서 이길 수도 질 수도 있었다. 지난 인생도 그래 왔다. 입시에도 떨어지기도 하고 붙기도 했다. 낡아빠진 변두리 독서실 뒷방에서 백수 비슷한 고시 준비 생활도 했다. 남과 비교하고 승부에 집착할 때 나의 마음은 지옥으로 빠져들었다. 그러나 실패를 모르는 엘리트인 그에게 패소 판결은 용납될 수 없는 것 같았다. 그는 모든 성적에서 100점을 맞아야 하는 모범생이 되어야 했다.

"벌써 여러 달째 실업자 신세야. 취직도 안 되고 장사 밑천도 없어. 어려서부터 훈련이 안 됐으니 노동인들 하겠어? 난 완전히 파멸이야. 그건 그래도 괜찮아. 정말 괴로운 건 자식을 빼앗기는 일이야. 난 부모에게 엄격하게 교육받았어. 나도 훌륭한 아버지가 되어야 한단 말이야. 고씨 집안 자식을 내가 왜 김씨 집안 사람으로 만들어. 돈에 팔려 갔다는 비난은 나 하나로 충분해. 자식까지 그 집 상놈으로 만들 수는 없어. 장인이라는 사람, 외손자에게 애정을 줄 인간이 아니야. 그리고 아이들 엄마 역시 아버지를 닮아 정이 없어."

그는 몸부림을 쳤다. 그가 사정하는 표정으로 나를 보았다.

"이봐, 내 소송을 맡아 주려는 변호사가 없어. 어떤 방법을 쓰든 나는 이기고 싶어. 이 소송이 내게는 죽고 사는 문제야. 제발 맡아 줘, 제발……."

그가 흐느꼈다.

7

이혼 법정에는 사람들로 꽉 차 있었다. 방청석에 줄줄이 붙어 앉아 이혼 재판을 기다리는 부부들의 표정은 상대방에 대한 증오로 검게 변해 있었다. 그들이 결혼식장에서 행복한 미소를 지으며 사진을 찍었을 때를 도저히 상상할 수 없었다. 법정은 집에서 싸우던 그들이 서로 할퀴고 상처 주는 또 다른 공개 장소였다.

"746호 피고 고일심!"

재판장이 사건번호와 이름을 불렀다. 나는 고일심을 대리해서 재판장 앞의 피고석에 나가 섰다. 원고 측 박 변호사가 나와 원고석에 나란히 섰다. 나이를 먹었어도 균형 잡힌 날씬한 몸에 얼굴에 난 검은 점 하나가 트레이드마크인 변호사였다.

박 변호사는 법원장 시절 법률 이론의 대가로 정평이 난 인물이다. 재판장 역시 그에게서 실무와 이론을 배운 판사였다. 경력에 어울리게 그는 굵직굵직한 사건들을 독점하고 있었다. 얼마 전 소득세 납부 1위의 인물로 신문에 난 기사를 읽은 기억이 났다.

"피고 측 변호사님!"

하얗고 넓적한 얼굴에 각진 턱을 가진 재판장이 걸걸한 목소리로 나를 불렀다. 재판장이 말을 이었다.

"원고 측 박 변호사님께서 고일심의 정신 감정을 신청한 지 벌써 여러 날이 지났습니다. 법원이 고일심에게 서울대병원에 가서 정신 감정을 받으라고 명령했는데도 아직 응하지 않고 있습니다. 빨리 감정에 응하도록 해 주세요."

"알겠습니다. 정신 감정을 받게 하겠습니다. 다만 제가 사건을 맡은 지 얼마 안 되었으니 기록을 검토할 시간을 좀 주셨으면 합니다."

그 때 원고 측 박 변호사가 끼어들었다.

"재판장님, 이거 너무 소송이 지연되는 것 같습니다. 지금 원고 측은 빨리 이혼 소송을 종결시켜 달라고 성화가 득달같습니다."

회장은 딸의 이혼을 강력히 밀어붙이고 있었다. 고일심의 말이 맞는 것 같았다. 그 와중에 내가 개입한 것이다. 이미 고일심은 스스로 정신병원에 가서 입원했던 적이 있었다. 그걸 부인하기는 어려웠다. 잔인했다. 상대방은 그걸 근거로 빨리 사위를 내동댕이치려는 것이다. 첫 번째 전략은 어떻게 해서든지 소송을 지연시키는 것이라는 생각이 들었다.

"알겠습니다. 고일심을 설득해서 정신 감정을 빠른 시일 내에 받도록 하겠습니다."

나는 일단 그렇게 대답했다.

재판 후 나는 법원에서 고일심의 이혼 사건 기록 전체를 복사해 왔다. 기록에는 그 동안의 소송 진행 결과가 문서로 일목요연하게 정리되어 있었다. 먼저 눈에 띈 게 두 군데 대학병원 신경정신과의 치료확인서와 입원확인서, 그리고 개인의원 진단서였다. 병명은 정신분열증과 편집증이었다. 의사의 의견란에는 '정서적으로 불안하고 예민하며 현실과 타협하려 들지 않고 적개심에 가득 차 있음'이라고 기재되어 있었다. 나는 서류를 계속 검토해 나갔다. 고일심의 장모 되는 회장부인이 증인으로 나와 말한 내용들이 증인 신문 조서에 기록되어 있었다.

　〈사위 고일심은 결혼 후 바로 회사에서 정신병 증세를 보이기 시작했습니다. 그 증세는 장인인 회장을 미워하는 마음으로 나타났습니다. 고일심은 장인에 대한 보복으로 집에서 아내를 괴롭혔습니다. 아내가 텔레비전에 나오는 40대 가수를 보고 '중후한 멋이 있다' 고 하면 고일심은 주위에다 마치 아내가 부정을 저지른 것처럼 소문을 퍼뜨리고 다녔습니다. 고일심은 특히 아내의 다른 남자와의 관계에 예민한 반응을 나타냈습니다. 심지어 망상에 사로잡혀, 아내가 결혼 전 아버지와 관계를 맺어 처녀성을 잃었다고까지 했습니다. 아이들에게 '외할아버지는 원수니 가까이 하지 마라' 고 가르치기도 했습니다. 고일심은 아내의 사생활에도 간섭이 지나쳤습니다. 예를 들어 '말대답하는 것은 버릇없는 짓이다', '남자들 앞에서 교양 없이 눈 똑바로 뜨지 마라' 는 등의 잔소리를 했습니다. 회사에서 모든 사람이 자기를 미워한다고 괴로워하기도 했고, 사진첩에서 처가 가족사진을 모두 꺼내 찢어 버렸습니다.〉

　한 가지 사실을 보는데도 보는 눈에 따라 극과 극을 달리고 있었다. 고일심은 회장 때문에 자신이 미쳐 간다고 했고, 장모는 정신병자였기 때문에 딸을 이혼시켜야 한다고 했다. 신경쇠약의 원인이 어디에 있는지, 그 책임이 누구에게 있는지를 먼저 따져 봐야 할 것 같았다. 며칠 후 고일심이 사무실로 찾아왔다. 아주 밝고 명랑한 표정이었다.

"야, 엄 변호사! 정말 고맙다. 역시 동창이 좋긴 좋구나."

그가 기분 좋게 떠들며 나의 등을 툭툭 쳤다.

"그래, 재판 진행은 어떻게 됐어?"

그가 본론을 꺼냈다.

"원고 측에서 자네의 정신과 진단서를 증거로 제출했는데 병명이 좀 그렇거든."

내가 조심스레 말을 꺼냈다.

"아, 그거! 예전에 내가 한 달간 입원한 적이 있다고 얘기했지. 그 때의 진단서야. 그냥 안정을 취한 거잖아?"

고일심이 별것 아니라는 표정으로 대답했다.

"그래도 거기에는 정신분열증이라고 쓰여 있던데?"

내가 고개를 갸웃했다. 그가 픽 웃으며 입을 열었다.

"정신과 의사들이란 게 말이야, 환자의 말을 열심히 받아 적고 교과서에서 배운 그럴 듯한 병명 하나를 붙이지. 상투적인 수법이야. 내가 의도적으로 말하기에 따라 얼마든지 달라져. 감정의 기복이 심한 것처럼 하면 조울증이라고 하고, 건강진단을 자주 받아야 안심하겠다고 하면 건강염려증이라는 신종 정신병 딱지까지 붙여 주는 세상이거든."

그가 순간 기분 나쁜 표정을 지으며 이렇게 물었다.

"그런데 정신과 의사가 그렇게 마음대로 진단서를 떼 줘도 되는 거야?"

"왜?"

"정신 증세는 정말 보호해 줘야 할 프라이버시인데, 나를 공격하는 사람들의 자료로 의사가 작성해도 되느냐 말이지."

"아마 자네 처가 보호자의 자격으로 발급받은 거겠지."

내가 대답했다. 고일심은 나에게 다시 못박았다.

"어쨌든 말이야, 저쪽에서 나를 정신병자라고 뒤집어씌우는 건 완벽한 거짓말이야. 그렇게 몰아야 나라는 물건을 용도 폐기할 수 있는 거겠지. 옛날에 부잣집에서 며느리 내몰 때 뭔가 구실을 만들잖아? 바람이 났다느니, 미쳤다느니 하고 말이야. 내가 그 꼴이 된 셈이야. 저쪽 말은 일절 믿지 말고 이기기만 해 줘. 그러면 이 은혜 평생 잊지 않을게."

그가 부탁하며 자리에서 일어섰다. 그러다 그가 뭔가 생각난 듯 말을 꺼냈다.

"다음에 사무실에 올 때 내가 정신의학 교과서를 가지고 올게. 그거 공부 좀 하면 소송하기가 수월할 거야."

진단서상 그는 정신분열증 환자였다. 그러나 나는 그에게서 이상한 점을 발견할 수 없었다. 나는 보건대학원에 다니면서 정신과 담당 교수에게 강의를 들은 적이 있었다. 임상의학상 정신병의 판단 기준은 시대에 따라 달랐다. 종교에 심취해 생긴 환상과 환청 증세도 정신의학상으로는 비정상이다. 그러나 그런 증상이 있다고 해서 정신병이라고 단정하지는 않았다. 일상생활을 정상적으로 영위할 수 있으면 정신병이 아니라고 했다. 고일심은 아주 정연된 논리를 가졌다. 일상생활도 장인에 대한 증오만 뺀다면 정상이었다.

8

고급 백화점 내의 중국음식점이었다. 붉은 비단에 금색 무늬가 박힌 벽지들이 호화로웠다. 나는 고일심의 형 고이식을 만나고 있었다. 고일심에 대해 좀더 자세히 알고 싶었다. 고이식은 서울상대를 나와 D그룹 회장의 비서로 근무 중이었다. 넓은 이마 아래 쌍거풀 진 큰 눈은 시원하고 여유가 있어 보였다. 비서의 냄새가 어디에서도 나지 않았다.

"죄송합니다. 동생이 어려움을 당하고 있는데 집안의 맏아들로서 제대로 관심조차 쓰지 못했습니다. 뭐라고 할 말이 없습니다."

그가 정중하게 사과했다. 이해가 갔다. 나는 고일심이 겪는 소송의 진행을 형에게 간단하게 설명해 주었다.

"형인 저의 입장으로 솔직히 말씀드리면, 애초에 동생이 재벌의 맏사위가 된다는 게 탐탁지 않았습니다. 일심이와 같이 자라서 잘 아는데, 제 동생은 근본적으로 성격이 여립니다. 저도 그 동안 재벌회장을 모셔 봐서 알게 된 거지만 자수성가한 기업가들, 성격이 보통 강인하고 냉정한 게 아닙니다. 온실 속의 화초같이 공부만 한 내 동생이 강인한 장인의 성격과 조화될 수 있을까, 늘 궁금하고 걱정스러웠습니다."

웨이터가 사품냉채를 가져다 조심스레 상 위에 놓았다.

"됐습니다, 우리가 알아서 먹을게요."

고이식은 서빙을 하려는 웨이터에게 말했다. 웨이터가 고개를 숙이고 물러났다. 형은 입맛이 쓴 듯 찻잔을 들어 목을 축이더니 계속했다.

"지금 동생에게 돌아온 결과는 정신병이라는 낙인입니다. 저는 동생의 장인을 가급적이면 선의로 해석하고 싶습니다. 어쨌든 사위를 기업의 후계자로 만들려고 강하게 트레이닝을 시킨 거라고 믿습니다. 하지만 동생의 입장에서는 자기를 괴롭힌다고 오해했을 겁니다. 그래도 한 구석에 서운한 느낌이 드는 건, 장인이 정말 애정을 품고 내 동생을 훈련시켰다면 동생이 신경쇠약에 걸렸을까 하는 점입니다. 그쪽에서는 정신병이라고 말하는지 몰라도 말이죠. 하다못해 강아지라도 애정은 아는 법 아닙니까? 그 점이 사돈집에 대해 섭섭한 점입니다."

고일심 형의 말은 신중하고 깊이가 있었다. 동생에 대한 애정으로 경솔하게 욕하는 걸 조심하고 있었다.

"결혼 전에 정신병 증세 같은 건 없었습니까?"

"전혀 없었습니다. 오히려 성격도 활발하고 언변도 좋은 편이라 친구들 약혼식이나 결혼식 사회를 도맡아 할 정도였다니까요. 제 입장에서 보면 오히려 설친다고까지 생각될 정도였어요."

동창회에서 그가 좌중을 휘어잡고 술좌석을 떠들썩하게 만들었던 기억이 떠올랐다. 나는 고일심의 형에게 다시 물었다.

"근래에 동생 일심이를 만났을 때 어디 이상하다고 느낀 점은 없으셨습니까?"

"글쎄요. 솔직히 그런 점은 느끼지 못했습니다. 굳이 하나 꺼내자면, 언젠가 장인이 비방굿을 해서 자기를 해치려 한다는 말을 했어요. 그 때 얼핏 이상하다고 생각은 했습니다. 그러나 일상생활에서 이상한 행동을 한다는 말은 못 들었습니다. 동생에게 정신분열증 진단이 나왔다는 소리를 들으니까 정상인과 정신병의 차이가 어떤 건지 저도 의문이 생기더군요. 전문가는 아니지만 현대 의학에서 그걸 명쾌히 단정할 수 있는 건지 모르겠습니다."

형 역시 동생을 정신병자로 모는 데 대해 강한 불만과 의심을 품고 있었다.

"동생 부부의 생활에 대해서 들은 게 있으면 해 주시죠."

"그런 걸 함부로 말해도 될는지……."

그가 망설였다. 섬세하고 치밀한 사람이었다.

"아닙니다. 조금의 근거라도 소송에 도움이 될 것 같아서 말씀드리는 겁니다."

내가 재촉했다. 그는 남의 험담을 천성적으로 싫어하는 사람 같았다. 그가 난처한 기색을 보이더니 힘들게 입을 열었다.

"해외 지사에 있느라고 동생의 결혼 초 생활을 제대로 볼 기회가 없었습니다. 다만 아내를 통해 제수씨 얘기를 어쩌다 들었죠. 결혼 후 얼마 안 돼서 제수씨가 집안 행사 때문에 온 적이 있어요. 제가 보기에 제수씨는 무뚝뚝한 편이었습니다. 동서들이 모여도 별 말이 없었습니다. 언젠가는 동서들이 듣는데 '첫애를 낳고 헤어지는 건데' 라고 밑도 끝도 없이 한 마디 던지더랍니다. 그 말을 전해 듣고 저는 동생 내외가 평탄치는 않구나 짐작했었습니다."

음식점 벽에 걸려 있는 괘종시계가 밤 10시를 가리켰다. 썰물이 빠져나가듯 손님들이 하나 둘 빠져나가고 이제는 우리밖에 남은 사람이 없었다. 계산대의 여직원이 피곤한 듯 우리 쪽을 보며 기지개를 켰다. 고일심의 형이 얘기를 계속했다.

"결론적으로 아버님을 대신해서 집안 입장을 말씀드리겠습니다. 동생이 이혼하는 것은 기본적으로 반대입니다. 저와 동생은 엄한 아버님 밑에서 가정교육을 받았습니다. 이혼은 용납이 안 되지요. 그러나 여자 측에서 굳이 이혼을 요구한다면 어쩌겠습니까? 응하겠습니다. 우리 집안은 동생에게 재벌의 후계자가 되라고 요구한 적이 없습니다. 불필요한 남의 재산을 탐하는 것으로 비치는 것도 싫어합니다. 저쪽에서는 위자료로 3억원을 요구했는데 좀 잔인한 행동으로 보입니다. 아버지는 고급 관료를 지내셨지만 청백리셨어요. 우리 집에는 그만한 돈이 없어요. 일심이에게 기껏 해 준 게 결혼할 때 마련해 준 아파트예요. 3억원을 내라는 것은 일심이를 빨가벗겨 내쫓겠다는 의도로밖에는 안 보입니다. 형제들이 대출을 받아서라도 어떻게든 마련해 보겠습니다."

형은 이미 소송에서 패소할 것을 전제로 이야기했다. 아예 그런 모습의 전쟁을 피하고 싶은 것이다.

"아이 문제는 어떻게 생각하십니까?"

"아이들은 할아버지 할머니 모두 70이 넘으셨고 조그만 아파트에 두 분만 사십니다. 연로하시기 때문에 일심이 아이들을 기를 처지가 못 됩니다. 그렇다고 직업도 없이 중년에 내동댕이쳐진 일심이가 아이들을 교육할 입장도 못 되고요. 어쨌든 아이들은 아이 엄마가 길러 줬으면 합니다. 양육비는 저희 형제들이 어떻게든 조금씩 마련해서 보내 주면 어떨까요? 누가 키우든 천륜이 없어지는 건 아니죠."

일어설 때가 되었다. 다 식은 차를 한 모금 마시고 우리는 자리에서 일어섰다. 고일심의 형이 내 손을 잡고 부탁했다.

"저희 집안에서 원하는 건 법정에서 물어뜯고 싸우는 것보다 서로 원만하게 합의해서 끝내는 겁니다. 엄 변호사께서 그 역할을 해 주셨으면 해요. 또 제 동생과 친구가 된다니까 이 기회에 많은 얘기를 해서 마음을 안정시키고, 할 수 있으면 종교를 가지게 해 주셨으면 하는 바람입니다."

자존심을 심하게 다친 동생은 승부에 집착했지만 그 집안의 희망은 조용한 합의였다.

9

나는 법원에 제출할 준비서면을 작성했다. 먼저 고일심의 현재의 상태는 정신 분열증이 아니라고 주장했다. 사회생활을 정상적으로 할 수 있기 때문이었다. 그리고 장인회장 측에서 미친놈이라는 증거로 제출한 진단서는 그 스트레스의 원인이 그쪽에 있다는 사실을 주장했다. 자기의 책임을 심약한 사위에게 밀고 딸과 이혼할 것과 위자료까지 청구하는 것이 옳은 것인가를 반문했다. 남편의 성격과 그가 살아온 세계를 파악하고 좋은 가정으로 만들려는 노력을 게을리 한 아내에게도 책임이 있다고 반박했다. 정상이라는 진단서가 있으면 참 좋을 것 같았다. 때마침 텔레비전의 저녁 시간 드라마에 비슷한 내용이 있었다. 대부분의 법적 문서를 보면 건조하고 과격했다.

나는 방향을 달리 잡았다. 심약한 고일심의 서서히 무너져 가는 삶과 그의 내면 세계를 묘사해 갔다. 재판장이 정신분열증만 볼 게 아니라 그 이면의 본질을 보게 하는 게 목적이었다. 급할 게 없었다. 힘이 약하면 대중의 동정을 얻으면서 게릴라전을 쓰는 게 전술의 원칙이다. 소송을 천천히 끌어 가면서 속전속결을 하려는 상대방의 애를 태울 필요가 있었다. 새로운 요구를 하면서 한발 한발 양보를 얻어 내 조정으로 끝낼 작전계획을 세웠다.

먼저 재판장과 배석판사들의 마음이 심정적으로 이쪽으로 넘어오게 하는 심리전이 필요했다. 박 변호사는 법조계의 거물이었다. 나는 제자뻘도 되지 않는 송사리였다. 상대방은 재벌이었다. 고일심은 희생자였다. 그런 점들을 부각시켰다.

나는 고일심에게 소송 진행 중에는 약점 잡힐 돌출행동은 절대 하지 말라고 조심시켰다. 정신병으로 매도될 소지를 없애기 위해서였다. 시나리오를 쓰고 연출을 하고 고일심이나 관계자로 하여금 연기를 하게 해야 했다.

재판이 진행되던 늦가을 어느 날이었다. 갑자기 박 변호사에게서 전화가 왔다.

"강 변호사! 어제 저녁 고일심이 회장집에 가서 대문을 부수고 동네방네 소리 지르고 난동을 부렸다고 연락이 왔어요. 그 사람 가족한테 알려 주세요. 빨리 정신병원에 입원시키라고요."

낭패였다. 박 변호사의 얘기가 계속 들려왔다.

"빨리 정신병원에 입원시키지 않으면 난동부린 녹음테이프를 다음 번 법정에서 증거로 제출할 겁니다. 그러니 빨리 조치를 취하세요. 소송도 소송이지만 우선 아픈 사람 정신병원에 데리고 가서 치료받게 해야 아까운 사람 더 안 버리죠."

박 변호사는 한편으로는 겁을 주고 다른 한편으로는 이쪽을 달랬다. 그는 고일심이 미친 것으로 확신하고 있었다.

"알겠습니다."

나는 전화를 끊고 즉시 일심의 형 고이식에게 전화했다.

"저도 막 연락을 받았습니다. 동생이 왜 그 집에서 가서 난동을 부렸는지 알 수가 없군요."

난감해 하는 목소리였다. 나는 일단 고일심에게 정신감정을 받게 해야겠다는 생각이 들었다. 고일심이나 그 형의 주장대로 정신병자가 아니라면 모든 것이 깨끗이 정리될 것이었다. 더구나 법원이 정신감정을 받으라는 명령까지 한 판이었다.

"차라리 정신감정에 응하도록 하는 게 어떨까요?"

내가 일심의 형 고이식에게 물었다.

"소송 중인데 정신병원에 넣으면 불리하지 않을까요?"

걱정하는 목소리였다. 그 역시 이제는 승부를 걱정했다.

"일심이가 지금처럼 자제하지 못한다면 제이, 제삼의 약점이 또 노출될지도 모르는데요."

"아버님께 말씀드리고 형제들이 의논해 보겠습니다."

일심의 형이 침통한 어조로 말을 맺었다.

다음 날 오후였다. 오전 재판을 마치고 사무실로 들어오는데 여직원인 미스 리가 겁에 질린 얼굴로 다가와 속삭였다.

"변호사님, 저 무서워서 사무실에 못 있겠어요."

"왜?"

"저기 고일심이란 분……."

여직원은 내 방 쪽을 쳐다보며 겁에 질려 있었다.

"그 친구가 어떻게 했는데?"

"아침에 바나나 한 무더기를 사 가지고 사무실에 들어왔어요. 변호사님이 안 계신다고 했는데도 아무 소리 않고 그냥 변호사님 책상에 앉더라구요. 그러더니 고개를 푹 숙이고 마냥 담배만 펴댔어요. 제가 들어가도 눈동자 한번 마주치지 않고요. 그 눈빛을 옆에서 보니까 소름이 끼쳤어요. 한참 있다 보니까 안에서 문을 잠그더라구요. 잠잠해서 창문으로 살펴보니까 혼자서 사 온 바나나를 우적우적 다 먹고 있었어요. 정말 무서워요."

나는 고일심이 정말 미친 게 아닌가 처음으로 의심이 들었다. 나는 아무것도 모르는 체하고 방으로 들어갔다.

"어이, 왔어?"

내가 반기는 표정을 지었다.

"응, 기다렸어. 재판은 잘 돼 가고 있지?"

고일심이 물었다. 기운 없는 표정이었다.

"그런대로. 참, 처가에 갔었어?"

내가 슬쩍 확인했다.

"갔었지."

그가 무거운 어조로 짧게 대답했다.

"왜?"

"나는 그래도 사과하고 싶었어. 벨을 눌렀더니 일하는 아줌마가 인터폰을 받는데도 문을 안 열잖아. 추운데 세 시간을 벌벌 떨면서 서 있었어. 정말 화가 나더라구. 법적으로 아직 사위인데 말이야. 하도 화가 나서 욕을 한 번 냅다 하고 문을 한 번 발로 찼어. 그게 다야."

그가 설명했다. 그럴 수 있었다. 내가 오해한 것 같았다. 그가 나를 보면서 말을 계속했다.

"장인이 나 죽으라고 비방굿을 하는 걸 법원에서 주장해. 비방굿만 인정되면 분명히 승소할 거야."

"그건 곤란한데."

내가 난색을 표명했다.

"왜?"

그가 고개를 갸웃했다.

"증거도 없고 법원에서 납득할 만한 일이 아니야. 오히려 미친놈 취급받기 딱
좋아."

"……"

그는 불만스런 표정을 지으며 조용히 사무실을 나갔다.

10

광주로 가는 3번 국도는 어둠 속에서 마치 물 속의 이무기같이 조용히 가라앉
아 있었다. 갈마터널을 지나자마자 길 가에 정신병원 간판의 불빛이 외롭게 서
있었다. 그 간판을 끼고 왼쪽은 병동으로 오르는 산길이었다. 나는 거기서 급히
좌회전을 해서 어두운 야산 길을 오르기 시작했다. 급경사진 콘크리트 포장도로
였다. 옆으로 저만치 수은등이 보였다. 파르스름한 불빛이 꺼질 듯 짙은 어둠에
저항하고 있었다.

며칠 전 S대학병원 정신과 의사로부터 연락이 왔었다. 정신병동에 입원해 있
는 고일심에 대해 얘기를 듣고 싶다는 거였다. 그 동안 고일심을 접촉했던 내가
정신과 의사들의 진단에 중요한 증인이 되어 버렸다. 정신과도 재판하고 비슷한
것 같았다. 의사들이 환자의 말과 행동을 세밀하게 관찰했다. 주변 사람들의 말

도 청취하고는 마지막에 진단을 내리는 것이다.

나도 정확히 알고 싶은데 의사들은 나를 통해서 결론을 짓고 싶다는 것이다. 지그재그로 산길을 오르다 보니 야산 등성이를 깎은 듯한 넓은 터가 보였다. 검게 물든 축대 바로 앞에 4층의 장방형 건물이 눈에 들어왔다. 2층 위로는 창문마다 모두 쇠창살이 설치되어 있었다.

'고일심도 저 방 중 한 방에 들어 있겠구나.'

하는 생각이 들었다. 그가 지금 나를 무척 기다릴 것 같았다. 현재의 그의 처지로선 내가 유일한 친구이기 때문이었다.

나는 병원 주차장 한 구석에 차를 주차시키고 마당을 건너 1층 로비로 들어갔다.

"고일심의 주치의 선생님을 만나 뵈러 왔는데요."

구석에서 혼자 신문을 뒤적거리던 경비원에게 말했다. 담당의사는 당직이니까 밤늦게 오더라도 상관이 없다고 했었다. 사람 없는 병원 로비는 썰렁했다.

"선생님들은 모두 퇴근하셨는데요."

경비가 귀찮은 듯 대답했다.

"환자 고일심을 담당한 의사 선생님이 저한테 물어볼 게 있다고 하셔서 일부러 퇴근하고 힘들게 찾아 온 길인데요."

경비가 내 말을 듣더니 인터폰으로 담당의사의 방으로 연락을 했다. 정신병원이라 통제가 심한 것 같았다. 복도 입구에 철문이 보였고 굵은 쇠자물통이 걸려 있었다. 잠시 얘기를 나누던 경비원이 내게 말했다.

"박 선생님은 퇴근하시고 지금 안 계시는데요. 그 대신 당직 선생님께서 계시는데 곧 내려오신답니다."

나는 로비 구석의 쇠파이프에 붙어 있는 플라스틱 의자에 앉았다. 아무런 장식도 소음도 없는 빈 공간이었다. 경비원은 다시 무료한 듯 구석의 철 의자에 앉아 신문을 펼쳐 들었다.

15분 가량이 지나자 40대 초반으로 보이는 의사가 슬리퍼를 끌며 계단을 걸어내려 왔다. 머리가 약간 벗겨진 그는 금테 안경을 쓰고 있었다. 형광등 불빛을 받아 그의 안경이 차갑게 빛났다.

"환자 고일심씨 담당인 박 선생님은 세미나에 가셔서 안 계십니다. 다음에 한 번 더 와 주시겠습니까?"

당직 의사가 사무적으로 말했다. 불쾌했다. 협조해 달라고 해서 힘들게 왔더니 정작 주인공은 없었다.

"일단 힘들게 찾아왔으니 고일심을 한번 보고 싶습니다."

내가 의사에게 면회를 신청했다.

"만나려면 먼저 환자의 동의를 얻어야 합니다. 제가 병동으로 올라가 환자에게 물어보고 오겠습니다. 기다리십시오."

병동으로 올라갔던 당직 의사가 잠시 후 다시 내려왔다.

"환자인 고일심이 굉장한 거부 반응을 보입니다. 자기는 강 변호사가 누군지도 모르겠다는 거예요. 오히려 저에게 어떻게 변호사가 냄새를 맡고 왔는지 모르겠다고 하면서 자기가 정신병동에 있다는 걸 철저히 숨겨달라고 부탁합니다. 그러니 면회는 곤란할 것 같습니다."

망치로 뒤통수를 강하게 얻어맞은 느낌이었다. 결국 고일심은 나를 이용하고 싶은 것이다. 실망감이 피어올랐다.

그 동안 법정을 다니고 재판장을 만나며 진땀을 흘린 일들이 다 물거품같이 스러지는 느낌이었다. 난 진심으로 그를 돕고 싶었다. 그 대신 그가 나에게 솔직하길 바랐다. 나는 정말 그가 미쳤는지 확인하고 싶었다.

"이왕 온 김에 몇 말씀 여쭤 봐도 되겠습니까?"

내가 의사에게 물었다.

"그러시죠. 진료실로 같이 가실까요."

의사가 사정을 대충 눈치챈 듯 인심을 썼다. 그가 어두운 복도 속으로 앞서 걸어가더니 팻말이 붙은 작은 방의 문을 열었다. 그가 안으로 들어가 철책상 뒤에 앉았다. 내게 그 앞 환자용 스툴을 권했다.

"지금 고일심의 상태는 어떻습니까? 그리고 병명은요?"

"그 동안 고일심의 상태를 관찰하고 의사회의에서 의논을 거듭했습니다. 그러다가 어제 아침에 단정을 내렸습니다."

"병명이 뭡니까?"

나는 급했다. 의사가 잠시 뜸을 들이다 단정적으로 말했다.

"중증(重症)의 정신분열증입니다."

"중증의 정신분열증요?"

내가 되물었다. 그렇다면 이 이혼 소송은 끝이 난 셈이다. 그래서 그의 형 고이식이 입원을 주저했는지도 모른다.

"고일심은 이제 사회생활이 불가능합니까?"

"고일심은 굉장한 지능과 학력을 가진 상태에서 중증의 정신분열증으로 전환됐습니다. 그는 의사가 묻는 질문에 대해 강한 논리와 증명으로 맞서며 대답을 합니다. 어떤 면에서는 의사들을 가지고 노는 겁니다. 그러면서 결론은 자신이 정신병이 아니라고 교묘하게 이끌어 갑니다. 현재도 오히려 저희 의사들을 협박합니다. 정상인인 자신을 불법으로 감금하고 있으니까 나가면 체포감금죄로 고소하겠다는 겁니다."

의사들은 고일심을 몹시 꺼리는 분위기 같았다. 당직 의사가 옆 서류함에서 차트를 하나 꺼냈다. 그가 잠시 차트를 보고 확인하면서 말을 계속했다.

"이런 환자들은 협박에 그치는 것이 아니라 나가면 반드시 고소를 합니다. 한 번도 아니고 소송에 이길 때까지 집요하게 굽니다. 그걸 모르는 수사기관에서는 일단 의사들을 소환하게 되니 저희로서는 보통 곤욕을 겪는 게 아닙니다. 사회에서 흔히 보는 고소광(告訴狂)들 있잖습니까? 그 사람들도 저희 정신과 의사들이 보는 시각으로는 정신병의 일종입니다."

고일심이 내게 보여 줬던 행동의 이면이 비로소 해석이 됐다.

"치료는 가능합니까?"

"차라리 똥을 싸고 행패를 부리는 사나운 환자는 치료가 쉽습니다. 그렇지만 이런 환자의 경우는 치료가 정말 힘듭니다. 자기 나름대로의 논리 체계를 세우고 그것에 집착하기 때문에 생각을 바꾼다는 건 불가능합니다. 곤란한 말씀입니다만 저희 병원에서는 이 환자가 빨리 나가 주기를 희망합니다. 우리 의사들도 당하기 싫으니까요."

병원에서는 보호자만 동의하면 얼른 퇴원을 시킬 눈치였다. 문득 불길한 예감이 들었다. 〈양들의 침묵〉에 나오는 렉터 박사가 떠올랐다. 사람을 죽여 간까지 먹는 렉터 박사가 구속에서 풀려나는데, 그는 인간의 바다 속으로 들어가 끔찍한 죄를 저지르며 사회를 농락하며 살아갈 게 뻔했다. 고일심이 만약 정신병동에서 나오는 날이면 엉뚱한 살상이 벌어질 것 같았다. 그는 장인을 꼭 죽이고 말겠다고 벼르고 있었다.

잠시 후 나는 올라왔던 산길을 다시 내려가고 있었다. 저 멀리 내려다 보이는 마을의 전신주에서는 오렌지색의 밝은 나트륨 등이 밤을 지키고 있었다. 잠든 마을 풍경이 따뜻해 보였다. 고일심도 모든 걸 포기하면 오히려 행복의 세계로 갈 수 있을 텐데 하는 아쉬움이 피어올랐다. 그는 아직 40대 초반에 불과했고 높은 지능과 학력이 있었다. 아직 사랑할 젊음도 남아 있었다. 그런데도 그는 장인 회장에 대한 복수심으로 오히려 자신의 영혼과 몸을 해치고 있는 것이다.

다음날 나는 고일심의 형 고이식에게 전화를 걸어 의사로부터 들은 대충의 상황을 전했다. 변화된 상황에서 어떻게 대처할지 그 대책을 의논하기 위해서였다.

"개새끼들."

그의 입에선 신음 같은 욕이 새어나왔다. 그는 의사의 경솔한 폭로에 분개했다. 역시 그도 나를 속이고 있었다. 우리 사회에서 정신병은 고쳐야 할 병이 아니라 철저히 숨겨야 할 비밀인 것이다.

"위로해 주려고 갔는데 거부 반응을 일으키는 걸 보니까 섭섭하던데요."

내가 마음의 일단을 털어 놓았다. 점잖은 형은 이해하리라는 생각이었다.

"강 변호사께서는 정상이 아닌 제 동생이 한 소리를 그대로 다 받아들입니까? 그러니까 이혼 소송까지 당한 거 아닙니까?"

그가 단호하게 내뱉고는 전화를 끊었다. 변호사란 존재는 진실을 듣고 싸우는 게 아니라 그들의 단순한 용병이 되어야 하는 것 같기도 했다.

11

나는 계속 소송을 지연시켰다. 첫 번째 강추위가 지나갔다. 거리 곳곳에 쌓인 눈이 검은 먼지를 뒤집어쓰고 있었다. 도심의 눈은 항상 뒤끝이 깨끗지 못했다. 나는 사무실에서 박 변호사가 법정에 증거로 제출한 고일심의 진정서를 보고 있었다. 고일심이 얼마 전 대통령 앞으로 장인을 처벌해 달라는 진정서를 써서 우편으로 제출했다는 것이었다. 장인 욕이 가득 들어 있는 문서였다. 그 때 불쑥 고일심이 방문을 열고 들어왔다. 나는 그를 보며 깜짝 놀랐다. 정신병동에 있어야 할 그였기 때문이다.

"강 변호사, 오랜만이야."

그가 마치 먼 출장이라도 다녀온 듯 가장했다. 나는 순간적으로 망설였다. 중

중의 정신분열증 환자인 그와 어떻게 대화를 해야 할지 암담했다. 사건을 그만 뒀으면 하는 생각이 들었다.

"그래, 그 동안 어디 있었어?"

내가 모르는 체하며 물었다.

"마음도 뒤숭숭하고 그래서 여기저기 여행 좀 했어."

그가 딴전을 피웠다. 그는 내가 정신병동으로 찾아갔던 사실을 당직 의사를 통해 알고 있었다. 그런데도 엉뚱한 연기를 하는 것이다. 더이상 그렇게 환자인 그와 무의미한 얘기를 하기는 싫었다. 솔직해지고 싶었다. 그리고 그를 정말 도와 주고 싶었다.

"그래, 언제 퇴원했어?"

내가 단도직입적으로 물었다.

"퇴원? 그게 무슨 말인데?"

그의 얼굴이 흥분으로 붉어졌다.

"좀더 솔직해졌으면 좋겠어. 그렇지 않으면 이 사건을 맡지 않겠어."

내가 단호하게 선언했다.

"병원에 있었다고 어떤 놈이 그래?"

그의 얼굴의 일그러졌다.

"형님이 말해 주시더라구."

나는 고이식를 핑계 댈 수밖에 없었다. 다른 사람을 대면 그의 증오의 대상이 될 위험성이 있었다. 어쩌면 내가 그 타깃이 될지도 몰랐다. 불안했다.

"형님이 그랬어?"

그의 어조가 한풀 꺾였다. 그러면서 열심히 다른 구실을 생각하는 표정이었다. 그가 억지로 미소를 지으면서 말했다.

"우리 아버지 말이야, 이제 나이 칠십이 넘으니까 망령이 드셨어. 요즈음에는 간장하고 된장도 구별 못해. 젊어서 날고 기던 분인데. 글쎄, 아버지가 내가 처 갓집에 잠깐 간 일을 가지고 나를 강제로 정신병원에 입원시키지 않았겠어? 내가 미쳤다고 말이야. 지금이 소송에서 얼마나 중요한 시기인데 나를 정신병원에 입원시키느냐 말이야. 강 변호사! 나 좀 봐라. 멀쩡하니까 병원에서 이렇게 퇴원시켰잖나? 허, 나 참."

그는 기가 막힌다는 표정을 지었다. 나는 병원에서 골치 아픈 환자를 퇴출시킨 것이라고 짐작했다. 정신병자를 책임질 곳은 어디에도 없었다. 나는 들고 있던, 청와대에 제출한 진정서를 그에게 보였다.

"이 진정서는 왜 청와대에 냈어?"

"회장 그놈을 처벌해 달라고 대통령에게 청원한 거야."

그의 얼굴이 굳어졌다. 장인 말만 나오면 조건반사적으로 그의 표정에 증오가 서렸다. 그런 행동들 때문에 더이상 소송을 지연시킬 수 없었다. 상대방에게 좋은 명분을 주기 때문이었다. 나는 기회만 되면 그를 구슬려서 사건에서 손을 떼기로 마음먹었다.

"고일심, 네가 이 소송에서 바라는 게 뭐야?"

비정상적인 사람과 대화를 나누고 있는 내 자신이 허망했다.

"철저히 이겨서 회장을 뭉개는 거야."

그가 이를 갈면서 낮은 어조로 속삭였다.

"난 자신 없어."

내가 솔직히 말했다. 결과에 대한 화살이 모두 내게 올까 두려웠다. 이제는 질게 뻔한 싸움이었다.

"돈이 적다면 내가 아파트를 팔아서라도 댈게. 재판장한테 어떻게 손 좀 써 봐."

"난 못해."

내가 머리를 흔들었다. 그의 눈에 갑자기 파란 불빛이 일었다. 그가 자리에서 일어나며 내 팔목을 잡았다. 방에는 아무도 없었다.

"강 변호사! 너 나를 미친놈이라고 생각하고 있지?"

그가 내 팔목을 비틀면서 물었다. 나는 그를 달래야겠다는 생각이 들었다.

"자네는 이런 행동이 정상적인 거라고 생각하나?"

그가 갑자기 손의 힘을 풀며 울먹였다.

"나도 왜 이러는지 모르겠어. 정말 정신병자가 되어 쫓겨나고 싶지는 않아."

그의 어깨가 축 늘어졌다. 살려고 마지막 몸부림을 치고 있었다. 그의 모습을 보면서 다시 동정심이 생겼다.

12

일요일 밤 12시. 나는 은은한 스탠드 불이 비치는 소파에 앉아 소설을 읽는 중이었다. 격자를 넣은 우툴두툴한 반투명 유리창 위로 잎이 떨어져 앙상한 감나무 가지가 한 폭의 추상화를 그리고 있었다. 아내와 애들은 벌써 깊이 잠들어 있었다. 이런 시각이면 난 철학자가 된다. 산다는 게 뭘까? 현실에서 보면 그것들은 끝없는 투쟁이었다. 나는 돈을 받고 의뢰인 앞에 서서 직접적으로 싸워 주는 일을 하고 있었다. 그 싸움들에서 보이는 추악한 집착과 증오라는 병에 전염되고 있었다.

며칠 전 사무실 위층에 있는 윤 변호사가 점심 식사 후에 놀러왔다가 한 얘기가 떠올랐다. 대학 2년 후배인 그는 국회의원에 두 번 출마를 했었다.

"강 선배, 나도 이제 나이 사십이 눈앞에 닥치니까 새로운 생각이 듭디다. 나머지 인생을 어떻게 계획해야 하냐는 거죠."

그가 담배에 불을 붙이면서 털어놓았다.

"그래, 어떤 계획들을 세워봤는데?"

"나처럼 정치인이 되는 길이 있을 것 같아요, 두 번째로는 지금이라도 미국 유학을 가서 전문 분야의 학위를 따서 독보적인 국제변호사가 되어 돌아오는 거죠."

두 가지 길 모두 흔히들 고시에 합격한 인물들이 다시 한 단계 도약하기 위해서 시도하는 길이었다.

"그게 다야?"

"아니죠, 하나가 더 있어요. 이건 좀 허무맹랑한 얘긴데."

윤 변호사가 씩 웃었다.

"뭔데?"

내가 묻고는 차를 한 모금 마시려고 찻잔을 들었다.

"그게 뭐냐면, 지금부터 때묻은 오랜 고전부터 시작해서 문학, 철학, 역사 등 여러 분야의 책을 하나하나 공부하듯 정독해 나가는 거예요. 그렇게 10년 동안 열심히 읽어서 나이 50에 이천권 정도 깐깐한 독서 실력을 갖추면 그거 상당한 재산이 아닐까? 내가 당에서 회의를 하거나 정치토론에 나가보면 전부 실력이 없어도 너무 없다는 걸 느끼거든? 얄팍한 꾀와 잔머리, 그리고 주변에서 주워들은 엉터리 지식으로 때운단 말야. 그리고 교수들도 자기 전공 이외에는 바보야. 우리 법조인들도 마찬가지 아니요?"

난 갑자기 머릿속이 확 밝아지는 느낌이 들었다.

"맞아, 그거야. 나도 그렇게 하고 싶었어."

내가 맞장구를 쳤다. 사실 내 꿈은 조용한 사무실에서 벽에 소설책을 가득 쌓아 놓고 틈틈이 읽는 것이었다.

초등학교 시절 치열한 입시 때문에 맨날 교과서와 전과를 외우고 시험을 봐야 했다. 시험을 잘 치른 후에 내게 돌아오는 상은 동네 만화방에서 빌려온 《몽테 크리스트 백작》 같은 소설 한 권과 포도 한 송이였다. 평생 그렇게만 살면 천국일 것 같았다.

좀더 자란 후에는 신설동 변두리의 노벨극장이란 동시상영극장을 자주 드나들었다. 그 극장에서는 채플린의 무성영화부터 시작해서 커크더글러스가 주인공인 〈스팔타 카스〉 등 유명한 영화를 상영을 했었다. 동네 친구 할아버지가 그 극장 주인인 바람에 거의 공짜로 다 구경을 했었다. 책과 영화를 좋아하는 기질은 커서도 마찬가지였다. 고시촌의 쪽방에서 공부를 할 때도 난 오전이면 라디오를 틀어놓고 〈소설극장〉을 청취하곤 했었다.

사불산이란 깊은 산 속의 대승사란 절 뒤쪽의 방에서 공부할 때였다. 일렁거리는 촛불을 앞에 놓고 난 청계천 헌책방에서 사 온 소설들을 열심히 탐독하고 있었다. 아무런 재미도 영양가도 없는 법서 말고 소설만 읽으면서 그렇게 절에서 혼자 살라고 하면 평생 있으라고 해도 그럴 수 있을 것 같았다.

지위, 돈, 명예에 대한 집착을 버리고 정말 자기가 좋아하는 것에 열중하면 그게 행복이 아닐까?

만 권의 책을 읽고 천 편의 영화를 보며 백 번의 여행을 하고 죽는다면 그보다 더 행복한 사람은 없을 것 같았다.

나는 그렇게 살리라고 마음을 먹었다. 그런 생각을 하고 있을 때 전화벨이 울렸다.

"밤늦게 죄송합니다. 강 변호사 댁 맞습니까?"

고일심의 목소리였다.

"밤늦게 웬일이야?"

"소송에서 아무래도 지겠지?"

"……."

나는 대답하지 않았다.

"아이들도 다 뺏기겠지?"

"……."

나는 대답을 할 수 없었다. 그가 계속했다.

"객관적으로 냉정히 생각해 봤는데 이혼당하는 건 피할 수 없겠어. 강 변호사, 마지막으로 한 가지만 도와 줘. 판결문에서 나를 정신병자만은 만들지 않도록 해 줘. 다음에 아이들에게만은 아버지가 미친놈이 되고 싶지 않아서 그래."

그는 증오에서 벗어나 제정신으로 돌아와 있었다. 반가웠다.

"알겠어. 내가 재판장을 만나 방안을 강구해 볼게."

그가 전화를 끊지 않고 가만히 있었다. 뭔가 하고 싶은 말이 있는 듯 망설였다. 그가 한참 후 조용히 말을 계속했다.

"지난 일요일에 말이야, 혼자 그 전에 가족이 잘 다니던 일식집에 갔었어. 아이들이 그 집 우동을 좋아했거든. 거기서 아내와 아이들을 만난 거야. 정말 반가웠어. 그런데 어떤 일이 있은 줄 알아? 아내가 나를 보더니 아이들 손을 잡고 도망가기 시작하는 거야. 내가 '민지야!' 하고 애 이름을 부르면서 따라갔어. 애들이 나를 보면서 엄마에게 끌려가는 거야. 따라가서 민지를 잡았지. 녀석이 울먹거리면서 뭐라고 하는지 알아? '나도 사실 아빠가 보고 싶었어.' 하더라구. 나 혼자서 한참을 울었어. 그러면서 애가 하는 말이, 외할아버지가 '네 애비는 미친놈이니 만나지도 마라' 라며 화냈다는 거야. 정말 내가 미쳤다는 게 그렇게 서러울 수가 없었어. 이제 나는 정말 폐품이 된 거야. 아무도 내가 하는 말을 믿어 주지 않아, 그 누구도."

송수화기 저쪽에서 그의 흐느낌이 전해졌다. 그가 측은해졌다. 나는 그의 마지막 부탁을 꼭 들어 주고 싶었다.

"좋아. 내가 자네를 재판장 앞에 증인으로 세우겠어. 거기서 정상이라는 걸 스스로 증명해 봐."

내가 각오를 굳히면서 그에게 말했다. 그를 위해서라면 거짓말이라도 해 주고 싶었다.

"기회만 준다면 할게. 내 모든 정성을 다 할게. 정상인이라도 미친놈 누명을 쓰면 정신병자가 될 수밖에 없다니까. 사과하려고 처가에 갔다가 누명을 쓴 거라구. 세 시간 동안 문 앞에서 벌벌 떨고 서 있으려니까 정말 비참하더라구. 그래서 문을 차고 소리친 게 또 미친놈이 된 거 알잖아?"

"알았어. 그리고 한 가지 더 필요한 서류는 지난 번 입원해 있던 정신병원의 진단서야. 형님에게 부탁해서 떼다 줘."

내가 보기엔 고일심은 미치지 않았다. 그러나 그가 입원했던 병원의 당직 의사는 중증의 정신분열이라고 했다. 정확히 확인하고 싶었다.

"아니야, 그건 내가 가서 직접 떼 올게."

마지막으로 그가 덧붙였다.

"나도 너무 과거에 얽매이지 않을게. 앞으로는 정신 차리고 도시락 장사라도 할 테니까 한번 지켜봐."

그가 마음을 바꾸어 먹은 것 같았다.

다음날 나는 재판장의 방을 찾았다. 항상 사람 좋은 미소를 잃지 않는 판사였다. 넉넉한 여유가 보여서 좋았다.

"어서 오십시오. 그렇지 않아도 한번 오셨으면 하고 기다리던 중입니다."

재판장이 걸걸한 목소리로 반갑게 나를 맞았다. 재판장 옆에서 법전을 펴놓고 여판사가 그의 지도를 받고 있는 중이었다. 젊은 여판사가 나를 보자 '부장님 그럼 이만' 하며 자리에서 일어섰다. 내가 소파 맞은편에 앉았다.

"죄송하지만 재판장님을 좀 협박해야겠습니다."

"어떤 겁을 주시려고요?"

재판장이 웃으며 물었다.

"만약 판결문에 정신병자라서 이혼시킨다고 쓰시면 어떤 사태가 발생할지 모르겠는데요."

그건 사실이었다. 재판장이 내 말 뜻을 알고 입을 열었다.

"고일심은 공부도 많이 하고 총명한 사람인데 아깝게 됐어요. 그렇지만 재판장인 전들 어떻게 합니까? 원고는 판결을 신청했고, 진단서나 그 동안 보인 그의 행동들을 보면 이혼 사유가 되는 정신병인 것은 틀림없는 것 같은데요. 판결을 해야 하는 재판장이지만 이 경우는 정말 판결문을 쓰기 싫은 경우입니다."

"의사의 진단서만 믿지 말고 재판장님이 직접 고일심을 보고 판단해 보시는게 어떨까요? 판사가 절대적으로 의사의 진단서에 얽매일 필요는 없는 거 아닙니까?"

"글쎄요. 정신병자라고 항상 비정상이기야 하겠습니까? 논리적이다가 어느 순간 아주 미세한 부분에서 튀는 경우도 많으니까요. 여하튼 변호사의 뜻이 그러시다면 받아들이죠."

재판장이 선선히 응했다.

"고일심으로서는 재판장이 직접 확인해 주신다면 원한이라도 쌓이지 않을 것 같습니다."

내가 이유를 말했다.

"그렇다면 더더구나 해 줘야죠."

재판장이 시원시원하게 받아들였다. 내가 준비해 온 두 번째 요구 사항을 풀어 놓았다.

"그리고 이 사건을 조정에 회부해 주셨으면 합니다."

순간 재판장이 난처한 표정을 지으며 말했다.

"원고 측 변호사께서는 절대로 조정에는 응하지 않겠다고 펄펄 뛰실 건데."

이미 이길 게 뻔한데 응할 리가 없었다. 재판장이 말을 계속했다.

"원고 측 박 변호사님은 회장이란 사람한테 뒤에서 몹시 들볶인다고 하더라구요. 판결을 빨리 해달라고 재판장인 저에게도 독촉이 심합니다."

판결문은 마음만 먹으면 30분 이내에 간단히 쓸 수도 있었다. 이미 모든 증거가 충분했다. 그러나 재판장은 내 쪽을 생각해서 선고를 하지 않고 있는 상황이었다.

"양측의 입장을 떠나서 정신병자라는 소리가 들어가지 않도록 하는 조정에 대한 재판장 개인의 생각은 어떻습니까?"

"재판장으로서는 기본적으로 찬성입니다."

"알겠습니다. 그러면 제가 원고 측 박 변호사에게 가서 무슨 수를 써서라도 조정 절차가 이루어지도록 승낙을 얻어 내겠습니다."

나는 박 변호사를 찾아가서 통사정을 해야겠다고 마음먹었다. 고일심과 나, 그리고 박 변호사는 그래도 고등학교 선후배라는 학연의 끈이 남아 있었다. 재판장이 웃는 얼굴로 내게 말했다.

"제가 꼭 무슨 소설 속에 들어와 있는 느낌입니다. 재판장인 저도 원고 측 변호사에게 조정에 응하도록 권유하겠습니다."

13

고일심이 법정의 증인 위치에서 진술을 하는 날이었다. 함께 법정으로 가기 위해 사무실을 찾은 그의 모습은 산뜻했다. 검은 색 정장에 흰 와이셔츠를 단정히 받쳐 입고 있었다. 이발소에 가서 드라이를 한 머리에서는 향긋한 냄새가 풍겨왔다. 그 모습으로 재판장 앞에서 최종적으로 정신병자인가를 판정받는 것이다. 그가 서류 한 장을 내게 내밀었다. 진단서였다. 내가 찾아갔던 대학정신병원의 담당 의사가 작성한 것이었다. 당시 의사는 정신과 의사회의에서 최종적으로 중증의 정신분열증이라는 결론을 냈다고 했었다. 나는 진단서를 펼쳤다.

〈상기 환자는 본원에 입원해서 치료를 받았으나 현재 뚜렷한 증상은 없는 상태임〉

난 깜짝 놀랐다. 이럴 리가 없었다.

"이거 맞아?"

내가 의아한 표정으로 고일심에게 물었다.

"의사 그 개새끼 말이지. 내가 정상이라고 쓰라고 하니까 그것까지는 도저히 못하겠다고 하는 거야."

"…….."

그가 의사를 협박한 것 같았다. 환자에게 병원이 굴복한 것이다. 나는 거기서 어떤 일탈을 보았다. 병원이 중증의 정신분열증 환자를 사회에 내동댕이쳐도 되는 것일까? 그것도 정상증명서까지 첨부해서. 아니면 내가 들은 것은 오진이었을까? 착잡했다.

한 시간 후 우리는 이혼 법정에서 재판장의 호명을 기다리고 있었다.

"피고 고일심, 나오세요."

재판장이 그를 불렀다. 그가 나가서 증인석에 앉았다.

"고일심씨는 모든 것을 사실대로 진술하실 것을 약속합니까?"

재판장이 신중한 표정으로 고일심을 살피면서 물었다.

"네!"

고일심이 군인같이 절도 있게 끊어 대답했다.

"원고 측 변호인, 신문하시죠."

재판장이 명령했다. 원고 측 박 변호사가 자리에서 일어섰다. 그가 돋보기를 쓰고 자신의 손에 든 서류를 보면서 묻기 시작했다.

"종합병원의 진단서에 의하면 고일심씨는 오랫동안 정신분열증을 앓아오고 지금도 그 증세가 계속 중인 것으로 기재되어 있습니다. 고일심씨는 자신을 정상적인 정신 상태로 생각하시는지요?"

"저는 분명히 말씀드립니다. 정신병자가 아닙니다."

탁자 밑에 마주 쥔 그의 손이 부르르 떨렸다.

"고일심씨는 며칠 전까지 정신병동에 강제로 수용되어 있지 않았나요?"

"그렇게 말씀하신다면 제가 지금 여기서 증언하는 자체는 어떻게 해석하십니까? 정상적이라는 소리 아닌가요? 아무리 이런 자리지만 모욕적인 발언은 삼가주셨으면 합니다."

그가 젊잖게 맞받아쳤다.

"좋습니다. 미안합니다. 다음 질문으로 넘어가겠습니다."

박 변호사는 불필요한 자극을 주지 않도록 조심하며 계속 말을 이었다.

"고일심씨는 청와대에, 장인이 자신을 저주하니 처벌해 달라고 진정서를 냈는데 그게 정상적인 행동이라고 생각하십니까?"

박 변호사는 기록 속에서 복사된 진정서를 꺼내 그에게 보였다.

"진정서를 낸 건 사실입니다. 그러나 그 뜻은 아내와 저를 어떻게 해서든지 이혼시키려는 장인을 견제하고 대통령에게 한 가정을 지켜 주십사 하는 의도였습니다. 제가 미쳐서 그런 건 아닙니다. 장인은 돈 있고 힘 있는 재벌회장입니다. 저의 힘으로 그를 이겨 내기에는 너무 벅차 대통령에게 호소한 겁니다."

그가 침착한 태도로 대답했다.

"고일심씨는 얼마 전 헌 구두 여러 켤레를 소포로 장인집에 배달했던데, 기억하십니까?"

"미친놈 만드는 일도 분수가 있습니다. 그게 새 구두지 왜 헌 구두입니까? 헌 구두를 보냈다고 해야 미친놈으로 만들어집니까?"

고일심이 소리쳤다. 위험수위였다. 그가 흥분하면 정상을 일탈한 말이 나오기 때문이다.

"여하튼 구두는 왜 보냈죠?"

박 변호사가 다그쳤다.

"화해의 뜻으로 보냈습니다."

"헌 구두를?"

박 변호사가 '픽' 웃었다.

"새 구두라니까!"

그가 신경질을 냈다.

"장인의 집에 가서 행패를 부린 일도 있죠?"

"아닙니다. 사과하러 갔는데 문을 열어 주지 않아서 세 시간 동안 대문 앞에서 떨었습니다. 하도 화가 나서 대문을 한 번 찼습니다. 그것도 미친 짓입니까?"

그가 되쐈다.

"제가 행패라고 했지, 언제 미쳤다고 했습니까?"

박 변호사가 말했다.

"그것도 행패라면 행패는 되겠죠."

고일심이 고개를 끄떡였다. 박 변호사가 계속했다.

"지금은 소송으로 처가와는 서로 극도로 민감한 사이가 됐는데 왜 그랬나요?"

"화해의 뜻이었습니다."

"증인은 장인을 극도로 미워한다고 하는데 사실입니까?"

"그건 사실입니다."

"왜 그렇게 증오합니까?"

"회장은 돈만 있는 재벌이지 그 외에는 아무것도 내세울 것도 없는 인간입니다. 가난하고 무식한 그는 수단과 방법을 가리지 않고 돈을 긁어모아 재벌이 됐습니다. 그의 보람은 고급 외제차에 좋은 집을 가지고 과시하는 그런 종류였습니다. 수많은 회사 직원을 머슴으로 생각하고 그 위에 군림하는 걸 자랑하는 사람입니다. 그것만이 그의 보람이고 자랑입니다. 그의 가슴에는 따뜻한 피가 흐르지 않습니다. 저는 그게 역겨웠습니다. 회장은 사위로 맞은 나를 수시로 시험하고 감시했습니다. 임원들 보는 앞에서 무참하게 모욕을 주기도 했습니다. 심지어 매일 일기를 써서 제출하게 했습니다. 아이까지 둔 사위에게 일기를 써 내라는 장인, 보신 적 있습니까? 그런 인간이기 때문에 어떤 비정상적인 행동도 해댑니다. 비방굿만 해도 그렇습니다."

그가 흥분하기 시작했다.

"됐습니다, 됐어요. 그만하시죠."

박 변호사가 그의 말을 막았다.

"나도 말 좀 합시다. 말 좀!"

그가 소리쳤다. 그의 얼굴이 새파래졌다. 심상치 않은 조짐이었다. 재판장이 나섰다.

"고일심씨! 그만하세요. 하고 싶은 말들은 이미 고일심씨의 변호사가 준비서면에서 글을 통해 다 말했습니다. 알고 있으니 돌아가세요."

그가 할 수 없다는 듯 증인석에서 일어났다.

"오늘은 결심을 하고 다음 기일에는 선고를 하겠습니다. 선고 기일은 다시 법원에서 통보해 드리겠습니다."

재판장이 선언했다. 재판장은 선고기일을 잡아놓고 그 때까지 내가 조정으로 절차를 전환할 상대방 측의 동의를 받지 못하면 그대로 선고를 강행하겠다고 최후통첩을 보냈다. 그 동안 끌어온 나로서도 더이상 할 말은 없었다. 나와 고일심은 법정을 나섰다.

"야, 강 변호사! 우리나라에서 어떻게 정신병자가 만들어지는 줄 알아? 어떤 문제가 뇌리에서 떠나지 않는다고 내가 말하면 의사들은 교과서를 찾아보고 바로 편집증이라고 단정해. 한번 의사들에게 망상이나 헛것이 보인다고 해 봐. 당장에 정신분열증세 초기라고 할 거야. 그러다가 환자가 겁주면 의사들은 정상이라고 진단서를 쓰는 비겁한 놈들이야."

그가 허허 하고 웃으며 텅 빈 긴 복도를 걸어 나갔다.

스산한 햇빛이 작은 창을 통해 바닥에 흑백의 그림자를 만들고 있었다.

14

이틀 후, 나는 박 변호사를 찾아가 통사정을 했다.

"선배님, 정신병자로 못박을 게 아니라 조정으로 이 사건을 원만히 마무리 지으십시다."

"연기만 안 된다면 저라고 굳이 강경하게 나갈 이유는 없어요."

"감사합니다, 선배님."

박 변호사도 세상을 보는 눈이 있는 인격자였다. 오랜 기간 판사를 한 분이었다. 가급적 고일심 가족의 마음에 상처를 주지 않고 사건을 마무리 짓고 싶어 했다. 재판장이 박 변호사에게 한 설득도 주효했다. 다만 그는 내가 소송을 1년간 이나 의도적으로 끄는 데는 학을 뗐다.

"변호사끼리 합의문을 작성해서 재판부에 제출하는 게 어떻습니까?"

내가 제안했다.

"그럽시다."

박 변호사가 흔쾌히 대답했다. 한창 사건이 많은 그는 이 사건 때문에 많은 수입을 날리는 셈이었다. 그는 순간순간이 돈인 황금기였다. 박 변호사가 탁자 위에 백지를 놓고 만년필을 들었다.

"제일 중요한 점은 정신병자로 만들지 말아달라는 부탁입니다. 그러면 이혼에는 동의하겠습니다."

"알았어요. 내가 그 문제에 대해서는 회장을 설득할 수 있어요. 일단 문안을 내가 쓸 게요"

그가 들고 있던 만년필로 써 내려갔다.

'원고는 이혼 소송의 원인을 정신병이 아닌 부부간의 성격 차이로 바꾸기로 한다. 합의에 의해 원고와 피고는 이혼한다.'

"이런 우리끼리의 합의에 불만 없으시죠?"

박 변호사가 웃으며 물었다.

"감사합니다."

이로써 고일심이 가장 걱정하던 부분이 해결됐다. 박 변호사가 다음 순서로 합의할 사항을 이렇게 물어왔다.

"아이들은 역시 지금은 엄마가 키우는 게 낫겠지요? 할머니 할아버지가 아이들을 키울 의사가 있다면 데려가도 좋아요."

"아버지가 직업을 가진 것도 아니고, 또 몸도 마음도 불편하니까. 아버지가 양육하긴 힘들고 형의 말에 의하면 노인들이 아이를 키우기는 무리라고 하던데……."

아이를 키우는 것은 아빠보다는 그래도 엄마가 나았다.

고일심만이 맹목적으로 아이를 뺏기지 않겠다고 했다. 내가 덧붙여 말했다.

"아이들을 엄마가 양육하는 데는 동의합니다. 다만 아빠가 아이들을 보고 싶어 할 때는 볼 수 있어야 합니다. 그 점에서 면접교섭권을 주장하고 싶습니다."

"알았어요, 그렇게 합의문구를 쓰도록 하죠."

박 변호사가 능숙하게 문안을 만들어 나갔다.

'남편은 아이들이 보고 싶을 때는 매월 1회 주말에 1박2일의 동거, 방학 중 3박4일의 동거, 아버지 생일날 1박2일의 동거를 한다.'

쌍방에 이의가 없었다. 아이들을 더 보고 싶으면 나중에 얼마든지 바꿀 수 있었다. 마지막으로 위자료 부분이었다.

"선배님, 재벌회장님께서 정말 3억원을 굳이 받아야 합니까? 좀 치사하잖아요? 정말 그 돈이 탐이 난답니까?"

"꼭 받기보다는 상징적인 의미죠. 깎을 수는 있어요."

박 변호사가 절충 가능성을 제시했다. 내가 반대로 나갔다.

"회장 때문에 신경쇠약에 걸렸으니까 오히려 사위 쪽에서 위자료를 받아야하는 거 아닐까요?"

"그게 무슨 소립니까? 친정이 돈 많은 재벌인 것과 이 사건하고 무슨 상관이 있어요? 이 사건에서 이혼을 청구한 당사자는 고일심의 부인이에요. 장인은 직접적인 소송 당사자가 아니죠. 여기서 말하는 위자료는 정신병을 앓은 남편한테 아내가 10여 년 동안 받은 학대와 고통을 말하는 거예요, 사실 그걸 감안하면 3억원도 모자라요. 그리고 위자료 액수가 너무 적으면 그 자체만으로도 여자가 잘못했다는 걸 자인하는 꼴이 되지 않겠어요?"

위자료에 대해서만은 완강했다.

"그러면 좀 더 생각해 보기로 하죠. 지금 주고 싶어도 고일심에게 그런 돈이 없습니다."

"아파트가 있잖아요?"

"그러면 오갈 데 없는 거지가 되란 말입니까?"

내가 반문했다. 너무한 것 같았다. 그 장애에 걸려 합의문 작성이 연기됐다. 그 점까지 마무리되지 않으면 조정으로 사건을 끝내는 건 힘들 것 같았다. 어려운 협상이었다. 이쪽에서는 사정만 할 수 있을 뿐 협상에 내세울 무기가 없었다. 그만해도 박 변호사는 많이 도와 주는 셈이었다. 시간은 선고일을 향해 점점 흘러가고 있었다.

15

"여보, 전화가 왔는데 받아 봐요."

며칠 후 한밤중이었다. 일어나 보니 시계바늘이 3시를 가리키고 있었다.

"여보세요?"

내가 잠이 덜 깬 목소리로 전화를 받았다.

"…….."

저쪽에서 대답이 없었다.

"여보세요!"

내가 다시 한번 상대방을 불렀다.

"나야."

저쪽에서 힘없는 목소리가 들렸다. 고일심이었다.

"이 밤중에 무슨 일이야?"

아무 때나 걸려 오는 그의 전화는 이제 우리 가족에게도 고문이었다.

"그 동안 워싱턴하고 동경에 있는 친구에게 부탁해서 이혼 소송 판결문을 얻어 읽어 봤어. 그리고 오늘 서점에서 친족상속법에 관한 책을 사서 하루 종일 이혼에 대해 읽었어. 일본이나 미국에서는 나 같은 경우가 이긴 적도 많아. 이번 소송에서 분명히 이겨야겠어. 만약 내가 진다면 그건 분명히 재판장이 돈을 먹어서일 거야. 처가 집안에 법조인이 있어. 장인은 틀림없이 그 사람을 통해서 재판장에게 청탁했을 거야. 자본주의 사회에서 재벌의 금력보다 강한 힘이 어디 있겠어?"

그는 또 의심하고 있었다.

"아니야, 재판장은 그런 사람이 아니야. 자네를 지금 동정하고 있고 도와 주려고 애를 써. 판결문을 기계적으로 써 버리면 그만이지만 재판장은 조정을 성립시켜 고일심이 자네를 도와 주려 해. 법정에서의 어조는 괄괄하지만 마음이 따뜻한 사람이야. 분명해. 오해하면 안 돼."

나는 마음이 다급했다. 그의 망상 속에서 재판장이 또 다른 가상의 적이 될 수도 있기 때문이었다.

"하하, 과연 그럴까?"

그가 나지막하게 비웃는 어조로 말했다. 이윽고 전화가 끊겼다.

사흘 후 다시 재판장실에서 위자료 액수에 관해 조정회의가 열렸다.

"상징적으로 3천만원 정도로만 해 놓읍시다. 그렇다고 돈 없는 사람에게 이쪽에서 강제집행을 할 건 아니니까."

박 변호사가 선선히 말했다. 돈을 받지 않겠다는 얘기였다.

박 변호사는 회장을 납득시키느라고 꽤나 고생한 눈치였다. 합의문이 완성되고 양측 변호사가 도장을 찍었다. 재판장이 그 합의문을 확인하고 역시 중간에서 도장을 찍었다. 법적 효력을 가지는 조정문이 완성된 순간이었다. 고일심의 소망대로 재판이 취소되고 모든 걱정이 사라졌다. 재판장이 미소를 지으며 이렇게 말했다.

"두 분 변호사님과 고일심이 학교 동문이 아니었다면 이런 치열한 사건에서 합의는 불가능했을 겁니다. 그 동안 두 분 정말 신사적으로 소송을 진행하셨습니다. 수고 많으셨습니다."

나는 뿌듯한 마음으로 박 변호사와 악수를 나누었다.

16

그날 밤 12시경이었다. 갑자기 고일심의 형으로부터 다급하게 전화가 왔다.

"일심이가 강남병원 중환자실에 있습니다."

그의 어조 속에 어렴풋이 일심의 죽음이 느껴졌다.

"왜요?"

나는 깜짝 놀랐다. 소송은 그가 만족할 정도로 끝이 났다.

"한강다리에서 떨어졌어요."

"알겠습니다, 제가 갈게요."

중환자실은 혼수상태의 환자들로 꽉 차 있었다. 침대 옆에 놓인 모니터들에서는 경각을 다투는 듯 톱니 모양의 그래프들이 바쁘게 뛰면서 삐이 하고 다급한 소리들이 나고 있었다. 가습기들은 여기저기서 숨이 찬 듯 하얀 김을 뿜어 내고 있었다.

고일심은 만신창이가 된 채 구석 침대 위에서 식물인간같이 되어 있었다. 억지로 벌려진 입에는 몇 개의 튜브가 물려 있었다. 배 위로 두꺼운 허리띠를 한 듯 넓은 붕대가 감겨져 있었다. 머리가 깨지고 창자가 터져서 두 번째 수술을 막 끝냈다고 했다. 잠시 후면 세 번째 대수술로 들어간다고 했다.

"호흡기를 관장하는 두개골도 파열됐대요."

옆으로 다가온 형이 말했다. 중환자실 밖으로 나와 그의 형으로부터 고일심의 지난 며칠간의 상황을 대충 들었다.

그가 내게 마지막 전화를 한 다음날 밤 12시쯤 양화대교에서였다.

깜깜한 밤하늘 밑으로 한강물이 도심의 불빛을 받아 번들거렸다. 다리 위로는 하얀 헤드라이트 불빛을 쏘면서 자동차들이 미친 듯 달리고 있었다. 그 불빛에 다리 중간쯤 난간 앞에 이따금씩 잠시 비치는 남자가 있었다. 그는 미친 듯 달리는 현실과 어둠 저쪽에서 흐르는 영원의 강물 중간쯤에 위치한 것 같았다. 그가 손에 들고 있던 담뱃불을 아래로 던졌다. 담뱃불은 빨간 포물선을 그리며 강물 아래로 한없이 떨어졌다. 이윽고 그가 결심한 듯 난간 위로 가볍게 올라섰다. 순간, 새가 날개를 활짝 펴듯 그가 팔을 양 옆으로 뻗치더니 검은 강물 속으로 뛰어들었다.

그 무렵 강변파출소의 박 경장이 고수부지 쪽으로 순찰을 돌고 있었다. 가로등 불빛에 반사되어 강물 위는 흐느적거리는 불기둥으로 가득 찼다. 다리 난간을 보트가 '차르르륵' 모터 소리를 내며 지나가고 있었다. 그 때 강 한가운데로 뭔가 큰 물체가 떨어지는 소리가 들렸다. 그는 신경을 곤두세우고 그 쪽을 응시하고 있었다. 손에 들린 무전기에서 지직 거리는 잡음이 흘러나오는 중이었다. 잠시 후 번들거리는 강물 위로 첨벙대면서 헤엄을 치는 사람의 모습이 눈에 들어왔다. 누군가 강을 건너오는 게 틀림없었다. 잠시 후 물 속에서 흠뻑 젖은 한 남자가 강가 콘크리트 구조물 위로 올라섰다.

"여보세요! 뭐하시는 겁니까?"

박 경장이 둑 아래로 내려가 그에게 다가갔다. 물에서 나온 남자는 아무 말이 없었다. 입고 있는 옷에서 물이 뚝뚝 떨어지고 있었다. 박 경장이 보기에 그는 사업에 실패라도 하고 자살하려는 사람 같았다. 박 경장은 그를 파출소로 데리고 갔다.

"주민등록증 좀 봅시다."

박 경장이 말했다. 일단 상황보고는 해야 할 것 같았다.

그 남자는 젖은 양복 윗주머니에서 주민등록증을 꺼냈다. 주민등록증에 '고일심'이라고 기재되어 있었다. 평소에 헬스클럽에서 운동을 많이 했던 그를 한강은 죽일 수 없었다. 물에 젖은 고일심이 파출소 벽에 붙어 있는 나무의자에 앉았다. 당직 경찰관은 고일심의 수첩에 적힌 형의 전화번호로 전화를 걸었다. 밤 12시가 넘자 강변의 취객들이 싸우다가 파출소로 끌려왔다. 데이트 족에게 건달들이 달려든 사건 신고도 들어왔다. 밤마다 고수부지에서 일어나는 일들이었다. 파출소 안은 소란스러워졌다. 왁자지껄한 소란 속에서 말없이 앉아 있던 고일심이 조용히 사라졌다.

다음날 해질 무렵. 영동대교 앞의 D호텔 로비로 후줄근한 옷차림을 한 남자가 들어섰다. 그는 만원짜리 지폐 몇 장을 프런트 데스크를 지키는 직원에게 내놓았다. 아무 말이 없었다.

호텔 직원이 내민 카드에 그는 아무렇게나 휘갈겼다. 직원들은 신분을 확인하지 않았다. 남 모르게 잠시 방을 빌리는 남녀가 많았기 때문이다. 그의 어두운 표정이나 입고 있는 구겨진 옷은 사랑을 나누고 갈 모습은 아닌 것 같았다. 호텔 직원은 얼핏 그가 자살할 사람이 아닌가 의심이 들었다.

고일심은 방 안에 들어가자 옷을 벗고 샤워실로 들어갔다. 온수꼭지를 틀자 뜨거운 물이 쏟아져 나왔다. 따뜻했다. 몸에서 김이 모락모락 나기 시작했다. 그는 욕조 바닥에 무릎을 꿇고 앉아 정성들여 몸을 닦기 시작했다. 죽은 후라도 남에게 더럽게 보이기 싫었다.

샤워를 끝낸 그는 룸서비스에 맥주를 시켰다. 창문을 열었다. 벌써 현란한 밤의 네온사인이 멀고 가까운 빌딩들에서 명멸하고 있었다. 종업원이 가져온 맥주를 들이켰다. 노란 액체가 갈증을 일으키는 육체 속으로 흘러들어갔다. 그는 목석 같은 자세로 서울의 밤을 한참이나 내다보고 있었다.

잠시 후 그는 걸어 둔 점퍼 주머니에서 칼을 꺼냈다. 날카로운 칼날이 불빛에 반사되어 차갑게 빛났다. 상아 장식이 달린 그 칼은 오랫동안 가지고 있었던 듯 손때로 길이 들어 있었다. 누군가를 살해하기 위한 것 같았다. 그는 바닥에 무릎을 꿇고 걸치고 있던 목욕 가운을 벗었다. 평소 단련했던 단단한 몸의 근육들이 꿈틀거렸다. 칼날을 배 쪽으로 향하게 하고 양손으로 손잡이를 잡았다. 묵직한 중량감이 그의 손바닥에 느껴졌다.

그는 칼날을 왼쪽 아랫배에 댔다. 배가 그걸 감지한 듯 속에서 창자가 꿈틀했다. 순간 그는 칼자루를 잡은 손아귀에 힘을 주며 칼날을 뱃속 깊이 박아 넣었다. 뜨끔하면서 불 꼬챙이가 속으로 들어오는 것 같았다. 그는 손에 잡은 칼자루를 놓치지 않고 더욱 단단히 잡았다. 정신을 잃기 전에 배를 갈라야 했다.

그는 힘껏 칼자루를 오른쪽으로 끌어 당겼다. 뱃가죽이 갈라지는 느낌이 칼끝을 통해 손에 전해왔다. 비릿한 피 냄새가 풍겨왔다. 다시 한 번 그는 혼신의 힘을 다해서 칼날을 잡아 당겼다. 물컹하고 뜨거운 게 배에서 흘러나왔다. 그가 중심을 잃고 앞으로 엎어졌다. 그리고 깜깜한 밤이 찾아왔다.

17

"그런데 머리는 어떻게 해서 터졌지요?"

내가 말을 끝낸 고일심의 형에게 물었다.

"배를 갈라 만신창이가 된 일심이를 수상하게 여기던 호텔 종업원이 빨리 발견했대요. 바로 앰뷸런스로 이 병원에 실려 왔죠. 그 때까지는 생명이 위험하지는 않았어요. 그런데 여기 와서 또 한 번 사고가 발생했어요. 병신 같은 새끼"

고일심의 형이 침통한 표정을 지었다.

"어떤 사곤데요?"

"응급실에 실려 오자마자 배 봉합 수술을 받았죠. 연락을 받고 저와 어머니가 병원으로 달려왔어요. 워낙 건강했던 동생이라 하루 만에 완전히 의식을 회복했어요, 옆에서 지키고 있던 어머니에게 산책 좀 하겠다고 하더래요, 어머니가 말렸는데도 움직여야 살 것 같다고 하면서 자리에서 일어나더래요. 할 수 없이 어머니가 데리고 병실 밖으로 나갔는데 어머니보고 잠시 기다리라고 하고는 맨 위층으로 올라가 바닥으로 떨어진 거예요. 의사들 말로는 그것 때문에 호흡기를 관장하는 뒤쪽 뇌를 다쳤대요."

고일심은 두 번에 걸친 대수술을 받았다. 상태가 좋지 않아 이제 한 시간 후면 세 번째 수술이 진행될 예정이라고 했다. 고일심의 형이 말을 계속했다.

"저런 상태인데도 조금 전에 손짓으로 필기도구를 가져다 달라는 거예요."

그래도 정신이 있었던 것 같았다.

"입에 가득 튜브들이 들어 있어서 말을 못하니까 볼펜을 손에 쥐어 주고 종이를 가져다 댔죠, 그랬더니 자기 소송이 어떻게 선고 됐느냐고 물어요."

정말 지독한 집착이었다. 소름이 끼칠 정도였다. 그는 최고와 일등, 승리자라는 프로그램만 머릿속에 입력된 로봇 같았다. 그것만 포기하면 그는 얼마든지 행복할 수 있는 환경이었다.

소송 도중 그가 잠시 내 사무실에 들렀을 때였다. 그는 다니던 학원에서도 일등을 했다고 자랑했다. 그는 고등학교 때 성적이 나빴던 내가 어떻게 변호사가 됐는지 모르겠다며 고개를 갸웃했었다. 온실 속에서 자란 그는 색깔과 모양만 그럴 듯 했을 뿐 비와 바람 그리고 서리를 맞으면서 속이 익지를 않았었다.

그러나 세 번째 수술을 앞둔 지금은 다를 것 같았다. 이제는 무엇이 소중한지를 분명 깨달았을 것 같았다. 세 번의 자살 시도라면 하나님도 화를 낼 것 같은 느낌이었다. 그렇게 싫다면 생명을 도로 거두어 가겠다고 하실 것 같았다.

나는 하얀 시트 위에 식물인간같이 누워 있는 그를 조용히 내려다 보았다. 통나무 같은 근육질의 다리에 검은 털이 숭숭 나 있었다. 에베레스트 산이라도 올라갈 것 같은 건강한 다리였다. 하얀 피부에 일자형의 검고 짙은 눈썹은 아직도 미남이었다. 그가 룸살롱에서 호기를 부리던 장면이 떠올랐다. 하지만 지금 그는 충혈된 눈만이 활짝 열린 채 허공을 지켜보고 있었다.

소송도 다 끝나고 이제 곧 닥칠 수술에서 결과가 어떻게 나올지도 모르는 상황이었다. 그에게 마지막 작별인사를 할 순간이 왔다는 생각이 들었다. 나는 살며시 그의 손을 잡았다. 그의 따뜻한 체온이 전해졌다. 나는 눈을 감고 기도하기 시작했다.

'주님, 이 불쌍한 영혼을 구원해 주십시오. 그의 영혼이 맑게 씻겨 다시 태어나게 하시든가, 아니면 주님의 따뜻한 품안으로 평안히 가게 해 주십시오.'

나는 눈을 뜨고 그를 다시 내려다 보았다. 듣든 못 듣든 뭔가 한 마디 해 주고 싶었다.

"야, 이 친구야, 이제는 정말 살고 싶지? 그렇지?"

나는 그를 보면서 혼자 중얼거리고 있었다.

"정말 중요한 게 뭐야? 네가 바라던 그런 승리, 그런 것들이 아니잖아? 소송? 네가 나한테 요구하던 대로 결론이 났어. 그런데 그게 뭐야. 아무것도 아니잖아?"

나는 화가 치밀었다. 내가 그를 다시 내려다 보면서 소리쳤다.

"야 임마, 내 생각이 맞으면 말은 못하더라도 눈꺼풀이라도 두 번 꿈쩍해 봐."

고기 눈같이 벌겋던 그의 눈꺼풀에서 미세한 경련이 이는 느낌이었다. 의사들이 눈을 보호하기 위해 두껍게 바셀린을 발라 놓아 눈을 뜨고 감기가 힘들 것 같았다. 그의 눈꺼풀이 완연히 떨리고 있었다. 그리고 그는 힘겹게 눈을 한 번 꿈쩍했다. 나는 깜짝 놀랐다. 그의 눈이 움직인 것이다. 그가 다시 한 번 눈을 감았다가 떴다. 그는 혼수상태가 아니었다. 다 알아듣고 있었다.

세 번째 수술 시간이 되었다. 그가 이동 침대로 옮겨졌다. 그가 탄 침대는 마지막 인사를 하듯 중앙 수술실로 빨려 들어갔다. 그의 형이 수술실 옆 한쪽 의자에 초췌한 모습으로 앉아 있었다. 지친 얼굴이었다. 한 시간 후 그와 나는 고일심의 수술 중 사망통보를 받았다.

18

병원의 지하실 음습한 한쪽 구석에 마련된 그의 빈소는 역시 쓸쓸했다. 고일심의 부모들은 오지 않았다. 아무도 없었다. 아내도 자식도. 너무도 외로운 장례식이었다. 그의 형 혼자만이 소주를 마시며 영정 앞을 지키고 있었다. 실같이 가느다란 향 연기가 흔들거리면서 영혼처럼 위로 올라갔다. 그 뒤로 액자 속의 고일심이 아직도 호방한 미소를 짓고 있었다. 그의 변호사였던 내가 유일한 손님이었다.

"어떻게 처리하시려고 그래요?"

내가 고일심의 형에게 물었다.

"내일 아침쯤 화장해서 야산에 뼛가루를 뿌려야죠."

형이 시무룩하게 대답했다.

"아내와 아이들이 왔다 갔어요?"

사실 상대방 측 박 변호사에게 일심의 죽음을 알렸다. 가족에게 전해 달라고 했다. 그가 죽은 마당에 더이상의 소송도 미움도 다 없어졌기 때문이다.

"아까 와서 형식적으로 절 한 번 꾸벅 하고 갔어요."

일심의 형이 시무룩하게 대답했다.

그 때 초라한 빈소로 K가 찾아왔다. 그가 유일한 조객인 셈이었다. K 역시 살아온 인생이 특이했다. 고등학교 동창인 그는 훤칠한 키에 보기 드문 미남이었다. 머리는 물론이고 성격도 좋았다. 미국 명문대에서 박사 학위를 딴 그는 재벌의 사위가 되어 지금은 큰 회사의 사장 자리에까지 올라 있었다. 영화나 드라마의 주인공 같은 인물이었다. 그가 허허로운 표정으로 고일심의 영정을 보며 독백같이 말했다.

"나만큼 일심이 저놈의 심정을 아는 사람도 없을 거야. 비슷하게 장가들고 같은 고통을 겪어왔기 때문이지."

고일심의 형이 K 앞에 종이잔과 소주병을 가져왔다. K가 공손히 잔을 받자 형은 소주를 따랐다. 투명한 액체가 종이잔 가득히 찼다. K는 단숨에 소주를 들이켰다. K가 잔을 내려놓으며 내게 말했다.

"정말 신분 상승을 원했다면 철저히 강인했어야지. 그럴 자신이 없었다면 차라리 결혼을 하지 말았어야 했어. 난 누구보다도 그걸 잘 알아."

K가 나를 보며 쑥스러운 묘한 표정을 지었다. '너 같은 친구는 우리들이 그저

고민 없이 행복해 보이기만 하지' 하는 그런 얼굴이었다. K가 내게 털어놓기 시작했다.

"그래도 일심이 저놈은 나보다는 조건이 나았어. 딸만 있는 재벌집 맏사위였거든. 처남이 없었단 말이야. 이봐, 강 변호사, 난 어땠는지 알아? 장가들어 처가 그룹에 들어가 보니 처남들이 우글거리는 거야. 사위라는 역할이 장인 밑에서 아무리 뼈빠지게 일해도 결국 처남의 머슴 이상도 이하도 아니었어. 소외감이 들더군. 처음 입사할 때 단번에 이사로 들어가니까 거기서 오는 역풍도 대단했어. 사원들마저 위아래 할 것 없이 단결해서 온통 씹어대더군. 그래도 남보다는 낫겠지 했던 학교 동문들이 오히려 더 앞장을 서더라구. 자신들이 열망하는 신분 상승을 내가 이루어서 더 눈꼴이 시었겠지."

막연하던 고일심의 고통이 보다 확연히 다가왔다.

"속이 상해서 집에 들어가도 이거 어디 위로받을 데가 없어. 자란 환경이나 사고가 다른 아내는 전혀 그걸 모르는 거야. 말해 줘도 이해할 수가 없겠지. 공주같이 모두들 떠받들어 주기만 했는데 뭘 알겠어? 오히려 아내라는 여자는 자기하고 안 놀아 주고 자기 비위에 맞지 않는다고 사사건건 트집을 잡고 앙탈을 부리는 거야. 미치겠더군. 난 말이야, 시집살이 하는 며느리같이 이를 꽉 물었어. 참자, 참자를 수없이 부르짖었어. 정말이지 이혼하고 짐 싸들고 나가고 싶은 때가 한두 번이 아니었어.

그런데 말이지 나 같은 입장에 선 사람들에게 이혼은 단순한 게 아니야. 모든 것을 잃는 순간이야. 죽은 고일심도 똑같았지. 난 어느 날부터 결심을 하고 간까지 내 주기로 했어. 때만 기다리자고 마음먹었지.

10년이 넘으니까 사장자리가 돌아왔어. 그 즉시, 나를 앞장서서 씹어 대던 그룹 내 동문 선후배 스무 명부터 모두 잘라 버렸어. 얼마나 통쾌했는지 몰라. 일심이 저놈은 그 고비를 이겨 내지 못한 거야. 그 속은 아무도 모르지, 나밖에. 그러니까 저놈의 죽음 앞에 나밖에 없는 거지. 저놈을 위해 오늘은 좀 취해야겠어."

그가 소주를 다시 입에 털어 넣었다. 다음날 아침 고일심은 한 줌의 재가 되어 성남시 변두리의 야산에 뿌려졌다.

19

고일심이 죽은 지도 한 달이 흘렀다. 난 다시 일상으로 돌아왔다. 사무실로 출근한 나는 책상 위에 놓인 조간신문을 펼쳐 들었다. 신문 한쪽에 실린 재벌의 인사 발표가 눈에 들어왔다. 고일심의 처가 그룹의 대표로 발령이 나 있었다. 성공했다면 고일심의 이름이 그 자리에 있었을 것이다. 묘한 감회가 흘렀다.

"변호사님, 누가 찾아오셨는데요."

여직원이 문을 조금 열고 말했다.

"누구신데?"

"여자 분인데요, 대단한 사람인가 봐요. 검은 벤츠에 남자 보디가드가 두 사람 따라왔어요."

여직원이 눈을 둥그렇게 뜨고 놀란 듯 전했다.

"들어오시라고 그래."

내가 신문을 덮으면서 말했다. 잠시 후 한 여자가 사무실로 들어섰다.

"저는 죽은 고일심의 부인입니다."

그녀가 내 사무실을 둘러보면서 말했다. 뭉툭한 긴 코를 가진 강인해 보이는 얼굴이었다. 상대방 박 변호사에게 일심의 죽음을 전할 때 그의 처를 한 번은 꼭 봐야 할 것 같다고 전했었다. 고일심이 죽은 후라도 한 번 속 시원하게 따지고 싶었다.

"한 번은 만나서 말을 나누고 싶었습니다."

내가 그녀에게 자리를 권하면서 말했다. 그녀가 나를 똑바로 쳐다보며 따지는 어조로 입을 열었다.

"저는 이번 이혼 소송을 통해서 '사' 자가 들어간 인간들에게 질려 버렸어요."

그녀는 단번에 나를 공격하고 있었다.

"변호사님은 말이죠. 상당히 감성적인 말과 글로 차츰차츰 나와 아버지를 세상에서 가장 나쁜 사람으로 만들더군요. 심지어 우리 측에서 선임한 변호사까지 저희 부녀를 나무라는데, 저는 정말로 질렸어요. 강 변호사님은 결혼한 여자의 속을 얼마나 아신다고 생각하세요?"

그녀가 나를 응시했다. 알지도 못하면서 함부로 까불었다는 표정이었다.

"한 여자가 일단 결혼하면 누구 편이겠습니까? 운명을 같이 할 남편의 손을 들어 주는 게 아내 아닐까요? 저도 그이가 강인하게 버티고 아버지의 뒤를 이어 회사를 이끌어 가길 바랐어요. 그렇지만 그이는 너무 여리고 약했어요. 이겨 내지를 못한 거예요. 저는 그런 속에서 10년간 고통을 당해 왔습니다.

그이는 철저하게 저를 미워하고 괴롭혔습니다. 아버지가 재벌 회장이라는 이유로 한 여자가 남 모르게 남편으로부터 증오의 대상이 되어 겪는 그 고통을 아시겠어요? 겉으로 그이는 예의 있고 아내를 사랑하는 모습이었습니다. 그러나 아버지와 그이의 전쟁 뒤에서 저는 철저히 학대받는 아버지의 속죄양이었어요. 저 역시 마지막에는 이 고통을 이겨나갈 의미나 그와의 접점을 상실했어요. 그래서 이혼을 청구했습니다. 그런 걸 변호사가 어떻게 알겠습니까? 재판장인들 이해하겠어요? 부부간의 문제는 부부 외에는 아무도 모르는 게 아닐까요?"

그녀가 말을 끝냈다. 나는 그녀의 말도 맞다고 생각했다.

고일심의 시각에서는 그의 말이 맞았다. 하나의 사실을 전혀 다른 각도에서 보면 그렇게 달랐다. 부인의 입장에서도 역시 자신은 희생양이었다. 심약한 고일심과 강한 아버지의 성격을 빼닮은 무뚝뚝한 딸은 서로 맞지 않는 사람들일 뿐이었는지도 모른다.

20

그 후로 12년이 흘러 50대 중반이 된 나는 이따금씩 성채 같은 그 그룹의 빌딩을 지나칠 때면 고일심의 기억이 떠올랐다.

유난히 더웠던 여름의 열기가 가시고 가을이 다가온 어느 날 오후였다. 40대 초반의 한 남자가 불쑥 나를 찾아왔다. 허름한 점퍼 차림에 어딘가 무너진 듯한 얼굴이었다. 눈동자도 안정되어 있지 않았고 뺨이 씰룩거렸다.

"누구시죠?"

"저 고일심이라고 아시죠? 12년 전 이혼 소송을 담당하셨던?"

"압니다."

"제가 그 형님 동서됩니다. 둘째사위죠."

묘한 느낌이 들었다. 그 그룹의 둘째딸이 얼마 전 사장이 됐다는 기사를 읽은 기억이 떠올랐다.

"저도 미친놈이라는 이유로 이혼 소송을 당했습니다. 아무것도 없는데 위자료까지 10억원을 청구당하구요. 그 전에는 안 그랬는데 아내가 사장이 되고 나서는 많이 달라졌어요. 어느 날 우연히 데리고 다니는 남자 직원과 불륜의 관계인 걸 알게 됐죠. 아내한테 따졌어요. 그랬더니 심한 의처증 환자라고 이혼 소송을 걸었더군요. 내가 눈감고 그냥 사는 건데 괜히 아는 체한 거 같아요."

"그래서 어떻게 하시려구요?"

"저는 그냥 항복하고 떠나렵니다. 다만 동서 형님 고일심 담당 변호사께 이런 상황은 알려 주고 싶었어요, 수소문해서 왔습니다."

학생들을 가르친다는 그는 조용히 사라졌다. 이 세상에는 몸에 안 맞는 옷을 자기것으로 착각하고 사는 사람들이 많은 것 같았다. 몸을 죽이기보다는 더 늦기 전에 맞지 않는 옷을 훌훌 벗어 버리고 그렇게 떠나는 것도 괜찮을 것 같다는 생각이 들었다.

세 번째 이야기

어느 유괴범의 고백

7월 초의 무더운 저녁 무렵이었다. 나는 우연히 텔레비전 시사프로 〈그것이 알고 싶다〉를 보고 있었다. 어둠침침한 푸른 화면 안에서 녹음테이프가 돌아가고 있었고, 그 안에서 유괴범의 음성이 흘러나오고 있었다.

금속성의 변조된 목소리는 쇠로 톱날을 긁는 듯 신경을 자극했다. 초등학교 1학년 여자아이 두 명을 유괴한 범인의 협박 내용이었다. 철없는 일곱 살짜리 꼬마 두 명을 유괴했다면 아마도 그 아이들은 엄마를 찾으면서 이미 검은 폐수 속에 처박혔을지도 몰랐다.

며칠 전에도 여대생 납치사건이 있었다. 범인들은 몸값 1억원을 받자 곧바로 그 여대생을 죽여 버렸다. 납치된 인질들은 거의 다 죽었다. 시사프로 진행자는 꼬마아이들이 잠시 갇혀 있던 음습한 폐가의 모습을 보여 주면서 흥분했다.

다음날 나와 친한 임 목사가 40대 후반쯤의 남자 한 사람과 사무실을 찾아왔다. 임 목사는 감옥출소자 보호시설을 운영하고 있었다. 그는 내 사건의 광맥이었다.

"유괴범을 변호해 보지 않을래요? 어제 시사프로 〈그것이 알고 싶다〉에서 방송했는데…….."

나는 TV 화면에서 본 어둡고 칙칙한 장면이 떠올랐다.

"글쎄, 변호해도 별 효과가 없을 텐데…….."

나는 그 사건의 범인에게 무거운 형이 선고될 거라고 예상하면서 시큰둥하게 대답했다. 나 자신이 엄한 처벌을 원하는데 그 범인을 변호한다는 게 모순이었다.

"이 분은 개척교회 목사님인데 처남이 바로 그 유괴범입니다."

임 목사는 같이 온 남자를 소개시켰다. 그 남자가 부끄러운 표정으로 내게 말했다.

"가족들도 처남이 얼마나 나쁜 짓을 했는지 잘 압니다. 용서해 달라고 하는 것도 아니고 형을 깎아 달라는 얘기도 아니죠. 그래도 가족 입장에서는 변호사를 대 주고 싶은 거죠."

이틀 후 오후 3시. 오전부터 장맛비가 추적거리며 내리고 있었다. 구치소를 갈 때면 항상 비가 오곤 했다. 회청색 페인트칠을 두껍게 한 철문에서 쇠 빗장이 끼익하는 소리를 내면서 열렸다. 구치소 안마당에서 다시 같은 과정이 반복되었다. 망루가 있는 높은 담 아래로 3층의 낡은 변호인 접견실 건물이 후줄근하게 비에 젖고 있었다. 언제 보아도 항상 낡아 보이는 건물이었다.

20년 전 변호사가 되어 처음으로 어둠침침한 그 건물에 들어설 때였다. 30대 중반이었던 나는 바깥 주차장에 새로 뽑은 하얀색 스텔라를 세워두고 접견실로 왔었다. 한 명만이 연탄을 난로에 갈아 넣으며 지키던 그 때도 이 건물은 몹시 낡아 보였다. 재소자도 몇 명 없었고 한적했었다. 총무과에서 사무를 보던 여직원은 젊은 변호사인 내게 선망의 눈길을 보내기도 했었다.

지금도 그 때와 다름없이 작고 비슷하게 낡아 보였다. 달라진 건 사람들이었다. 좁은 건물 1층과 2층 구석이 교도관들이 쓰는 사무실로 개조되어 있었다. 접견실은 많은 재소자와 그들의 변호사를 감당하지 못해 복잡한 시장판이 됐다.

넓은 방 안에서 수십 명의 범죄자들과 변호사들이 마주앉아 떠들고 있었다. 그들의 입에서 나오는 소음들이 공중에서 교통체증을 일으키는 것 같았다. 나는 담당자가 안내하는 구석의 비닐의자에 앉았다.

앞자리에 앉은 변호사의 굽은 등이 보였다. 그 변호사가 앞에 있는 재소자에게 수사 기록을 웅얼거리며 읽어 주고 있었다. 정말 형사에게 그런 말을 했는지 확인하기 위해서 그러는 것 같았다. 늙은 변호사의 쇳소리 나는 낭독을 들은 앞의 재소자가 내뱉는 소리가 들렸다.

"아, 그거야 수사관이 마음대로 쓴 거죠, 난 그런 말 안 했어요."

넓적한 얼굴 상부에 들창코가 바짝 달라붙은 남자가 불만스런 목소리로 말했다. 뒤에서 또 다른 불평소리가 들렸다.

"오후부터 밤까지 꼬박 여덟 시간이나 조사를 받았다니까요. 그거 고문 아닙니까?"

민주화가 될수록 죄인들도 큰 소리를 치고 있었다. 그 때 구겨진 누런색 홑 겹 재소자복을 입은 남자가 내 앞에 나타났다. 내가 만나러 온 그 유괴범 오양욱 같았다. 나의 뇌리에 텔레비전의 검푸른 화면에서 흘러나오던 칙칙한 음성이 떠올랐다. 그러나 앞에 선 청년은 전혀 그 기억과는 다른 이미지였다. 30대쯤으로 보이는 그는 갈색의 뿔테안경을 쓴 선이 고운 남자였다. 착해 보이는 하얀 얼굴에 수심이 서려 있을 뿐이었다. 그가 조심스럽게 내 앞에 앉더니 기침이 나는지 주먹으로 입을 막으면서 쿨럭거렸다.

"어디 아파요?"

"예, 폐결핵 증세가 있습니다."

그가 기침을 진정시키면서 말했다.

"매형 박 목사님이 변호를 부탁해서 왔는데, 초등학교 1학년 여자 꼬마 아이 둘을 유괴한 게 맞나요?"

내가 수첩을 꺼내들면서 바로 본론을 말했다.

"다 맞습니다. 뭐 제가 할 말이 있나요? 아이들 부모님한테 사과 편지를 썼는데 주소를 몰라서 아직 부치지를 못했어요. 그 분들한테 죄송할 뿐이지, 특별히 할 말이 없네요."

그가 고개를 숙였다. 부드럽고 낮은 목소리였다. 그가 다시 기침을 했다. 가슴이 아픈 것 같았다. 범인들은 상상할 때와는 항상 다른 모습일 때가 많았다.

"왜 이런 일을 했는지 말해 줄 수 있어요?"

"대학 3학년 때 등록금이 없어 휴학하고 홈페이지 제작을 하면서 먹고 살았어요. 그러다가 일이 없어지면서 카드 대출로 연명했죠. 그러다가…… ."

그렇게 그의 얘기는 시작됐다.

6월26일 12시. 오양욱은 의정부아파트 주차장에 세워 뒀던 아내의 아반테 승용차를 몰고 나와 거리를 방황하고 있었다. 카드 회사에서는 끊임없이 돈을 갚으라고 닦달을 했다. 피가 마를 지경이었다. 아내가 보증인이었다. 카드 회사에서는 아내에게 곧 법집행을 하겠다고 위협했다.

'3천만원만 있으면 모든 게 해결될 텐데…… .'

그는 간절히 기원했다. 이제 삶의 막다른 골목이었다. 더이상 어떻게 해 볼 방법이 없었다. 지난 밤 그는 신문에서 본 유괴사건이 자꾸만 떠올랐다. 한 탕만 성공하면 모든 게 해결될 것 같았다. 유괴범이 되기로 결심했다. 그는 문방구에 가서 청테이프와 포장용 끈을 샀다. 유괴한 아이를 묶으려면 필요할 것 같았다. 순간 그는 유괴한 아이가 울면 달래야 할 것 같았다. 그래서 이벤트 상점을 찾아 들어갔다. 거기서 반짝이는 풍선, 고깔모자, 만지면 '삑' 하고 소리가 나는 딸기코, 빨갛고 노란 염색가발도 샀다.

어느 새 그는 상계동 주공아파트 단지 부근을 돌고 있었다. 막상 아이를 유괴하려니까 망설여졌다. 사실 그는 모범생으로만 자랐다. 군대까지 갔다 왔지만 싸움 한 번 해 본 적이 없었다. 영화를 보면 범인들은 렌터카나 훔친 차를 이용했지만 그는 그럴 능력도 없었다.

어느 새 집을 나온 지 3시간이 지나고 있었다. 아내가 차를 써야 할 시간이었다. 배달 시간이었다. 아내는 인터넷으로 애완동물의 사료를 주문받아 가져다 주곤 했다. 그 때였다. 아파트 놀이터에 여자아이 두 명이 보였다. 한 아이는 흰

색 반바지를 입었는데 통통했다. 다른 아이는 눈이 반짝이는 게 똘똘해 보였다. 더이상 범행을 망설일 수가 없었다. 이런 기회도 다시 오기 힘들 것 같았다. 그가 창문을 내리고 아이들에게 물었다.

"꼬마야, 상원초등학교가 어디니?"

그 말에 흰 반바지를 입은 꼬마가 대답했다.

"그런 학교 없어, 아저씨 상원이 아니고 상월초등학교야."

"똑똑하구나, 꼬마야, 너 학교 다니니?"

그가 웃으면서 물었다.

"우리 둘 다 상월초등학교 1학년이야."

반바지를 입은 꼬마가 말했다.

"아저씨가 처음이라 그러는데 다시 데려다 줄게, 학교 가는 길 좀 알려 줄래?"

"우리 엄마가 모르는 아저씨 차 타지 말라고 그랬는데."

똘똘이가 작은 입으로 종알거렸다.

"맞아, 우리 엄마도 그랬다."

반바지 입은 꼬마도 옆에서 고개를 끄덕이며 말했다.

"아니야, 너희들 엄마가 아시면 착한 일 했다고 칭찬하실 거야. 아저씨가 엄마한테 나중에 얘기해 줄게."

"정말?"

반바지 입은 꼬마가 말했다.

"그럼."

"알았어."

아이들 둘은 아무 의심 없이 아반테 승용차의 뒤에 올라탔다. 그는 아파트 단지 안을 돌기 시작했다. 아이들은 자기네끼리 뒷좌석에서 놀면서 왜 차에 탔는지도 금세 잊어버렸다. 잠시 후 아이들이 잠이 들어 버렸다. 순한 꼬마들이었다.

그는 운천의 가수면 쪽으로 방향을 돌렸다. 어려서 살던 고향집이 아직도 폐가가 되어 남아 있었다.

한 시간 후 그는 고향집 앞마당에 도착했다. 허리까지 올라오는 잡풀들이 무성했다. 시계가 어느새 오후 5시를 가리키고 있었다. 꼬마들이 잠에서 깼다. 아이들은 차창을 통해 주위를 두리번거리며 보다가 갑자기 시무룩해졌다. 겁먹은 눈망울들이었다.

"엄마가 다섯 시까지 들어오랬는데."

흰 반바지를 입은 꼬마가 칭얼거렸다. 옆에 있던 꼬마도 겁을 먹고 울먹거렸다. 그가 아이들을 달래기 시작했다.

"아저씨가 미안해. 도중에 길을 잃어버렸어. 엄마 만나서 대신 야단맞을 테니까 걱정하지 마. 착하지. 엄마 아빠한테 전화 걸어서 이리 오시라고 아저씨가 전화할게. 이름하고 엄마 전화번호를 아저씨한테 알려 줄래?"

그 말을 듣고 흰 반바지를 입은 꼬마가 대답했다.

"내 이름은 김연지, 엄마 전화번호는 0112231906이야."

옆에 있던 똘똘이도 이어서 말했다.

"내 이름은 황수민, 엄마 전화번호는 0117109253이야."

"알았어, 아저씨가 연락해서 엄마 오라고 할게."

그는 공중전화로 부모들에게 전화를 걸려고 마음먹었다. 위치 추적을 피하기 위해서는 몇 초 이상 사용하면 안 될 것 같았다. 영화를 보면 경찰들과 범인은 숨바꼭질을 했다.

우선 아이들을 묶어 두어야 했다. 그는 운전석 옆 박스에서 청테이프를 꺼내 들고 먼저 연지에게 말했다.

"손깍지를 끼고 팔을 앞으로 내밀어 봐."

연지가 시키는 대로 했다. 그가 청테이프로 양손을 묶으려는 순간 옆에 있던 수민이가 소리쳤다.

"아저씨, 지금 뭐하는 거야? 싫어."

그 말을 듣자 연지도 팔을 도로 빼면서 말했다.

"나도 안 해!"

아이들의 얼굴에 불안이 번졌다. 순간 수민이가 뭔가 느꼈는지 차의 뒷문을 열고 밖으로 도망쳤다. 연지도 그 뒤를 따랐다. 그가 황급히 도망치는 아이들을 따라가 붙잡았다.

"아저씨, 나 집에 가고 싶어요."

수민이가 손을 비비면서 사정했다. 그는 순간 마음이 흔들렸다. 지금이라도 늦지 않았다. 아이들을 아파트 놀이터에 데려다 놓으면 모든 게 원점으로 돌아가는 것이다. 정말 범죄를 저지르고 싶지 않았다.

"그래 돌아가자. 아저씨가 데려다 줄게."

그는 아이들을 태우고 운천을 빠져 나왔다. 그가 길 옆에 보이는 슈퍼마켓 앞에서 차를 멈췄다. 그는 아이들을 가게 안으로 데리고 들어갔다. 아이들에게 저녁을 먹여야 했다.

"너희들 먹고 싶은 걸 골라."

아이들은 진열대 안에서 초콜릿 과자와 콜라를 집어 들었다. 다시 차에 탄 아이들은 기분이 풀렸는지 장난을 하면서 놀기 시작했다. 차는 측석고개를 지나 서울의 경계선으로 들어서고 있었다. 그는 다시 마음이 흔들렸다.

'이번 기회를 놓치면 다시는 돈을 구할 수 없을지 몰라.'

악마의 속삭임이 귀에 들려왔다. 벌써 밤 10시가 가까워지고 있었다. 그는 노원역 근처의 공중전화 옆에 차를 세웠다. 아이들은 다시 잠에 곯아떨어져 있었다. 그는 아이들을 깨우면서 말했다.

"자 얘들아 일어나라, 엄마가 걱정하신다. 왜 늦었는지 말씀드리자."

아이들이 눈을 부비면서 그를 따라 차에서 나왔다. 그가 먼저 연지 엄마에게 전화를 걸었다.

"연지와 수민이는 아직 안전합니다. 만원짜리 지폐 3천장을 내일 아침까지 마련하시죠."

그는 바로 연지의 입에 송수화기를 대 주었다.

"엄마, 어떤 아저씨가 길을 잃었다고 해서 내가 길을 알려 주느라고 늦었거든."

그는 아이에게서 송수화기를 뗐다. 전화기 저편에서 연지 엄마가 절규하는 소리가 흘러나왔다.

"우리 엄마 되게 화났어요, 아저씨."

연지가 그를 보고 말했다. 그는 다시 차를 거꾸로 돌려 운천으로 향했다. 이왕 빼든 칼이었다. 여기서 포기할 수는 없었다. 마음을 강하게 먹어야 했다. 아이들이 칭얼거리면 아예 꽁꽁 묶어서 트렁크에 쳐 넣어야 할 것 같았다. 혼자 돈도 받아 내야 하는데 아이들이 오히려 장애물이 됐다.

어둠 속에 웅크린 폐가는 귀신이라도 나올 듯 으스스했다. 헤드라이트의 불빛에 흔들리는 개망초의 허연 꽃들이 귀신이 부르는 하얀 손 같았다. 계기판에 붙은 시계가 11시30분을 가리키고 있었다. 유괴한 꼬마 두 명이 뒷좌석에서 다시 잠에 곯아떨어져 있었다. 겁먹고 울었으면 벌써 묶어서 트렁크에 넣었을 텐데 그럴 필요가 없을 것 같았다. 그는 이제 돌이킬 수 없는 납치범이 되어 버렸다. 이미 1차 협박 전화까지 한 마당이었다. 수사본부가 설치되어 이미 그를 추적할지도 몰랐다. 다시 양심 깊은 구석에서 누군가 속삭였다.

'내가 지금 뭐 하는 거지? 이러고도 살아야 하나? 결국 이렇게까지 오고 말았어. 그렇지만 카드 빚만 해결되면 난 다시 올바르게 살아 갈 거야. 난 유괴범이

아니야.'

그는 모든 걸 지우고 다시 아침으로 되돌아가고 싶었다.

과거가 떠올랐다. 여덟 살 때 엄마가 죽었다. 지방의 장터를 돌아다니면서 양말을 팔던 아버지는 다른 여자와 바로 재혼했다. 그는 혼자 열심히 공부하면서 살았다. 외로울 때면 교회도 다녔다. 아이들을 가르치면서 고등학교를 졸업하고 혼자 실력으로 대학의 컴퓨터학과에 합격을 했다.

지금의 아내와는 대학 시절 교회에서 만났다. 아내가 그를 더 따랐다. 아내가 먼저 결혼하자고 했지만 그는 망설였다. 방 한 칸 얻을 능력이 안 된다고 솔직히 모든 걸 고백했다. 그래도 아내는 결혼을 하자고 우겼다. 아내의 결혼반지를 살 돈도 없었다. 아내는 그 돈까지 몰래 마련해서 그의 손에 쥐어 주었다. 그렇게 결혼했다. 아르바이트할 일이 없을 때 등록금부터 생활비까지 모두 카드 빚으로 메꾸어 나갔었다.

결혼 4일째부터는 하루하루가 지옥이었다. 눈만 뜨면 돈 걱정을 하고 카드회사의 독촉을 피하는 게 부부의 일과였다. 이제는 원금보다 이자가 훨씬 많은 상태였다. 처가에 보증을 부탁했다가 거절당했다.

"결혼 한 달밖에 안 됐는데 이러면 앞으로 어떻게 해?"

아내의 입에서 불평이 나왔다. 그는 할 말이 없었다.

"미안해. 어떻게든 해 볼게."

말은 그렇게 했지만 방법이 없었다. 어제는 결혼 한 달째 되는 날이었다. 카드회사 직원은 아내마저 협박했다. 쫓기다 막바지에 이른 그는 마침내 유괴범이 됐다. 실감이 나지 않았다. 납치한 꼬마아이들은 세상 모르고 차 안에서 자고 있었다. 그는 상념에서 깨어나 제정신으로 돌아왔다. 마음을 독하게 먹기로 했다.

'이 아이들을 어떻게 한다?'

그는 고민하고 있었다. 사람은 물건하고 달랐다. 아이들은 그의 얼굴을 알고 있었다. 어디 보관해 둘 수도 없었다. 유괴사건을 보면 왜 아이들이 영원히 없어지는지 이유를 알 것 같았다. 죽여서 파묻어 버리든지 어디 깊은 수렁 속에 던져야 할 것 같았다. 쌕쌕 자고 있는 연지와 수민이를 보면서 그는 도저히 용기가 나지 않았다. 그 때 이벤트 상점에서 사 두었던 피에로 분장이 뇌리에 떠올랐다.

그는 운전석 옆 박스 안에서 분장 도구들을 꺼냈다. 그는 빨갛고 노란 가발을 쓰고 고깔모자를 썼다. 딸기코를 달았다. 함께 몇 개 사 두었던 반짝이는 풍선을 불어서 부풀렸다.

"자, 일어나세요. 김연지, 황수민."

그가 꼬마들을 흔들어 깨웠다. 잠에서 깨어난 아이들이 분장한 그를 보고 눈이 휘둥그래졌다.

"난 피에로 아저씨다, 이거 가져."

그는 꼬마들에게 반짝이는 풍선을 하나씩 손에 쥐어 주었다.

아이들이 눈을 뜸뿍뜸뿍 뜨고 그를 바라보았다. 이 꼬마들은 그가 달래도 아직 밤이면 엄마가 그리운 일곱 살짜리 아이들이었다.

"아저씨가 정말 미안해. 내일 아침에 데려다 줄게."

그는 아이들을 어르면서 폐가의 방으로 데리고 갔다.

"집에 가고 싶어. 데려다 줘."

수민이가 주위를 둘러보면서 울먹였다.

"이제부터 재미있는 쇼를 시작하겠습니다. 잘 보세요."

그가 가발을 쓴 채 머리를 흔들었다. 가짜 머리털이 그의 몸짓을 따라 이리저리 춤을 췄다. 그리고는 아이들 앞에서 폴짝 물구나무를 섰다.

"하나도 재미없어. 그만 둬."

연지가 옆에서 심술이 나서 소리쳤다.

"그래?"

그가 자리에서 힘없이 일어서면서 말했다. 그는 다시 딸기코를 손으로 잡고 삑삑 소리를 냈다. 그걸 보고 수민이가 소리쳤다.

"아저씨 순 바보야, 그걸 누가 모르냐? 순 엉터리야."

어느 새 그의 이마에 진땀이 흐르고 있었다. 생각을 해 보니 아침부터 밥 한 끼도 물 한 모금도 속에 들어온 게 없었다. 입이 바짝바짝 말랐다.

"아저씨, 내일 아침 학교는 어떻게 가?"

연지가 갑자기 물었다.

"걱정 마, 아저씨가 선생님한테 잘 말해 줄게."

아이들은 그를 무서워하지는 않았다. 다행이었다. 아이들의 눈에 잠이 고물고물 왔다. 그는 아이들을 예전에 쓰던 낡은 침대 위에 옮겨다 눕히고 이불장 속에 남아 있던 낡은 담요를 덮어 주었다. 가족들이 쓰던 도구들이 먼지를 뒤집어쓴 채 아직도 많이 남아 있었다. 아이들이 어느 새 잠이 들었다.

아이들 부모에게 다시 한 번 협박 전화를 해야 했다. 그는 차를 몰고 다시 운천읍으로 나와 한적한 공중전화 박스를 찾았다. 밤이 벌써 깊어가고 있었다. 연지 엄마의 핸드폰 번호를 눌렀다. 신호음이 몇 번 울리고 나서야 받았다. 그의 전화를 기다리고 있었을 텐데 뜸을 들이는 게 수상했다.

"여보세요?"

연지 엄마 목소리 같았다.

"아이들은 괜찮아요. 납치된 줄도 몰라요."

그가 전화를 끊고 다른 공중전화로 옮겼다.

"죄송해요. 아이들은 잘 있어요. 내가 안전하면 아이들도 걱정 없을 겁니다."

그가 다시 공중전화 박스를 옮겨 연락했다. 이번에는 남자의 굵은 목소리가 흘러 나왔다. 연지 아버지 같았다.

"당신 지금 도대체 무슨 짓 하는 거요? 장난하나?"

분노한 음성이었다.

"죄송합니다. 저도 어쩔 수 없이 이런 짓을 하고 있습니다. 죽을 각오를 하고 있습니다."

"원하는 게 뭐요?"

남자의 목소리가 한풀 낮아지면서 사정 조로 변했다.

"은행 문이 열리면 헌 지폐로 3천만원 준비하세요."

그가 요구했다.

"애들은 잘 자고 있죠?"

남자가 사정 조로 확인했다. 그는 전화를 끊었다. 그는 길가 슈퍼에서 김밥과 우유를 사 가지고 다시 폐가로 향했다.

어느 새 날이 희부윰하게 밝아오고 있었다. 그의 핸드폰이 부우하고 진동을 했다. 아내였다.

"지금 어디 있어?"

아내의 화난 목소리였다. 친구같이 연애해서 반말 투였다.

"의정부 시내 게임방에서 기계 고쳐 주고 있어."

그가 둘러댔다.

"솔직히 말해. 지금 바람 피우고 있지?"

아내가 다그쳤다.

"당신 지금부터 내가 하는 말 마음 단단히 먹고 잘 들어."

그가 진지하게 얘기했다.

"뭔데?"

아내가 심상치 않은 걸 느꼈는지 기가 꺾이면서 물었다.

"어디서 전화가 와서 오양욱이를 아느냐고 물으면 절대로 모른다고 그래. 그리고 지금 이 순간부터는 오양욱이를 전혀 모르는 인간이었다고 생각하고 혼자 살아."

가슴에서 슬픔이 검은 비가 되어 내렸다.

"왜? 무슨 일인데?"

아내가 놀란 목소리로 물었다.

"당신 이제부터 나를 잊어버려. 그리고 내 가족에게도 아무것도 알리지 말고, 앞으로는 나를 절대 찾지 마. 그거 지키면 말해 줄게."

"약속할게."

아내가 말했다.

"내가 죄를 졌어. 아이들을 유괴했단 말야."

"그럼 애들은?"

아내의 목소리에 공포가 서렸다.

"괜찮아."

"여보, 절대 애들을 다치게 하면 안 돼."

아내가 운명을 직감했는지 울먹이면서 사정했다.

새벽이 지나가고 새날이 밝아오고 있었다. 새벽 여명이 폐가 방 창호지 문에 파랗게 비치기 시작했다. 서울에 가서 돈을 받아오려면 아이들을 깨워 아침을 먹여 둬야 할 것 같았다.

"연지하고 수민이 일어나, 아침 먹어야지."

그는 침대 위에서 곤하게 자는 아이들을 깨웠다.

"아저씨 나 졸린데, 나중에 먹으면 안 돼?"

연지가 눈을 부비면서 물었다. 수민이도 잠이 덜 깼다. 그는 심한 고민에 빠졌다. 아이들을 어떻게 처리해야 할지 망설였다. 서울에 가서 부모들에게 돈을 받으려면 아이들을 데리고 갈 수는 없었다. 그가 다시 흔들리고 있었다. 아이들의 입을 테이프로 붙이고 꽁꽁 묶어 벽장 속에라도 두어야 할 것 같았다. 그가 체포되거나 돌아오지 못하면 자칫 아이들이 죽을 수 있었다. 하룻밤 사이에 아이들과 정이 들어 버렸다. 이럴 수도 저럴 수도 없었다. 한참을 망설이던 그가 이렇게 아이들에게 물었다.

"아저씨가 12시까지 돌아올 테니까 어디 가지 않고 여기 있을 수 있어? 옆에 있는 김밥하고 우유 먹고 말이야."

연지 엄마가 바로 돈만 가져다 주면 그 시간까지는 갔다 올 수 있을 것 같았다.

"응, 약속할게."

아이들이 똑같이 대답했다.

"정말 약속이다?"

"알았어, 아저씨 빨리 갔다 와."

수민이가 다짐했다. 그는 잠시 후 의정부 법원 앞 공중전화에서 연지 엄마에게 전화를 걸었다.

"준비됐어요?"

"예."

"그럼 지금 당장 서울역으로 나와요. 노란색 면티에 검정색 스커트, 그리고 검정색 구두를 신고 지하철 10번 출구 앞으로 나오세요."

시사프로에서 음성이 변조되어 나오던 바로 그 내용이었다. 그는 지하철로 서울역으로 갔다. 기운이 없었다. 아직 약속 시간이 조금 남아 있었다. 그는 역 근처 식당으로 들어가 김치찌개를 시켜 먹었다. 기운을 차려야 했다. 밥을 먹으면서 아무래도 두고 온 아이들이 걱정이었다. 그래도 누군가 돌봐 줘야 할 것 같았다. 그는 사촌동생에게 급하게 전화를 걸었다. 사촌동생은 폐가가 된 고향집을 알고 있기 때문이다.

"나야. 처 이모부 애들이 있는데 아버지가 너무 때리는 거야. 그래서 내가 아이들을 숨겨 주려고 우리 옛날 집에 데리고 갔어. 지금 아이들만 거기 있는데 네가 가서 좀 살펴 줄래? 내가 엄마 아빠하고 같이 간다고 그래 줘."

그가 사촌동생에게 그렇게 둘러댔다.

"아이고 형, 그렇지 않아도 그 애들 때문에 난리가 났어."

사촌동생이 다급하게 말했다. 그 때 송수화기에서 굵은 다른 남자의 음성이 들렸다.

"여보세요? 오양욱씨죠?"

그는 순간 섬뜩한 느낌이 들었다. 올 게 오고 말았다는 느낌이 들었다.

"누구시죠?"

그가 당황해서 물었다.

"경찰입니다."

예감대로였다. 강력반 형사들은 이미 동생의 집에까지 잠복하고 있었다. 잠에서 깬 연지와 수민이가 그 집 앞을 지나가던 마을 할머니에게 발견된 것이다. 아이들은 그 할머니 집에 가서 엄마에게 전화를 걸었다. 그 폐가가 오양욱의 고향 집인 걸 안 경찰은 오양욱의 아내나 친척 주변에 이미 잠복해 있는 상황이었다.

경찰서는 취재 경쟁을 하는 기자들로 발 디딜 틈조차 없었다. 연지 엄마와 수민이 엄마는 퉁퉁 부은 얼굴로 울면서 기자들과 인터뷰를 하고 있었다. 오양욱은 수갑을 찬 채 형사의 철책상 앞에서 고개를 푹 숙이고 있었다. 그는 신문과 잡지, 그리고 텔레비전 시사프로의 흉악한 주인공이 되고 있었다. 강력반에서는 그를 긴급 체포한 보고서를 상부와 검찰에 올렸다. 경찰이 받은 진술 조서에는 아이들의 부모가 범인을 강력히 처벌해 줄 것을 요구하고 있었다.

여기까지가 대충 그가 얘기한 사건의 전말이었다.

사회 분위기는 유괴범에 대해서는 일말의 동정도 베풀지 않는 상황이었다. 나는 어떻게 하든 그를 구해 내고 싶었다. 그는 다른 흉악범과는 질이 달랐다. 그러나 모르는 사람들은 모두 같은 것으로 생각할 수밖에 없었다.

8월1일 오후 2시. 뜨거운 태양이 장방형의 단층 법정건물을 달구어 놓고 있었다. 시멘트벽은 뜨거운 열기를 훅훅 뿜어 내고 있었다. 법정 뒤의 낡은 에어컨이 안간힘을 쓰면서 더운 공기와 싸우고 있었다. 검은 법복을 입은 재판장이 법대 아래 잡혀온 오양욱을 무심히 내려다 보고 있었다.

변호인석에 앉은 나는 등을 타고 흘러내리는 땀으로 불쾌했다. 불쾌지수가 높은 날 오후의 재판은 피고인들에게 불리했다. 법복 속에 갇혀 있는 판사들이나 관련자 모두 그 자리에서 빨리 도피하고 싶기 때문이었다. 검사가 귀찮은 듯 지친 얼굴로 공소장의 핵심 부분만 읽듯이 확인해 나갔다. 아침부터 하루 종일 시달린 검사의 목소리에는 짜증과 권태가 묻어 있었다.

"카드 빚을 갚을 방법이 없게 되니까 일곱 살짜리 초등학생을 유괴해서 몸값을 받으려고 범행을 한 거 맞죠?"

검사가 기계적으로 읽었다.

"그렇습니다."

오양욱이 기운 없는 어조로 자백했다.

"아이들을 시골의 폐가로 데리고 가서 양 손목과 입을 청테이프로 감아 아이들을 항거불능케 했죠?"

"그럴려고 했습니다."

오양욱이 고개를 숙인 채 작은 목소리로 대답했다.

"왜 그랬나요?"

검사가 다그쳤다.

"…….."

그는 말이 없었다. 검사가 이렇게 결론을 지으면서 오양욱의 확인을 구했다.

"피해자인 아이들을 21시간 동안 피고인의 지배 아래 두고 재산상의 이익을 취득할 목적으로 부모에게 헌 지폐 3천만원을 요구한 게 사실이죠?"

"그렇습니다."

검사 신문은 그렇게 간단히 끝났다. 이어 변호사인 내가 묻기 시작했다. 다 자백을 했는데 달리 할 말이 없었다. 피에로 분장을 하고 아이들을 달랜 점과 죽이지 않은 점을 부각시켰다.

잠시 후 나는 증인석으로 연지 아버지와 연지를 나오게 했다.

아이들의 부모를 찾아가 설득하고 그를 붙잡은 형사에게 도움을 청했었다. 연지 아버지는 보험회사의 부장으로 일하고 있었다. 그 회사 이사였던 내 친구를 찾아가 사정을 했었다. 먼저 연지가 법정으로 나왔다. 의외로 연지는 오양욱을 보더니 반가운 표정이었다. 재판장이 그걸 놓치지 않고 예민하게 관찰하고 있었다. 연지는 수갑을 차고 있는 오양욱을 보고 놀라면서 물었다.

"아저씨, 왜 여기 와 있어?"

고개를 숙이고 있던 오양욱이 잠시 연지를 바라보았다. 그 눈빛이 따뜻했다. 아이의 얼굴에 안 됐다는 표정이 보였다. 변호사인 내가 연지에게 부드럽게 묻기 시작했다.

"연지야, 저 아저씨가 어떻게 했어? 무섭게 했어?"

"아니야, 재미있었어. 저 아저씨 좋은 사람이야, 착해."

연지가 눈을 반짝이며 대답했다.

"저 착한 아저씨를 어떻게 하려고 그래?"

아이가 이상한 느낌이 들었는지 오히려 내게 되물었다. 연지는 검은 법복을 입은 판사들을 올려다 보면서 겁먹은 표정이 되었다. 재판장이 그 기미를 알고는 연지를 보면서 달랬다.

"우리가 그냥 물어 보려고 아저씨 데리고 온 거야."

아이의 작은 가슴이 콩닥콩닥 뛰는 표정이었다. 내가 연지를 보고 계속했다.

"그 집 무서웠어?"

"아니, 하나도 안 무서웠어."

연지가 작은 머리를 좌우로 흔들었다.

"엄마 아빠도 없었는데 안 무서웠단 말이야?"

"아니 무서운 게 하나 있었어."

아이가 생각난 듯 말했다. 난 속으로 뜨끔했다.

"뭔데? 뭐가 무서웠는데?"

내가 다시 물었다.

"그 집 방바닥에 거미가 있었는데 참 무서웠어. 모기도 깨물었어."

아이다운 대답이었다.

"그런데 어떻게 엄마한테 오게 됐지?"

"아저씨가 가고 수민이랑 마당에서 흙장난을 하고 있는데 어떤 할머니가 지나가다 우리를 봤어. 왜 거기서 노느냐고 물었어. 그래서 모르는 아저씨가 데려왔다고 하니까 할머니가 자기 집으로 가재. 그 할머니 집에 가서 엄마한테 전화를 걸었어."

다음으로 감색양복에 하얀 와이셔츠를 단정하게 받쳐 입은 연지 아버지가 변호사 측 증인으로 나왔다.

"아이가 유괴당했을 당시의 상황을 얘기해 주시죠."

"그러니까 우리 연지가 유괴된 날 아침 7시10분 평소와 마찬가지로 광화문에 있는 회사로 출근했습니다. 아내는 연지 가방을 챙겨 학교 보내구요. 아이가 다니는 초등학교는 아파트에서 걸어서 5분도 걸리지 않습니다. 그러다가 오후 5시쯤 됐어요, 집사람이 사무실로 전화를 했는데 연지가 안 들어온다는 거예요. 그 말을 듣고 저는 혹시 길에서 교통사고나 나지 않았나 걱정되더라구요.

그 날따라 거래처 사람과 저녁약속도 있고 또 밤에는 가야 할 상가도 있었습니다. 손님과 저녁을 먹고 있는데 또 전화가 왔어요. 애가 안 들어 왔다구요. 불안해지더라구요. 초등학교 1학년 계집아이가 어딜 갈 데가 있겠어요? 집사람은 이미 동네 놀이터나 학교는 구석구석 다 찾아봤다고 했어요.

우리 부부는 그 때부터 정신이 없었죠, 그날 밤 연지한테서 전화가 왔어요. 어떤 아저씨하고 같이 있다는 거예요. 정말 눈앞이 깜깜하더라구요. 당해 보지 않으면 몰라요. 저는 연지에게 주위에 뭐가 있니 하고 다급하게 물었더니 옷가게가 있다고 애가 대답하더라구요. 그리고 전화가 끊겼습니다.

경찰에 신고하고 파출소에 수사본부가 설치됐어요. 순경 열 명이 동원되어 아파트 인근을 샅샅이 수색했어요. 한밤중에 범인한테서 또 전화가 왔어요. 경찰이 수사를 하는 걸 범인이 다 알고 있는 느낌이 들더라구요. 연지 엄마도 그런 기분인지 저한테 경찰이 손을 뗐으면 좋겠다고 하는 거예요. 경찰이 도청 장치를 설치하고 수색을 하는데 범인이 그걸 알면 아이들을 당장 죽여 버릴 것 같았어요. 사실 저도 그런 마음이 들었습니다. 집사람은 경찰 몰래 3천만원을 주면 될 텐데 공연히 경찰에 신고했다고 후회했죠. 저는 조금만 더 기다려 보자고 하면서 아내를 달랬지만 마음은 저도 마찬가지였죠.

그런데 다음날 아침 10시경 경찰에서 전화가 왔습니다. 아이들을 운천의 한 폐가에서 구출했다고 하면서 지금 경찰에서 보호 중이라고 하는 거예요. 정말 고마웠죠. 그런데 그 말을 듣고 조금 있으니까 범인한테서 전화가 오는 거예요. 연지 엄마보고 노란 면티에 검정색 스커트를 입고 돈을 가지고 서울역 지하철 10번 출구로 나오라는 거였죠. 범인은 아이들이 벌써 구출된 것도 모르고 있더라구요. 뭐가 이런 일이 있나 싶었어요. 형사들은 돈 3천만원을 가지고 연지 엄마보고 같이 서울역으로 가자고 했어요."

난 오양욱이 자수한 것인지 체포된 것인지를 분명히 할 필요가 있다고 생각했다. 형량에 차이가 나는 중요 요건이기 때문이었다. 내가 연지 아빠에게 질문했다.

"그 날 오후 아이를 데리러 경찰서에 가셨죠? 그 때 보신 상황을 있는 그대로 말씀해 주시죠."

"오후 3시경 강력반으로 갔습니다. 형사들 책상 앞에서 연지하고 수민이가 놀고 있었어요. 옷만 조금 더러워졌지 아이들이 놀라거나 무서워하는 건 전혀 없었습니다. 그 옆으로 저기 저 오양욱이라는 청년이 강력반 철의자에 수갑을 찬 채 앉아 있더라구요. 저는 화가 났다기보다는 우선 내 딸을 죽이지 않은 데 대해 고마운 생각이 들더라구요. 그래서 제가 저 분한테 다가가서 아이들을 살려 줘서 정말 고맙다고 오히려 인사를 했습니다."

"수사 기록을 보면 강력반에서 범인을 체포한 걸로 되어 있는데 옆에서 지켜보실 때 어땠습니까?"

"제가 옆에서 볼 때 좀 민망한 게 있었습니다. 형사들이 저희 집에 있을 때부터 자기네들끼리 틈만 나면 막 싸우더라구요. 인사 고과에 관련이 있는지 강력 1반하고 강력 4반 형사들이 서로 자기네가 긴급 체포한 거라고 우기면서 다퉜어요. 그리고 서로 공명심 때문에 그런 거라고 비난을 하기도 하구요. 제가 보기에는 저 오양욱씨가 사촌동생 집 근처인 창동역에서 기다리는 형사를 스스로 찾아가서 자수한 것 같던데요."

수사 기록을 뒤집는 확실한 증언이었다.

"경찰에서 피해자 진술 조서를 작성하신 일이 있죠?"

"그 날 바로 진술했습니다."

내가 그 진술 조서 사본을 보이면서 물었다.

"여기 보면 범인을 엄하게 처벌해 달라고 요구하셨던데 지금도 그렇습니까?"

"아닙니다. 사실 저는 연지를 살려 준 것만 해도 감사했습니다. 또 저 역시 IMF 때 곤란을 겪어 봤죠. 용서해 주려고 한다고 그러니까 담당 형사가 일단 조서에는 처벌을 요구한다고 쓰고 나중에 필요하면 말을 바꾸라고 했습니다."

검사는 특별히 지적할 게 없는지 간단히 구형했다. 변론 역시 피에로 분장을 한 점만 부각시켰다. 재판 절차가 실질적으로 끝났다.

"피고인, 마지막으로 할 말 없어요?"

재판장이 오양욱에게 최후 진술의 기회를 줬다.

"……."

그는 그냥 침묵하고 있었다. 재판장은 그런 모습을 한참 동안 지켜보더니 이렇게 한 마디 했다.

"오양욱씨, 이 법정이라는 딱딱한 분위기 때문에 마음속에 있는 말을 다 하기 불편한 점이 있을 겁니다. 구치소에 돌아가서라도 하고 싶은 말들이 있으면 느꼈던 감정까지도 차근차근 글로 써서 보내 주시기 바랍니다. 재판장으로서는 빠짐없이 그것들을 읽고 판단하도록 하겠습니다."

특이한 재판장이었다. 대부분의 판사들은 듣기도 싫어하고 읽는 것도 의무로 억지로 읽었다. 다음날부터 나는 사건을 맡게 된 첫 과정부터 마지막까지를 글로 쓰기 시작했다. 법정은 시간과 공간에 제한을 받았다. 그러나 판사가 열심히 읽어 주기만 한다면 글로의 변론도 괜찮았다.

더위가 한풀 꺾이고 아침저녁으로 풀벌레 소리가 들리는 9월 20일이었다. 그 전날 선고에서 재판장은 유괴범 오양욱을 석방하는 파격적인 선고를 했다. 하나도 아니고 아이를 두 명이나 납치한 유괴범을 용서한다는 건 법원의 관례상 파격적인 선고였다. 책을 읽고 있는데 오양욱이 불쑥 사무실로 들어왔다. 기쁘지도 슬프지도 않은 담담한 표정이었다.

"그 동안 고생 많았죠?"

내가 그에게 위로의 말을 건넸다.

"재판장이 변호사님한테 가 보라고 해서 왔어요."

"재판장이? 왜요?"

"판결을 선고할 때 저보고 당신은 그 피에로 분장 때문에 정상을 참작한다고 했어요. 그리고 용서받는 건 전부 담당변호사 덕이니까 꼭 찾아가서 인사를 하라고 했어요."

재판장은 인간 존재의 본질을 꿰뚫어 보는 따뜻한 사람이었다. 그리고 공을 남에게 넘길 줄 아는 인격자였다. 그런 재판장을 만난 오양욱은 세상이 꼭 춥지만은 않을지 모른다.

유괴된 연지가 그를 좋아했다. 연지 아빠 역시 그를 진심으로 용서했다. 그리고 현명한 재판장을 만난 것이다. 오양욱은 돈보다 귀한 사랑을 만났다.

며칠 후 나는 재판장에게 이렇게 감사 편지를 보냈다.

'이 땅에 수많은 판사들이 있습니다. 대부분의 판사들이 판례를 빠짐없이 열심히 공부하고 수사 기록을 샅샅이 살펴보면서 양형 기준에 따라 기계같이 정확히 재판을 하고 있습니다. 최고의 엘리트다운 모범적인 행동들입니다. 그러나 이번 재판에서 보게 된 재판관은 약간 다른 사람이었습니다. 당신의 눈은 수사 기록보다는 앞에서 떨고 있는 한 인간의 마음 속을 보는 것 같았습니다. 기존의 판례보다는 죄인의 힘든 사정을 이해하려 하고 그의 삶에 들어가 보려는 모습을 보여 주었습니다. 많은 판사들의 고개는 상급법원을 향해 있습니다. 그러나 당신의 시선은 법대 아래 힘들어하는 낮은 죄인에게 머물러 있었습니다. 엄격한 양형 기준의 틀을 깨고 과감한 용서를 택한 당신의 지혜에 깊이 감사드립니다.'

화가와 도둑

나는 이따금씩 사무실 벽에 걸려 있는 죽은 김동경 화백의 그림을 바라본다. 숲 속에 감추어진 갈대밭에 둘러싸인 늪의 정경이다. 그 주변에는 항상 음습한 그늘이 서려 있다. 그 속에서 안개 같은 신비한 기운이 모락모락 피어올라 그림 밖으로 조금씩 흘러나오는 느낌이 들곤 했다.

어느 날 오후 설핏 해가 질 무렵 그는 남루한 옷차림으로 그 그림을 가지고 왔었다. 나이 육십이 넘은 그는 기름기 없는 푸석한 얼굴에 골 깊은 주름이 갈라져 논 같은 모습이었다. 꼭지 달린 화가의 베레모만 아니라면 노숙자로 착각하기 쉬운 외모였다.

"변호비 대신 제 작품을 드립니다."

그가 종이에 싼 그림을 풀면서 내게 말했다. 당시 내가 본 그림은 그의 힘들고 고단한 인생역정 같은 우울함을 던져 주고 있었다. 그가 간곡한 어조로 덧붙였다.

"제가 죽기만 하면 이 그림은 분명 제값을 받을 겁니다. 홀대하지 말고 꼭 간직하고 계십시오."

법률사무소 벽에 걸린 그 그림 속의 갈대 늪은 지금도 영원처럼 조용했다. 다만 몇 년 전 죽었다는 김 화백의 영혼이 그 늪가에 들어가 세상에 있을 때 흘렸던 그 짙은 눈물의 기억을 내게 다시 얘기하자고 하는 것 같다.

10여 년 전 첫 추위가 다가온 11월의 어느 날이었다. 눈이라도 한두 송이 펄럭거리며 하늘에서 떨어질 것 같았다. 사무실로 김동경 화백이 들어섰다. 그를 소개한 화방아줌마의 말로는 물감값조차 없는 가난한 화가라고 했다. 육십 평생을 살았지만 미술관에서 동정해서 벽을 잠시 빌려 준 몇 번의 전시회가 그의 예술 생애의 전부라고 했다. 그마저 단 한 점의 그림도 팔린 적이 없다는 것이었다. 그가 주저하면서 입을 열었다.

"아들이 감옥에 들어갔는데 내일 형을 선고한답니다."

그는 극도로 초조하고 불안한 표정이었다. 당연했다.

"무슨 실수로 아드님이 구속됐습니까?"

상대방의 마음을 생각해서 죄나 벌 같은 딱딱한 법률용어는 삼가며 물었다.

"남의 물건을 훔치고 문서를 위조했다고 하는데, 법정에는 가 보지 못했습니다."

그는 아무 말도 못하고 죄인처럼 고개를 숙이고 한참을 침묵했다. 잠시 후 그가 힘들게 말을 이었다.

"저……, 돈이 없어서 그저 항소심에서나 어떻게 해 볼까 했습니다. 그러다 이제야 겨우 합의금을 마련했습니다. 내일이 선고라고 하는데 어떻게 해야 할지 모르겠습니다."

내일이 선고라면 이미 판사들은 형을 결정해 놓았을 것이다. 그리고 합의서가 제출되어 있어야 했다. 딱했다. 그는 할 말이 없다는 듯 그저 사무실 바닥만 쳐다보고 있었다.

나는 그를 바로 돌려보내고 법원민원실로 가서 담당재판부를 검색해 보았다. 재판부는 그 무렵 연일 대서특필되던 지존파를 담당하고 있었다. 지나가는 여자를 납치해서 죽이고 태워 버린 잔인한 범인들에 대한 재판이었다. 나는 법원 18층 구석에 있는 주심판사의 방을 찾아갔다.

판사실 앞을 지키는 법원 여직원이 책을 보다가 나를 보았다.

"김 판사님 계십니까?"

"면담 신청하셨습니까?"

그 때나 지금이나 판사를 만나기 위해서는 사전에 서류로 면담 신청을 해야 했다. 오지 말라는 얘기였다.

"신청을 하지 못했는데 급한 일이라 그냥 실례할게요."

난 그렇게 말하면서 판사실의 방문을 열었다.

볼에 살이 많은 듯한 판사가 넓은 책상 위에서 판결문을 쓰고 있었다. 옆에는 빨간딱지가 붙은 두툼한 기록들이 쌓여 있었다. 빨간딱지 한 장마다 구속된 죄인 한 명을 의미했다.

불쑥 들어온 나를 보고 그는 순간적으로 얼굴을 찡그렸다. 업무에 방해가 된 것이다. 그가 마지못해 의자에서 일어났다. 불청객 변호사가 올 경우 그렇게 하는 게 최소한의 예의였다.

"바쁘신 줄 알지만 염치 불구하고 왔습니다. 3분 정도만 시간을 주십시오. 괜찮겠습니까?"

나는 항상 그렇게 말했다. 인정상 그것마저 거절할 판사는 거의 없었다. 판사는 책상 옆에 있는 보조의자에 앉으라고 권했다.

"이미 심리가 끝난 김순호 때문에 왔습니다. 내일이 선고라고 하는데 이제야 합의금이 된 것 같습니다. 선고를 연기해 주시면 안 되겠습니까?"

내가 그렇게 사정했다. 주심판사는 책상 위에 쌓인 빨간딱지가 붙은 서류 중에서 수사 기록 한 권을 빼냈다. 김순호의 기록인 것 같았다. 기록 사이에 판사들의 요약지가 보였다. 그 안에는 범죄내용과 내일 선고할 형량까지 기록되어 있을 게 틀림없었다. 판사는 내가 그걸 보지 못하게 가린 채 김순호에 대한 기억을 더듬고 있는 표정이었다. 이윽고 판사가 희망 없는 어조로 이렇게 말했다.

"글쎄요……. 이 사건은 외판 사원이던 김순호가 여러 차례 남의 사무실에 들어가 고의적으로 지갑을 훔친 사건인데요. 그리고 그 속에 있던 신용카드로 물건을 마구 산 겁니다. 게다가 남의 주민등록증까지 훔쳐서 그 사진을 오려 낸 후에 자기 것을 붙이고 검문에 걸릴 때면 그것을 사용했습니다.

심리한 결과로는 어릴 적부터 절도 전과가 더 있는 것 같은데요. 증거도 명확하고 본인도 자백하고 있습니다. 실형이 확실한 사건이네요. 이런 내용인데 변호사님이 더 변론할 것도 없는 것 같고 또 합의서를 가져온다 해도 그것이 이미 정해진 형량에 효과를 볼 수 있을지는 말을 못하겠네요."

합의도 변호도 아무 소용이 없다는 얘기였다. 쓸데없이 돈을 낭비하지 말라는 충고이기도 했다.

"그렇지만 나이 환갑이 넘은 김순호의 아버지 사정이 너무 딱합니다. 합의금을 구하느라고 아들이 재판 받는 법정에도 못 와 봤다고 한스러워하고 있습니다. 어떻게 아버지나 아들이 하고 싶은 말이라도 후련히 할 기회나마 다시 만들어 줍시다."

내가 간곡히 사정했다. 이미 굳어져 버린 판사의 심증을 바꾸는 것은 그 다음 문제였다. 판사는 난감한 표정을 지으면서 말했다.

"그러시면 부장님한테 한번 여쭈어 보겠습니다만 별 소용이 있을지 모르겠네요."

"감사합니다. 부장님께 꼭 허락을 얻어 주시면 좋겠습니다. 그런데 지금 부장님 계십니까? 저도 들어가 또 사정하겠습니다."

"부장님께서는 지금 지존파 사건 때문에 아주 바쁘시고 또 자리에 계시지 않습니다."

주심판사의 협조는 일단 구해 놓은 셈이었다. 나는 사무실로 돌아와 수시로 부장판사의 사무실로 전화를 걸었다. 그가 자리에 있는 시간에 다시 찾아가기 위해서였다. 오후 세 시쯤 법원 여직원은 부장판사가 자리에 돌아와 있다고 알려 주었다. 나는 다시 부장판사실로 향했다.

부장판사는 돋보기를 쓰고 책상 위에 놓인 수북한 서류들을 들추고 있었다. 그 역시 나를 보고 당연히 반갑지 않은 표정이었다.

"부장님, 김순호 때문에 왔습니다. 다시 재판을 할 수 있도록 해 주십시오. 꼭 그래야 합니다."

나는 강하게 문을 두들겼다. 두들겨야 열리고 구해야 주는 법이다.

"글쎄, 아까 주심판사가 찾아와서 뭐라고 하긴 하던데 그 사건 때문에 오셨군요. 알겠습니다. 그러면 변론 재개신청서를 제출하시죠. 새로운 재판 기일은 제가 다시 잡겠습니다. 그 나머지 얘기는 제가 지금 지존파 사건 때문에 몹시 바쁜 상태로 좀……"

바쁘니 나가 달라는 표정이었다.

다음날이었다. 나는 법원에서 수사 및 재판 기록을 모두 복사해 왔다. 기록을 첫 페이지부터 찬찬히 읽기 시작했다. 공소장 기재 내용은 주심판사가 얘기해 주던 것과 동일했다. 외판 사원으로 있던 김순호는 상습절도로 기소되어 있었다.

남의 지갑에 들어 있던 신용카드를 이용해서 컴퓨터를 사고 신사복도 사 입었다고 기록되어 있었다. 그 외에 식사도 하고 다른 물건들도 산 목록들이 죽 나열되어 있었다. 그뿐이 아니었다. 김순호는 공문서인 주민등록증을 위조해서 행사한 것으로 되어 있었다. 그의 죄명은 화려했다. '절도, 사기, 공문서위조, 동행사'였다. 그는 모든 사실을 자백한 것으로 기재되어 있었다.

참고인들의 진술도 정확히 일치했다. 밝혀지지 않은 진실이나 의문점이 거의 없는 사건이었다. 주심판사의 말대로 변호할 게 없었다. 이런 때 변호사는 단 한 가지라도 재판 기록에 없는 새로운 이야기를 찾아야 했다. 기록을 다 검토한 후에는 관련된 사람들을 만나야 했다. 검사가 먼저 훑고 간 밭의 떨어진 이삭 같은 남은 사연들을 얻을 필요가 있었다.

점심시간 무렵 사무실로 20대 후반쯤 되는 여자가 찾아왔다. 김순호 집에서 왔다고 여직원이 알렸다. 방으로 들어온 여자는 달걀형의 갸름한 흰 얼굴에 뒤로 늘어뜨린 생머리가 등허리 위까지 늘어져 있었다. 날씬한 몸매를 가진 미인이었다.

"합의서를 가지고 왔습니다."

그녀는 명약이라도 가지고 온 듯 환하고 밝은 표정이었다. 그것만 제출하면 김순호는 당장 석방될 것으로 기대하는 얼굴이었다. 나는 그녀에게 자리를 권했다.

"변호사님, 순호씨 나오겠죠?"

그녀가 확인하는 어조로 내게 물었다.

"장담을 못하겠는데요."

내가 단호하게는 말하지 못하고 그 정도로 여운을 남겼다. 사실대로 알려 주면 실망이 너무 클 것 같았다.

"왜요? 합의하면 되는 거라는데."

"강간이나 간통 같은 친고죄면 합의하여 고소가 취소되면 즉각 석방되지만 이 경우는 그게 아니고 재판부에서는 죄질도 좋지 않게 보는 것 같아요. 어느 정도의 형은 불가피할 것 같습니다."

내 말에 그녀는 고개를 아래로 떨구었다. 하얀 목덜미가 붉어지고 있었다.

"김순호하고 어떻게 되시죠?"

결혼 약속이라도 한 것 같았다.

"그냥 친구예요."

그녀가 한 발 물러선 듯한 대답을 했다. 아버지 대신 합의서를 가져온 걸 보면 김 화백은 아예 며느리로 취급하는 것 같았다.

"김순호는 어떤 사람입니까?"

"친구를 좋아하고 마음이 여리고 착해요. 그 이상은 모르겠어요. 제가 1년이 넘게 사귀었지만 도저히 이런 일을 할 사람이라고는 믿어지지 않아요."

그녀는 나에게서 희망적인 말을 듣지 못하자 침울한 표정으로 사무실을 나갔다.

오후 세 시경이 되자 창밖에는 늦가을 찬비가 추적추적 내리기 시작했다. 먼지가 덮여 얼룩진 낙엽 위로 빗방울이 떨어지고 있었다. 으스스한 냉기가 돌았다. 보도를 걸어가는 사람들이 옷깃을 여미고 종종걸음으로 가는 게 창문을 통해 보였다. 나는 사무실에서 나와 서울구치소로 향했다. 비 오는 날은 감옥 안에 갇혀 있는 사람들이 가장 정직해진다.

내가 모는 소나타승용차는 남태령 고개를 넘어 인덕원 쪽으로 향하고 있었다. 차창으로 그루터기만 남은 논들이 보였다. 찢어지고 누렇게 바랜 런닝셔츠를 입은 허수아비가 논바닥에 버려져 있는 게 눈에 들어왔다. 인덕원 네거리에서 좌회전을 해서 청계산 쪽으로 방향을 틀었다. 잠시 후 나는 서울구치소 문 앞을 통과하고 있었다. 수감자 면회를 온 가족들이 풀죽은 얼굴로 삼삼오오 모여 서서 기다리고 있는 모습이 보였다.

변호사 접견실에서 만난 김순호는 의외로 순박해 보이는 청년이었다. 변호사인 나를 보자 구세주라도 만난 듯 얼굴이 밝아지는 게 보였다. 마치 깊은 산골에서 살던 화전민이 하얀 가운을 입은 의사라도 본 것 같은 느낌이었다. 그런 경우의사가 설탕만 줘도 믿음이 환자의 병을 살리는 플래시보 효과가 있었다. 내가먼저 악수를 청하면서 말했다.

"김순호씨, 반가워. 나는 아버지의 부탁을 받고 온 강 변호사야. 아버지가 법정에 오지 않아서 서운했지?"

나는 가방에서 수사 서류와 재판 기록을 빼서 앞의 조그만 탁자 위에 놓으며물었다.

"그 동안의 수사나 재판에서 억울한 게 없었나?"

"저, 그런 거 없어요. 공소장에 기재된 사실이 모두 맞아요. 검사님 앞에서나 경찰관 앞에서 모두 사실대로 말했어요. 그리고 재판 때에도 재판장님 앞에서 모두 자백했어요. 제가 도둑질을 한 게 모두 사실인데요, 뭘."

의외로 그는 담백했다. 더 물을 게 없었다.

"구치소에 들어와 있으니까 어때? 고생스럽지? 지금 어느 방에 있어?"

내가 방향을 돌려 말했다.

"저는 지금 절도방에 두 달째 있어요. 변호사님, 그런데 오래 있으니까 나도 모르는 사이에 이상해지는 게 있어요."

그가 고개를 갸웃하고 나를 똑바로 쳐다보았다.

"이상해지다니, 뭘?"

"그게 뭐냐면, 처음에는 제가 도둑질한 것에 대해서 잘못했다고 반성을 많이 했어요. 그런데 절도방에 있으면서 여러 물건을 훔친 사람들의 얘기를 하루 종일 들으면서 두 달 가까이 되니까 말이죠. 점점 제가 잘못했다는 생각이 안 드는 거 있죠. 지금이 그래요. 정말 감옥살이 오래 하면 도둑질을 해도 죄의식을 느끼지 않을 거 같아요."

사실 그랬다. 상습절도범 중에서도 내게 묻는 사람이 있었다. 자기는 왜 죄의식이 없냐고. 아무리 훔치고 훔쳐도 양심이 아프지 않다고 고민했었다. 교도소는 도둑질이라는 병균이 뇌 속 깊이까지 침투하게 하는 오염 구역이기도 했다. 대답할 말이 없는 난 다른 걸 물었다.

"그건 그렇고 갇혀 있으니까 답답해 죽겠지?"

"네. 정말 자유가 이렇게 소중한 건 줄 전에는 정말 몰랐어요. 재판을 받으러 호송버스를 타고 법원으로 가다 보면 길거리 광경이 보여요. 사람들이 정신없이 바쁘게 다니는 모습도 보이고 그러는데 그게 그렇게 부러워 보일 수 없어요. 제가 외판 사업을 할 때 힘들게 거리를 다니면 피곤해서 만사가 귀찮아지곤 했는데 이제는 정말 그게 부럽더라구요. 나갈 수만 있다면 시골에 가서 농사를 짓더라도 행복을 느낄 수 있을 거예요."

변호인 접견실의 난로 위 주전자에서는 뜨거운 하얀 김이 솟아 나오고 있었다. 담당 교도관이 종이컵에 커피 두 잔을 가지고 와서 앞에 놓았다. 그 작은 인정과 친절이 교도소의 인상을 부드럽게 했다.

"그 동안 아버지와 어떻게 살아왔는지 얘기해 주면 좋겠는데"

내가 수첩에 기록할 준비를 하면서 말했다.

밖에는 가을비가 계속 추적추적 내리고 있었다. 김순호의 눈이 초점을 잃고 뿌옇게 흐려지는 느낌이었다. 그의 영혼이 과거로 날아가고 있는 것 같았다. 이윽고 그의 입에서 과거가 흘러나오기 시작했다.

김순호는 일곱 살 때부터 아버지의 초라한 화실 구석에서 살았다고 한다. 서울대 서양학과를 나온 그의 아버지는 평생 그림 이외에는 아무것도 모르는 사람이었다. 열심히 그림을 그리지만 그걸 화랑에 나가 팔 줄도 몰랐다. 몇날 며칠 밤새워 그린 그림도 누가 좋아하고 칭찬하면 그 자리에서 거저 주곤 했다. 칭찬 한 마디에 아버지의 그림은 그냥 날아갔다.

쌀과 김치를 얻기 위해 동네의 아이들 몇 명 모아 놓고 그림을 가르치는 것이 생계수단의 전부였다. 가난한 화가의 낭만적인 분위기에 젖어 결혼을 했던 김순호의 엄마는 어느 날 아무 흔적도 없이 사라졌다. 인간 세계가 아닌 다른 차원의 세계에서 살고 있는 남편과의 앞날이 너무 암담했는지도 모른다.

그 때부터 김순호는 화실 귀퉁이에서 아버지와 같은 슬리핑백에서 잤다. 끼니 때가 되면 아버지는 석유풍로 위에 등산용 코펠을 얹고 밥이나 라면을 끓였다. 동네 아주머니들이 더러 김치를 가져다 주기도 했다. 밤이면 아버지는 빨랫감을 들고 낡은 건물의 화장실로 스며들었다. 관리인에게 혼도 많이 났다.

김순호는 그렇게 자라면서 고등학교까지 마쳤다. 그런 궁색한 화가 아버지를 보면서도 김순호는 미대에 진학해서 그림을 그리고 싶었다. 산업디자인을 공부하면 순수예술을 하면서 힘들게 살아왔던 아버지보다는 나아질 것 같았다.

그러나 막연한 소망만 있을 뿐 현실은 한 치 앞도 보이지 않고 깜깜했다. 고등학교를 졸업한 그가 선택할 수 있는 직업은 외판 사원이었다. 책, 화장품, 음반 등 품목을 가리지 않고 팔기 위해 뛰어다녔다. 앞으로 택시운전이라도 할 것에 대비해서 면허증도 따 놓았다. 김순호에게 유일한 즐거움은 비슷한 또래의 외판 사원들과 어울려 저녁에 마시는 술 한 잔이었다. 외판 사원이란 게 가는 곳마다 거절당하는 게 일이었다. 경비에게도, 청소부에게도, 또는 심부름하는 사무실의 여자아이에게도 미소를 지으며 허리를 굽혀야 하는 게 보통이었다. 그 모든 스트레스를 저녁에 외판 사원끼리 소주와 삼겹살 몇 점으로 털어버리는 것이다.

어느 날 저녁이었다. 술이 취한 직장 선배들이 김순호보고 대신 차를 운전하라고 했다. 김순호는 그 날따라 소주 두 잔 정도밖에 마시지 않았기 때문이다. 하지만 음주단속에 걸리고 말았다. 벌금 30만원을 납부하라는 통보가 나왔다. 외판 사원으로 한 달을 공칠 때도 많았던 그 무렵 돈이 있을 리가 없었다. 벌금을 내지 않으면 하루에 오천원씩 계산해서 징역을 살린다는 소리를 들었다. 길거리의 순경들만 보면 가슴이 덜컥 내려앉았다. 죄를 짓고 보니 세상에는 경찰관이 많기도 많았다.

그러던 어느 날 그는 고등학교 동창생의 입대 환송연에 참석했다. 신촌에 있는 조그만 생맥주집에서 단짝 서너 명이 어울린 것이었다. 술집 화장실에서 오줌을 누던 그는 우연히 바닥에 주민등록증이 떨어져 있는 걸 발견했다. 순간 떠오르는 생각이 있었다. 그는 얼른 바닥에 떨어져 있는 주민등록증을 집어 주머니 속에 쑤셔 넣었다.

며칠 후 그는 방에서 주민등록증을 바꾸는 작업을 했다. 직장 선배의 말이 기억에 떠올랐다. 비닐커버로 되어 있는 주민등록증을 냉동고에 넣고 한참을 얼리면 딱딱해진다고 했다. 그 때 면도날로 옆을 가르면 주민등록증은 간단히 둘로 쪼개지고 그 속의 종이가 노출된다는 것이다. 그 때 사진을 갈아붙이고 갈라진 비닐을 본드를 얇게 발라 도로 붙이면 어떤 경찰관도 속는다고 했다. 전혀 어렵지 않은 간단한 작업이었다.

동네 정육점 아저씨가 그 소리를 듣고는 그가 주워온 주민등록증을 얼려 주었다. 이제 새로 얻은 주민등록증은 그의 구세주였다. 검문에 걸리더라도 안심이었다. 그는 마음 놓고 다시 외판을 다니기 시작했다.

어느 날 점심시간이었다. 을지로 3가 뒷골목의 낡은 시멘트 건물 2층으로 올라간 김순호는 텅 빈 사무실 속으로 우연히 들어갔다. 책상들만 덩그러니 사무실을 지키고 있었다. 순간 그의 눈에 문 가까운 책상 위에 검은 지갑이 놓여 있는 게 보였다. 주위를 둘러보았다. 그가 들어왔던 뒤편의 낡은 나무계단 쪽에서도 아무 인기척이 없었다.

그는 자기도 모르는 사이에 그만 그 지갑을 집어 들고 좁은 계단을 미끄러지듯 밖으로 달려나왔다. 가슴이 터질 것같이 뛰었다. 뒤에서 누군가 달려와 목덜미를 움켜잡을 것만 같았다. 그는 복잡한 뒷길을 몇 걸음 가다가 골목이 꺾어지자마자 달리기 시작했다. 불안한 마음에 일도 제대로 하지 못하고 하숙집으로 돌아왔다.

그는 방문을 걸어 잠그고 안에서 이불을 뒤집어쓴 채 주머니 속에 감추고 있던 지갑을 펴 보았다. 그 지갑 속에는 돈이 3만원 들어 있었다. 그는 지갑은 책상 서랍에 두고 돈은 방바닥에 깐 리놀륨 뒤쪽에 간직해 놓았다. 그가 남의 물건에 손을 댄 시작이었다. 그의 외판 사원 생활이 계속되었다. 두 번째 기회가 온 건 그 며칠 후 오후 다섯 시경이었다.

충무로를 따라 걸어가던 그는 우연히 길가 빌딩 옆에 나 있는 작은 철문이 살짝 열려 있는 걸 발견했다. 정문 쪽 아니면 대개 경비원은 없었다. 그는 철문을 살짝 열고 안으로 들어갔다. 1층의 은행지점의 뒤쪽 작은 공간이었다. 벽 한쪽에는 여자들의 외투가 나란히 걸려 있었다. 유니폼을 입는 여행원들의 탈의실이었던 것이다. 그는 지난 번보다 자신도 모르는 사이에 조금 대담해졌다. 그는 걸려 있는 옷의 주머니들 속에 손을 한번 넣어 보았다. 그 중 한 옷에서 지갑이 나왔다. 그는 지갑을 주머니에 넣고 주위를 살폈다. 아무도 없었다. 그는 열려 있는 쪽문을 통해 얼른 그곳을 빠져나왔다. 또 성공이었다.

저녁에 훔쳐 온 지갑을 펼쳐 보았다. 그 속에는 돈과 신용카드가 들어 있었다. 처음 보는 신용카드였다. 당시만 해도 신용카드는 아무나 가지고 있지 않았다. 신용카드는 은행직원이나 신용이 있는 사람들에게만 주는 마법의 카드였다. 물건을 사고 그것만 내밀면 되는 것이다.

그는 마법의 카드를 써 보기로 했다. 백화점에 가서 공부하고 싶었던 산업디자인에 관한 책을 샀다. 그리고 일본어 교재도 샀다. 서점 직원은 아무것도 모른채 책들을 포장해 주었다. 신이 났다.

김순호는 백화점 위층의 컴퓨터 가게로 갔다. 평소에 제일 가지고 싶던 기계였다. 산업디자인을 공부하기 위해서는 컴퓨터 그래픽을 해야 했다. 그는 컴퓨터를 고르고 카드를 내주었다. 또 아무 확인 절차도 없이 일이 처리됐다. 직원은 배달까지 해 주겠다면서 주소를 알려달라고 했다. 그는 아라비안나이트에 나오는 마법의 램프라도 가진 것 같았다. 앞으로는 힘들게 하루 종일 외판사원이 되어 고생할 필요가 없을 것 같았다.

그 날 저녁 나머지 일을 마치고 하숙방에 돌아온 김순호는 일찍 잠자리에 들었다. 밤 열한 시경이었다. 관할 경찰서 형사가 두 명 찾아왔다. 그리고는 별로 말도 하지 않고 그에게 수갑을 채웠다. 컴퓨터 상점의 직원이 카드에 적힌 이름이 여자의 것임을 발견하고 경찰에 신고했다는 것이다. 그의 얘기는 이렇게 끝났다.

"이봐, 김순호! 어떻게 그렇게 무모할 수 있어?"

"뭐가요?"

"카드를 잃어버린 사람이 당연히 신고하거나 거래정지 신청할 걸 예상하지 않았어?"

"저도 그렇게 생각하고 확인해 볼 겸 물건을 산 거죠, 결제가 안 된다고 하면 버릴 생각이었어요."

"그런데 결재가 된 거야?"

"나중에 경찰서에 와서 그 카드 주인이 그러는데 지갑이 집안 어디 구석에 있는 것으로 생각했대요."

"그러면 이상하잖아. 공소장을 보면 자네가 카드를 사용한 게 그것 말고도 신사복도 해 입고, 또 일식집에서 식사도 한 것으로 나와 있는데, 그런 일 없어?"

"저는 양복을 입어 본 적이 없어요, 또 일본 음식점은 근처에 간 적도 없어요."

"자, 김순호! 어떻게 될지는 모르지만 한번 해 보자. 알았지? 그 대신 감옥 안 도둑선생님들 말은 귀 기울이지 말아."

"네, 변호사님. 말 잘 들을게요."

그의 얼굴에는 희망의 빛이 살아나고 있었다.

구치소에서 나와 바로 청계산 쪽을 향해 나 있는 도로로 차를 달렸다. 저녁 땅거미가 서서히 내리기 시작하고 한적한 길 가에 집들이 드문드문 보였다.

난 '화가와 도둑'이라는 테마를 소재로 한 법정이야기를 구상하기로 마음먹었다.

재판하는 날 아침에도 차가운 비가 내리고 있었다. 비가 오는 날이면 강변도로는 온통 차량으로 뒤엉키곤 했다. 아예 차들이 가지 못하고 제자리에서 배기가스만 붕붕 뿜으며 짜증을 내고 있었다. 계기판의 시계가 오전 9시40분을 가리키고 있었다. 초조하게 시간이 흐르고 있었다. 아무리 비가 내려도 이 정도로 도로가 마비될 리가 없었다. 강변에서 무슨 사곤가 났을 것 같았다. 계기판의 라디오 스위치를 눌렀다. 안테나가 타닥 작은 소리를 내면서 자동으로 올라갔다.

갑자기 성수대교가 무너져 내렸다는 아나운서의 경악에 찬 목소리가 흘러나왔다. 그 튼튼한 철다리가 무너져 내린 특별한 날이다. 인생은 우연의 연속이었다. 내가 그 시각 성수대교를 통해 건너오고 있었다면 옆으로 보이는 강물 속에 있었을지도 몰랐다. 동시에 성수대교 사고 때문에 김순호의 재판은 다시 물거품이 될 가능성이 많았다.

한 시간 가량 늦게 법원에 도착했다. 땀을 뻘뻘 흘리며 법정으로 뛰어 올라갔다. 숨이 턱까지 차올랐다. 재판장과 배석판사들이 법대 위에 남아 나를 기다리고 있었다.

"변호인이 안 와서 그냥 결심하고 선고하려고 했는데…….."

재판장이 나를 보면서 말했다.

"죄송합니다, 정말 감사합니다."

내가 변호인석에 올라가며 말했다. 주머니에서 수건을 꺼내어 이마에 흐르는 땀을 닦아 냈다. 평소에 튼튼하던 다리마저 떨어져 내리는 날이었다. 재판에 오는 길까지 방해당하는 걸 보면 김순호의 운명이 좋지 않은 것 같았다.

"교도관, 김순호 피고인 데리고 나와요."

재판장이 명령했다. 잠시 후 김순호가 수갑을 찬 채 걸어 나와 피고인석 앞에 섰다. 방청석 구석에 김순호 아버지가 나와 있었다. 움푹 팬 볼 위에 광대뼈가 솟아 있었다. 기운이 빠진 슬픈 눈이었다. 그 옆에 사무실에 왔었던 김순호의 여자친구가 보였다. 김순호는 부끄러운지 그들을 보지 않고 고개를 푹 숙이고 있었다.

"지난 번에 검찰 측에서 물어볼 건 다 물었어요, 변호인만 신문하시면 됩니다."

재판장이 말했다. 나는 눈을 감고 1초 가량 기도했다. 내 능력을 믿지 않고 하늘 힘을 끌어들이는 것이다. 눈을 뜨고 묻기 시작했다.

"김순호씨, 재판장님 앞에서 단 한 마디라도 정직하게 얘기해 주기 바랍니다. 약속하죠?"

"네."

김순호는 다소곳이 대답했다.

"범죄 사실에 대해서는 변명의 여지도 없지요?"

"네."

인정할 건 인정했다. 내가 이어서 본론으로 들어갔다.

"피고인 김순호는 뒤에 와 계시는 가난한 아버지가 뒤늦게야 화랑에 그림을 팔아서 어음을 받고 다시 그 어음을 할인해서 돈을 만들어 피해자와 합의한 사실을 알고 있나요?"

"구치소에 면회 온 아버지에게 들었습니다."

김순호가 기어들어가는 작은 소리로 대답했다.

"피고인은 아버지가 그렇게 그림을 팔아 돈을 만든 의미가 무언지 알고 있나요?"

김순호는 아버지 김 화백이 절대로 현실과 타협하지 않는 고집스런 성격임을 잘 알고 있었다.

"……."

김순호는 아무말도 하지 않았다. 내가 계속했다.

"피고인의 아버지는 서울대 서양학과를 나온 이후부터 환갑인 지금에 이르기까지 30여 년 동안을 자존심을 지키면서 오직 외길인생을 살아온 사람으로 알고 있습니다. 남에게 자기가 그린 그림을 거저 주면 줬지 분신 같은 그림이 돈 몇 푼에 팔리는 걸 싫어했던 진정한 예술가셨죠. 그런 아버지가 자기가 가장 소중하게 보관했던 그림을 화랑에 가지고 가서 사달라고 무릎을 꿇고 돈을 구걸한 걸 알고 있나요?"

"으으……."

김순호가 대답을 못하고 울먹이기 시작했다.

"아버지는 사랑하는 아들을 위해서 평생을 지켜 온 한 예술가의 혼을 꺾었죠. 피고인 김순호는 그 사실을 알고 있죠?"

김순호의 볼 위로 하얀 눈물이 쏟아져 내리고 있었다.

"밥을 해 주고 빨래를 해 주던 늙은 아버지를 이제는 아들이 잘 모셔야 할 땐데, 아버지가 불쌍하지 않아요?"

방청석에서 아들의 재판을 지켜보던 김순호 아버지의 눈도 붉어졌다. 옆에 있던 김순호의 여자친구도 울고 있었다. 내가 계속해서 물었다.

"작년에 고등학교를 졸업했는데, 대학에 진학해 산업디자인을 공부하고 싶었다면서?"

"네, 저 혼자서라도 등록금을 벌어서 미대에 가고 싶었어요."

그는 흐느끼면서 간신히 대답했다.

"그래서 이번에 남의 신용카드로 산업디자인 책하고 일본말을 배우기 위한 일본어 교재, 그리고 그래픽을 실습하기 위해 컴퓨터를 산 겁니까?"

"……."

그는 말을 하지 못하고 고개만 끄덕였다. 돈 없어 공부하지 못하는 자기 설움이 터져 나오고 있었다. 지난 세월 고독한 가시밭길을 걸어왔던 화가아버지와 도둑이 된 아들의 안타까운 한들이 법정에 모락모락 피어오르고 있었다.

"피고인 김순호씨, 한 가지 확인해 봅시다. 책과 컴퓨터 외에 신용카드로 산 게 또 있어요? 여기 공소장 사용 목록을 보면 신사복도 해 입고 일식집에서 식사도 한 것으로 되어 있는데 어떻게 된 겁니까?"

"저는 양복을 사거나 밥 사먹은 적은 없어요. 아버지한테 그렇게 해 드리고 싶었지만 도둑질한 물건이라 필요한 것만 샀어요."

신용카드의 임자가 애인과 식사하고 양복을 해 준 게 엉뚱하게 김순호의 공소장에 올라와 있었던 것이다. 부자간의 애틋한 울음이 담당검사와 판사들의 마음에 파문을 일으키는 것 같았다. 그걸 이용해서 살려달라고 하는 건 옳지 못한 태도였다. 내가 김순호에게 다짐했다.

"비록 사정이 딱하고 참회는 했더라도 남의 물건을 욕심낸 죄에 대해서는 책임을 질 각오가 되어 있습니까?"

"네, 재판장님께 봐달라는 말 안 하겠습니다. 죄지은 만큼 징역 살 거예요. 봐주지 마세요."

김순호가 눈물을 닦으며 또랑또랑하게 대답했다.

"남의 주민등록증에 사진을 오려 붙인 행위가 무거운 죄인지 몰랐어요?"

"외판 사원을 하면서 나이트클럽을 가기 위해 부잣집 아이들이 남의 주민등록증 사진을 바꾸어 붙인다는 걸 알게 됐습니다. 저는 벌금 30만원이 나와 경찰관에게 불심검문을 당할 게 무서워 그렇게 했습니다. 그게 공문서위조죄인 걸 생각하지 않았었습니다."

"마치겠습니다."

재판장이 옆에 있던 배석판사와 무엇을 의논하는 듯 머리를 맞대고 수군거리고 있었다. 이윽고 재판장이 검사를 내려다보면서 말했다.

"검찰 측 어떻습니까? 피고인이 훔쳤다고 하는 물건 중 신용카드로 식사를 했다는 부분이나 신사복을 샀다는 부분은 빼시죠."

"네, 공소 사실 중 그 부분뿐만 아니라 증거가 명확치 않은, 다른 지갑을 훔쳤다는 부분까지 모두 공소를 취소하겠습니다."

김순호가 모르는 사이에 경찰서 관내에서 신고된 다른 분실사건들을 다 덮어 쓰고 있었다. 어쩌다 절도죄로 잡히면 바가지를 쓰는 부분도 많았다. 다섯 개를 훔치나 일곱 개를 가져가나 형량이 비슷하면 당사자들도 별 말이 없곤 했다.

순간적으로 김순호의 죄가 반 이하로 확 줄어들었다. 그 때 내가 일어서서 바로 변론에 들어갔다.

"재판장님! 보시다시피 이 사건은 잘못된 인격 형성으로 남의 물건을 훔친 것과는 근본적으로 다릅니다. 다른 절도범들은 돈이 생기면 미련 없이 여자를 사거나 술집에 갑니다.

김순호는 어땠습니까? 책과 컴퓨터를 샀을 뿐입니다. 김순호가 평범한 부모만 만났더라도 온갖 과외를 하면서 대학에 갔을 것입니다. 외판 사원을 하면서 겪은 김순호의 냉대와 모멸감들은 쉽게 상상할 수 있습니다.

예술혼을 꺾지 않고 외길인생을 걸어온 한 화가와 그 아버지를 따르고 싶었던 아들에게 이 법정이 한번 온기를 느끼게 해 주는 게 어떻겠습니까? 다가오는 겨울을 김순호가 감옥에서 지내게 하기보다는 그의 아버지에게 돌려 주시는 게 어떨까요?"

그 순간 나는 한 가지를 빠뜨렸다는 생각이 들었다. 돈도 없는 사람이 어떻게 변호사를 선임했을까에 대한 재판부의 의문에 대답을 해 주어야겠다는 마음이 들었다.

"잠깐 재판장님! 한 가지가 빠졌습니다. 제가 김순호 아버지한테서 변호료로 그림 한 점 받게 됐습니다. 뭐 이왕 꺾인 예술혼인데 좀 미안하지만 받을 겁니다."

엄숙해야 할 법대 위의 배석판사 한 사람이 '킥' 하면서 자기도 모르는 사이에 웃음을 터뜨렸다. 재판장의 얼굴에서도 슬며시 미소가 떠올랐다. 재판장이 나를 보고 말했다.

"변호인, 가만히 들어보니까 변론을 다 하셨는데요. 제가 변론하시라는 말도 안 했는데 혼자 다 하면 재판장인 저는 뭐 합니까? 나도 말 좀 합시다."

"아, 그랬나요? 미안합니다. 재판장님이 말씀하시죠."

재판장은 검사 쪽으로 얼굴을 돌리고 말했다.

"검찰 측은 지난 번에 구형을 하셨는데 그 형량을 그대로 유지하시는 겁니까?"

"아, 아닙니다. 구형량을 저희도 깎아야죠, 반을 깎겠습니다."

검사는 벌떡 일어서며 흔쾌히 대답했다.

"피고인, 마지막으로 할 말이 있으면 해 봐요."

재판장이 김순호에게 최후 진술의 기회를 다시 주었다.

김순호는 자기 설움에 눈물을 쏟느라 아무 말도 하지 못했다. 그걸 보던 재판장이 말했다.

"그러면 결심하도록 하고, 선고 기일도 2주일이 보통인데 1주일 후로 당겨 선고하도록 하겠습니다."

주심판사는 다시 재판을 해야 소용없을 거라고 처음에 말했었다. 그런데 나는 대충 김순호의 징역을 반은 확실히 깎아 놓은 것 같았다. '화가와 도둑'이라는 모티브를 구상해서 법정에서 연출한 덕이다. 그게 재판이었다.

이 법정 저 법정으로 보따리 장사를 다니다 보니 번개같이 엿새가 흘렀다. 선고가 하루 남은 오후 세 시경, 지치고 피곤해서 사무실로 돌아오니 김순호의 아버지 김 화백이 초조한 얼굴로 나를 기다리고 있었다.

"변호사님, 내일이 선고일인데 어떻게 우리 순호가 잘 될까요? 초조해서 이렇게 찾아왔습니다."

김 화백의 얼굴에 불안한 기색이 역력했다. 그 모습을 보니 나도 은근히 걱정되었다. 변호사는 선고 때마다 입시 발표를 기다리는 수험생처럼 속을 졸였다. 그 정신적 고통만 해도 받은 돈 값은 다 해 주는 것 같았다. 김 화백이 뭔가 주저하는 얼굴로 내게 말했다.

"변호사님, 제가 재판을 받는 아들의 애비로 정말 양심에 찔리는 게 있습니다."

그는 육십 나이답지 않게 얼굴이 붉어지고 있었다.

"뭔데요?"

"저…… 저…… 제가 말입니다."

그가 말까지 더듬으면서 이렇게 계속했다.

"아들한테까지도 제가 사실 거짓말을 한 것이 있습니다. 아들 녀석이 변호사님한테 애비인 제가 서울대 서양학과를 나왔다고 말한 모양인데요. 사실은 그렇지 않습니다. 제가 그 학교에 가서 공부하고 싶은 열망이 많았는데 저도 가난 때문에 가지 못했습니다. 그래서 아들한테 거짓말을 했습니다.

솔직히 말씀드리면 저도 어려서부터 그림에 소질이 있었습니다. 고등학교를 졸업하고 미대에 가고 싶었는데 돈이 있어야죠? 그래서 미군부대 하우스보이로 있으면서 혼자서 그림을 그리기 시작했습니다. 나중에는 독학으로 공부하여 통역관이 되었습니다. 그러면서 혼자서 밤에는 자취방에서 그림을 그렸던 겁니다. 학력이 없는 탓에 국전 같은 데서 초년에는 빛을 보지는 못했습니다. 그렇지만 혼자 했어도 지금은 대한민국 미술협회의 회원이고 다른 미술 단체도 이끌 만큼 원로 대접을 받게 된 건 사실입니다.

이제 서양화에서는 누구도 부럽지 않고 제 위치도 있습니다. 그런데 아무래도 아들에게 서울대 서양학과를 나왔다고 거짓말 한 게 마음에 걸립니다. 재판장한 테 혹시 지금쯤 그 사실이 발각되었다면 우리 아들 애비가 거짓말한 죄로 감옥 에서 나오지 못하는 게 아닐까요?"

예술은 학벌로 되는 것은 아니다. 그러나 이 사회는 자격증을 요구하고 있 었다.

"글쎄요. 저는 변호를 했습니다. 남은 건 판사의 판결입니다. 판결은 판사 가 하니까요. 어떤 판결이 나오든 이제 그건 판사의 영역과 재량이 아닌가 합 니다. 그렇지만 그 모든 걸 저는 인간이 독단적으로 한다고 생각하지는 않습 니다.

아드님이 내일 감옥에서 나오고 못 나오고는 아버지의 절실한 기도에도 달려 있다는 생각입니다. 오늘밤 아버지로서 간절히 기도하시기를 권합니다. 이제 모 든 결과는 절대자에게 달린 게 아닐까요?"

"네. 여태까지는 내 그림 세계와 나만 위해 살았는데 이제부터는 자식을 위해 진심으로 기도하겠습니다."

그는 새로운 각오를 한 듯한 태도로 사무실을 나갔다. 이튿날 김순호는 가벼 운 벌인 집행유예의 판결을 받고 석방됐다.

김 화백은 약속대로 내게 그림 한 점을 가져다 주었다.

"내가 죽기만 하면 이 그림이 정말 비싸질 겁니다."

김 화백이 강조했다. 갈대가 우거진 늪을 그린 그림이었다.

그리고 10년의 세월이 훌쩍 넘었다. 이미 노화백은 이 세상에는 없었다. 아들 소식도 그 후 듣지 못했다.

이따금 나는 그 그림을 한참씩 쳐다보곤 한다. 그 그림에는 갈대가 우거진 늪 뒤쪽으로 보일 듯 말 듯한 샛길이 먼 산 쪽으로 나 있었다. 죽은 노화백은 자기가 창조한 그림 속의 산길 저 쪽에 들어가 내게 손을 흔들고 있는 것 같았다.

변호사 嚴相益의 법정소설
여대생 살해사건

지은이 | 嚴相益
펴낸이 | 趙甲濟
펴낸곳 | 조갑제닷컴
초판 1쇄 발행 | 2007년 1월30일
재판 1쇄 발행 | 2013년 6월26일

주소 | 서울 종로구 내수동 75 용비어천가 1423호
전화 | 02-722-9411~3
팩스 | 02-722-9414
이메일 | webmaster@chogabje.com
홈페이지 | chogabje.com

등록번호 | 2005년 12월2일(제300-2005-202호)
ISBN 978-89-92421-91-1-03810

값 13,000원